城市梦中是故乡

李君剑 著

华夏出版社
HUAXIA PUBLISHING HOUSE

图书在版编目（CIP）数据

城市梦中是故乡 / 李君剑著. --北京: 华夏出版社有限公司,
2024. 1

ISBN 978-7-5222-0603-5

Ⅰ. ①城… Ⅱ. ①李… Ⅲ. ①散文集-中国-当代 Ⅳ. ①I267

中国国家版本馆CIP数据核字（2023）第234296号

城市梦中是故乡

作　　者	李君剑	
策划编辑	陈学英	
责任编辑	罗　云	
责任印制	周　然	

出版发行	华夏出版社有限公司	
经　　销	新华书店	
印　　装	三河市少明印务有限公司	
版　　次	2024年1月北京第1版	
	2024年1月北京第1次印刷	
开　　本	710mm×1000mm　1/16	
印　　张	19	
字　　数	242千字	
定　　价	88.00元	

华夏出版社有限公司　地址：北京市东直门外香河园北里4号
　　　　　　　　　　　　邮编：100028　网址：www.HXPH.com.cn
　　　　　　　　　　　　电话：（010）64663331（转）

若发现本版图书有印装质量问题，请与我社营销中心联系调换。

序 言
把心交给读者

梁瑞郴

君剑是我并未谋面的朋友。我从益阳的友人处了解到，他为人良善，在困顿艰苦的环境中仍对文学一往情深，近乎偏执。

近日，他发来《城市梦中是故乡》的书稿，说是准备结集出版，嘱我为其写些话，以为鼓舞。

文学向来是孤独者的事业，无论是仗剑远游，还是伏案焚膏，总是铁鞋踏破，青灯相伴。

君剑自谓"唯一痴迷是文学"。我想，此君在文学之途，不屈不挠，奋勇前行，可谓"中毒"甚深。据我所知，真能以文学而造"黄金屋"者，少之又少。在我看来，君剑绝非以此为稻粱谋，更无妄造"黄金屋"的梦想。

以我愚见，能痴之人，必有情深之处；情深之人，必有可爱之处。

君剑直击生活，以亲历、亲闻、亲见酿成自己的文字，虽少风樯阵马之状、汪洋恣肆之态，但很奇怪的是，他总有一种力量，牵你前行，引人入胜；他在不疾不缓的叙述中，将思想、情绪、行为，一股脑袒露于读者面前。他不装不作，不隐不屈，直面人生的高贵、卑微、吝啬、委屈、悲愤、快乐、狡黠、滑稽等等；无拘无束地将自己想表达的情绪，一览无余、无所顾忌地尽现读者面前。

古往今来，古今中外，虚荣已为人类的通病。尽管莫泊桑的《项链》中的玛蒂尔德夫人为虚荣几乎付出了一生的代价，但仍有许多人不吸取教训，这种人类悲剧仍循环往复，在生活中不断上演。

　　君剑追求上进，追求理想。他的可贵之处，在于内心的纯净和脚步的踏实。他的文字在袒露心迹中，表现出落落大方，毫无羞涩之感、虚荣之气。如《带着两瓶"灌泉水"上北京》，写他的散文在北京获奖后他上京领奖的情形，情绪的坦然、行止的自然，不得不让人刮目相看。此等大事，在有些舞文弄墨的人看来，必然大呼小叫，断不了要惊惊乍乍、反复卖弄。然而，君剑只写了上京领奖的一个细节，便让人看到他心底的澄明。他在去北京领奖的往返列车上，均用矿泉水瓶灌了两瓶白开水，既可饮用，又可以节约开支。这个小小的举动，在有些人看来，既有失作家身份，也让人觉得过于寒酸。但在君剑的文字中，这举动坦然而清新，直白而喜悦，让人一点也不觉得寒酸卑微，而是感觉到节俭的可爱之处。文字的背后透出一股淳朴憨实之气，洗尽铅华，尽现纯真。

　　另一篇《舔尽豆渣为节粮》的散文，也给人留下了深刻的印象。透过这篇散文，我们可以看到，君剑是一位善于以细节取胜的作家。在这篇文章中，他仅仅写了打豆浆舍不得浪费豆渣的细节，就将人物的性格特征、家庭情绪的转换毕现纸上。他先是从豆浆机上一点一点地掏豆渣，后仍觉不能全部掏尽，于是干脆就舔。当读到这里时，我们不免忍俊不禁。没有自身生活的体验，是绝不会有此传神细节的。作品进一步推进，写他偷偷舔的时候，不意被妻子发现，妻子先是横加斥责，后要倒掉豆渣。但几经君剑的"振振有词"，妻子居然以后天天争着打豆浆，并变着法将豆渣做成佳肴，成皆大欢喜结局。

　　在各种文体中，散文是更自由、更随性、更活泼的文体，决不能崇一而尊，更应百花齐放，可容忍度更高。从先秦诸子到明清小品，从文以载道到抒写性灵，从两汉史论到桐城考据，尤其是近现代散文，当白话文一统天下后，更是大家迭出，群星灿烂。但好散文无疑有一个共同的品质：真！巴金老说，讲真话，把心交给读者！

　　君剑的散文，表现了他独有的特质，去伪存真，无文人怩怩作态之式，这种纯真的品质，可谓空谷之声、天籁之音。恕我直言，当下散文，隔空喊话、隔靴搔痒、矫揉造作、虚情假意的作品不在少数。由此观，君剑的散文更显可贵。即使是个人隐私，他也大胆地表露，给人以无邪的真诚。《愧对雪梅》一文，不作讳莫如深之态，不作道貌岸然之辩。他的悔，不是给自己添上光环，而是在悔恨之中袒露真情。

当然，有了真，并不一定就是好散文。优秀散文家需要综合的艺术库存，需要各种艺术手段的配合。言之无物，行而不远。这里的"言"，我以为不仅仅指语言，而是包括艺术表达的方方面面。

君剑真正的文学创作，是罹患脑梗后开始的。从阅读他最初的散文到最近的散文，我明显感到，他的创作起点不低，成长迅速。他在坚持自己一贯风格的同时，转益多师，博采众长，无论是在语言、构思、谋篇、立意上，都更趋成熟。他的散文不断获奖，充分说明业界对他的肯定。

君剑说他的文学之路是从 2004 年在《长沙晚报》上发表第一篇作品开始的。十九年来，一棵小树竟长成一片森林。而他的不易，绝非常人所能体会。

他的这片森林的长成，不仅仅只是坎坷曲折的个人生活所赐，还在于他不断汲取文学营养。行万里路，读万卷书，没有后者的支撑，所谓行稳致远便是空话，所谓艺术上不断有新的突破更无从谈起。跟随君剑的脚步，我们可以看到，他的作品不断出现新的气象，不是光影般再现生活，而是艺术地展现生活。这主要是因为生活的变化、人生历练的丰富，将思考提炼得更成熟，将情感淬炼得更丰富，将认识锻炼得更深刻。

在他描写的与父亲、生母、继母、妻子、大哥、二哥、姐姐的文字中，除了直率地袒露心声之外，他并没有大的怨艾，哪怕一点点温暖，他也格外珍惜。当然，他恨过父亲、继母，但随着年岁增大，我们也分明感觉到他认识的变化、情感的多重。的确，君剑是不幸的：六岁多丧母、十五岁多初中毕业务农，自学文学遭受父亲和继母打骂；四十三岁时，遭遇脑梗袭击。然而，君剑是勤奋的：二十五岁自学平菇栽培，成为专业户；三十二岁进入媒体发展，创造了辉煌业绩。君剑更是顽强的：他在被病魔摧残后并未沉沦，不顾高度近视的禁锢，攀登文学高峰。

可以说，君剑父亲的粗暴、继母的恶行、他年少时所遭受的种种困苦，伴随他成长。正是这些苦难与折磨，铸就了他不屈的性格、自强的能力。他对生活甚至亲人给予的不公，不是一味怨天尤人，而是能够凭借内心强大的力量释怀。他的这种变化，最明显地体现在面对自己遭遇苦难的故乡——莫愁湖时，他能排遣戾气，释放最强烈的爱意。

他的成长过程中有太多的眼泪、委屈、构陷、血汗，在这样的环境中，人往往会有两种人生走向。一种是不屈不挠，将苦难转化为反作用力，奋发进取；一种是自暴自弃，转而报复社会。我认为，君剑得到了文学的滋养、艺术的浇灌，他心中仍然充满阳光，他对美的向往远超常人。这，无疑给了我们深刻的启迪：貌似无用的文学艺术，对人生的未来，可能有莫大的作用！

我相信，每一位读者都愿意读到真正见性见情的文字，都希望见到一颗澄明的心，并且从这些袒露的心声中汲取向上的力量！从这个意义上说，君剑的散文被称为好散文，一点不为过。

癸卯夏写于长沙

梁瑞郴 \\

国家一级作家。中国作家协会会员、中国书法研究会会员，享受国务院政府特殊津贴专家。现任中国作家书画院副院长、湖南作家书画院院长、湖南省散文学会会长、湖南省作协名誉主席。曾任湖南省作协专职副主席、秘书长、毛泽东文学院管理处主任、《文学风》杂志主编。主要著作有《一万个昼与夜》《雾谷》《秦时水》《华夏英杰》《毛泽东题词趣谈》《欧行散记》《12·26毛泽东生辰印记》等。曾获第二届"乌金奖"、全国报纸副刊优秀奖等国家级及省部级文学奖，其作《东江秋色》曾收入中学语文教材。

作者简介

李君剑，湖南省作家协会会员、中国散文学会会员、毛泽东文学院第十七期专题文学研讨班学员。

20 世纪 60 年代出生在湖南省原沅江县泗湖山区华田公社鲜鱼塘大队第一队。六岁多丧母，十五岁多初中毕业后回家种田。在父亲和继母的打骂中自学美术、文学、新闻。

1992 年夏，远赴沅江市郊团山乡杨泗桥村群兴组皮冬超家栽培平菇；1993 年秋，进入长沙市计委主办的招商信息网络工作，在举目无亲的益阳市，创造了发展一百多家企业成为网络成员的佳绩，被授予"明星"殊荣；1997 年秋，毛遂自荐到益阳广播电视报社，主持《信息窗》栏目；1998 年夏，远赴长沙市成立广告公司，联合代理了湖南省各地、市、州的报纸广告；2006 年秋，筹建潇湘晨报益阳办事处；2008 年，突然遭受疾病的蹂躏，死而复活后开始了文学创作。

已在许多报刊上发表作品。2009 年，荣获《三湘都市报》主办的"'手机证券杯'纪念改革开放 30 周年——我与中国移动的故事"和"幸福家润多——新中国成立六十周年民间记忆"征文三等奖；2010 年，荣获益阳市第二届房地产交易展示会组委会主办的"益阳市第二届房地产交易会征文"一等奖，荣获中国散文年会组委会与《散文选刊》杂志社主办的"中国散文年会"二等奖；2011 年，荣获湖南日报报业集团主办的"绿动湖南——节能环保摄影、征文比赛"三等奖；2012 年，荣获中国法制文学研究会和第三届中国法制文学原创作品大赛组委会主办的"中国法制文学原创作品大赛奖"三等奖；2013 年，荣获《文苑》杂志社主办的"全国第十八届草原夏令营征文"优秀奖，荣获大河网和河南省信阳市南湾湖风景旅游发展有限公司主办的"美丽南湾湖全国散文大赛"美文奖；2014 年，荣获山东省日照市作家协会和《悦读》杂志社主办的"'格力杯'中国梦·文学梦"全国文学创作大赛三等奖；2015年，荣获河北省残联主办的"超越梦想一起飞"河北省首届诗文二等奖；2016 年，荣获河北省委宣传部党员教育处和石家庄市委宣传部主办、河北新闻网承办的"我的中国梦"主题征文大赛二等奖，荣获江西教育传媒集团有限公司和《教师博览》杂志社主办的"万千教育杯·我家的年味儿"全国征文大赛二等奖，荣获《光明日报》主办的"'濠江杯'逐梦中国·我的读书故事"全民阅读征文二等奖；2017 年，荣获教育部关工委社区教育中心、《课堂内外》杂志社及重庆市科普作家协会举办的"寻找我身边的好老师"全国大型征文三等奖，荣获《中国旅游报》社及国家旅游局信息中心承办的"砥砺奋进·旅游惠民"全国美文大赛优秀奖；2018 年，荣获河北省委宣传部、省作家协会主办和《燕赵都市报》《共产党员》《老人世界》《散文百家》协办的第八届"我的读书故事"全国征文三等奖，荣获湖南省宁乡市旅游局面向全国举办的"宁乡印象"征文二等奖（一等奖空缺）；2020 年，荣获《翠苑》杂志社举办的"百字千金""汤墅杯"全国微信小说征文大赛优胜奖，荣获中国盲人协会和《中国残疾人》杂志社主办的征文三等奖，荣获河北省文联主办、河北省文联文艺宣传中心和《当代人》杂志社承办的"歌唱祖国 礼赞英雄"之"决胜全面小康 决战脱贫攻坚"主题征文优秀奖；2021 年，荣获湖北省图书馆《长江日报》推出的"我的家乡"征文优秀奖；2022 年，荣获《中国作家》杂志等主办的"献礼新时代征文"优秀奖；2023 年，荣获山西大同大学、大同市委宣传部、大同市文化和旅游局、大同市文学艺术界联合会、《大同日报》社共同主办的"中华魂"长城主题征文大赛三等奖；被评为"团中央分类引导青年工作活动案例《身影》榜样人物"。

　　至今，作品被收录进《全国百家百篇散文精品集》（文化艺术出版社）、《光阴味道》（湖南人民出版社）、《意林励志书》（吉林出版集团、吉林摄影出版社）、《踮起脚尖，靠近梦想》（内蒙古出版集团、内蒙古教育出版社）、《超越梦想一起飞》（河北出版传媒集团、河北美术出版社）、《我的读书故事》（光明日报出版社）、《我的读书故事征文获奖作品选》（河北出版传媒集团、河北教育出版社）等书籍。

　　不吸烟，不打牌，不喝酒，不嚼槟榔，不信佛，不炒股，唯迷恋文学，现定居湖南省益阳市。

目 录

第一辑　遥望故乡

第二辑　城市星空

第三辑　沙海撷珠

第一辑

遥望故乡

怀念"癞花猪"

那年春天的夜晚,当我的茅屋被龙卷风几乎夷为平地时,妻子才分娩女儿八天。我们拼命往外跑,差点被家门口吹落在地的电线电死。一个月以后,我从莫愁湖村九组刘明生、王志明家买回了近两千斤稻草,请人盖好了茅屋。

正是青黄不接的春耕时候,全家的生计、人情往来,以及几亩责任田土的农药、种子、化肥等,都急需用钱,我和妻子决定捉一头猪回来,养大贴补家用。正好附近的鲜鱼塘村一组李容生家的母猪下了猪仔。捉什么样的好呢?李容生的妻子龚台云告诉我:"'癞花猪'好,长得快。"

那头"癞花猪",全身的白毛上面长了一圈圈黑色的毛,我觉得那是一朵朵黑花镶嵌在白雪皑皑的原野上。我信了她的推荐,选定了那头猪,让他们不要卖给他人。那天开卖时,我看到龚台云将猪食倒在猪槽中,猪仔们一窝蜂地涌过来,只有"癞花猪"最贪吃。我记住了老辈人的话:这样的猪肯长。我猛地捉住了它,装进纤维袋子,很快背回了家,放进了"猪舍"。

说是"猪舍",其实是将茅屋内的灶与柴围子中间的小旮旯用门板挡住而已。父母亲死得早,偏偏我对文学执迷不悟,忽视了经济建设,所以条件差,哪有能力建猪舍呢?"癞花猪"刚被关进去时不停地叫唤。也难怪,我突然强行酿造了它和亲爱的妈妈离别的悲剧,它怎能不痛彻心扉呢?我和妻子只好抱着小女儿,将仅有的一点米熬成粥,不停地喂它,唯愿它忘记妈妈,希望它减轻痛苦,祈求它迅速长大。

不知是第几天,一直叫闹的"猪舍"里突然鸦雀无声了。我正一边自鸣得意于这"癞花猪"终于"安居乐业"了,一边走过去查看时,突然吓呆了，里面空空如也。"癫花猪"呢？早就没有了。它跑到哪里了？它插翅飞走了吗？这可是我赊来的呀！我如热锅上的蚂蚁一样焦急地到处寻找。见多识广的邻居聂正春胸有成竹地告诉我："不急，不急，你去李容生家看看，它肯定在。"果然，当我半信半疑地赶到那里时，"癫花猪"正卧在它妈妈的肚皮下吮吸乳汁呢。至今我都弄不明白，它来我家时双眼被蒙住了，难道有什么特异功能吗？

"癫花猪"从此以后渐渐地安静了，我的女儿也渐渐长大了。繁重的劳动之余，我们经常将"癫花猪"放进袋子里，拿秤称它又长了多少，随后又称孩子。听人们说，孩子不能用秤称，否则难以成活。我们才不信呢！我们常常把女儿和"癫花猪"放在一起称，心想：孩子如像猪一样肯长，那才真好呢！

有时，我们还让女儿骑在"癫花猪"身上，叫着"猡猡"。那猪也听话，仿佛知道女儿没有外婆和奶奶的照顾，也可能认为我们是喊女儿的乳名，或是知道"猡猡"就是它。它一边随声附和，一边驮着女儿慢悠悠地走。女儿呢，手里揪着鬃毛，像骄傲的小公主耀武扬威的模样，口里也"猡猡猡猡"地喊个不停。

天气慢慢变暖了，我们将"猪舍"移到了阶基上。我们用绳子系紧"癫花猪"的腰身，然后再拴在笨重的石磨眼中。为了给它补充营养，我按照广州军区后勤部蒋永彰编写的《快速养猪法》，每晚将塑料薄膜垫进鸡笼下面，早晨将又脏又臭的鸡粪倒给"癫花猪"吃。那猪真有趣，仿佛鸡粪里面放了味精，吃得津津有味。邻居们都不懂，为什么他们在宽大的猪舍喂猪，猪吃很多粮食都不长，而我们养的猪风吹雨淋，却长那么快，真是咄咄怪事，他们百思不得其解！

冬天迫不及待地来了，二哥搬到益阳市香铺仑乡养鱼去了，我们离开自己的茅屋，住到了二哥的房子里。走的那天，女儿骑在"癫花猪"身上，我们只随便招呼了几声，它就跟着我们来到了里把路外的新家。

我们第一次住进了瓦屋，它也第一次住进了卫生舒适的猪舍。

"癫花猪"一天天地长大了，青黄不接的春天也到了，我们给它的粮食早已没有了。说实在的，我们自己都吃不饱，哪有粮食喂给它呢？无可奈何之下，妻子只得到九组冯春庭家的构树上将回一篮篮的叶子，尝试着倒给它，没想到它居然大快朵颐。那一段时间，它不叫嚷，就在里面呼呼大睡，像猪八戒一样。放它到外面晒太阳吧，它也躺在地上，从不乱窜。当它走时，只要我们随便挠它几下，它就靠近我们，还撒娇呢！有时，我拿一根稻草往它耳朵里捅，它睁开眼睛，看到是熟人，又眯起眼做美梦了。

记得鲜鱼塘村三组屠夫贺良田来收猪的那一天，我们是多么不情愿啊！但是书上说猪长大了就长得慢了。看着猪被赶走时的绝望神态，我伤心地闭上了眼睛，任由咸涩的泪水流进嘴里。

置身城市的无数个日夜，我总是不由自主地想起"癫花猪"。特别是吃鱼、肉后，过去把鱼刺、肉骨头带回家给"癫花猪"享用的场景就会浮现在眼前。要是"癫花猪"健在该多好啊，它就可以大饱口福了。

怀念你，我们的"癫花猪"。在我缺粮无钱的岁月里，你跟着我们过着饥寒交迫的生活。你是那样善解人意，你是那样茁壮成长，为我家的经济建设贡献了生命。哪一天我才能在梦中和你再度相逢呢？真想回到故乡生活，喂养一头和你一样的"癫花猪"，弥补对你的无限愧疚。

（写于 2004 年）

相骂打架过大年

1990 年，是妻子"私奔"到我家的第三年。那时，我刚从痴迷的文学梦中清醒。

1989 年冬天，二哥要到一百多里外的益阳市香铺仑乡养鱼，要我们给他照看瓦房。于是，我搬出了父母遗留给我的茅屋，并租用了村部的一间旧瓦屋栽培平菇。

进入腊月，几乎每家每户都在杀年猪、搋糍粑，购了很多年货，只等待过年了。眼看离过年只差几天了，我这才无奈地找十组文友韶百灵借了二十元钱，去十四组徐应清家赊回几斤小鲢鱼，还买了一点猪肉。

大年三十这天，我买来一张红纸，写了一副祈求发财的春联，贴在大门两旁。中午，妻子的年饭做好了。她高兴地拎出仅有的一挂短鞭炮，开始敬年神。我连忙吩咐她到远处放，可她置之不理。结果鞭炮响过后，春联果然被炸得千疮百孔。我顿时很气愤，过年的心情荡然无存。我仿佛看到了自己来年不吉利的场景，忍不住骂了起来，妻子也毫不示弱地回复我。我忍无可忍，打了她一巴掌，谁知她竟"自卫反击"了，边骂边扑了过来。这时，女儿在一边哇哇大哭，加入了"合唱队"。妻子只好将一只鸡腿塞进她嘴里，哪料到被旁边一只觊觎了许久的饿猫抢跑了。她这才转移了目标，但骂得越发不可开交了……

闷闷不乐地挨到天黑，我极不情愿地到了村部，孤独地蜷缩在寒冷的木板上。想到远离家乡的人都赶回家过年了，可我不但和妻子大动干戈，而且要独自到这里守护平菇。想到过年这天发生的忌讳的事情，听着近处邻居徐再华家电视里传来的春节联欢晚会的欢歌笑语，我不禁潸然泪下，无限心酸。

　　我终于在浑浑噩噩中度过了漫长的年夜。新年春节的清晨，我采摘了一小篮平菇，沿路卖了几十元钱，到家后看到妻子正在洗被子。"正月初一洗不好吧？"我迷惑不解地问道。"没办法啊，不能信这习俗了。"原来，昨晚她在家守岁，因没有电视看，便不停地削甘蔗哄女儿。睡后不久，女儿就尿床了。妻子还紧张地告诉我，凌晨不知是谁弄得门响。她先是吓得躲在被子里不敢作声，后来索性壮起胆子，跑到厨房拿起一把火叉出门去看，可门外什么都没有。她还是不放心，骂骂咧咧地围着房子察看了好几圈。

　　"过得年好，湾得船好"是湖南的俗话，但那年我们不但平菇的销售收入可观，而且养的猪、鸭、鹅也卖了不少钱，可能是真应了那句俗语"乱搞乱发财"吧？现在，我们在益阳市美丽的资江风貌带畔早就购买了三室两厅的商品房，女儿是外企的高级服装设计师。

　　仔细想来，这应归功于党的改革开放的富民政策，我们才能脱离农村到城市发展，每天都享受着过年一样丰衣足食的生活。

（写于 2006 年）

两百元扶贫款温暖我一生

那年 4 月 27 日，天气异常闷热。灰黑色的天，仿佛一口大铁锅，压在我家茅屋顶。它或许知道，妻子在茶盘洲农场医院生女儿才一个星期，正在家里"坐月子"。

傍晚，天气闷热达到了极点，就是赤裸上身还大汗淋漓。电灯光下，我和妻子正在畅谈着当年的种植计划。忽然，外边下起了淅淅沥沥的小雨，接着是电闪雷鸣，不一会便刮起了大风，一阵紧接一阵。窗户外，被风吹弯的树木依稀可见。我连忙找来提桶、脸盆、碗，接住漏下的雨水。

猛地，我隐约听到了西边传来的沉闷声音。"不好了，茅屋倒了！"话未说完，电灯突然熄灭，身上像被猛泼了一盆盆冷水。我一下子云里雾里，但瞬间又清楚了。趁着闪电的亮光，我看到了天空。天哪！我家的屋顶没有了，雨水正倾泻而下。这怎么得了？这是怎么了？难道是传说中的"生产鬼"来了吗？它是来扼杀妻子和女儿的吗？她们可不能出事啊，我要竭力保护她们！黑暗中，万分恐惧的我摸到了一把伞，举在她们的头顶。可是在猛烈的暴风雨侵袭中，这根本不起任何作用。很快，我们就变成了"落汤鸡"，雨水积了很深。

"这样不行，如果这茅屋垮塌，我们会被压死。"我摸到墙角，想去拿平时放在这里的灯，可现在不知被风吹到哪里去了（其实就是找到了，也不可能点燃）。我搀扶着妻子，妻子又抱着女儿，摸索着往外冲。刚出家门，我们就被狂风吹落在地的电线绊了一跤，女儿也滚出去很远，但依然睡得香甜。幸好高压电线没电，否则我们就被电死了。我和妻子叫喊着、哭泣着，跌跌撞撞地奔往前面的邻居聂正春家。片刻后，闻讯赶来的大哥将妻子背了回去，大嫂连忙给我们安排了一间房。

第二天上午，艳阳高照，华田乡民政所来人了解情况。原来，昨夜出现了洞庭湖平原罕见的龙卷风。龙卷风？平时我只是听说而已，昨天夜晚竟遇到了，真是不寒而栗。

一连几天，我眼泪汪汪。苍天啊，我平时遵纪守法，只是痴迷文学而已，难道这也是罪吗？你为什么对我如此残酷无情？在旁人的提醒下，我写了一份《关于请求解决特殊困难的报告》，找到村会计韶百灵盖了公章。5月2日凌晨，我乘坐轮船，赶往一百多里外的沅江市民政局。

几分钟后，梁庆云局长出来了，他将报告递给了我。"同意拨付200元扶贫款。"我简直不敢相信自己的眼睛，揉过后又看了几遍。没错，这些字就在我的报告上，望着我微笑。顿时，一种前所未有的巨大喜悦漫过我全身。

未料到，我竟得到了特殊照顾。记得来之前，退伍回家的邻居刘跃进好心地提醒我，要我找关系，请客送礼，才能得到扶贫款。我举目无亲，能到哪里去想办法呢？说真的，我来这里纯粹是试运气！

"谢谢你，梁局长。"我热泪盈眶。

"不要感谢我，应当感谢共产党，这是我们应该做的。"

过去的许多事情都烟消云散，但沅江市民政局给我的这两百元钱，经常走进我的记忆中。回首三十三年前，龙卷风将我家茅屋险些夷为平地、一家三口几乎丧命的往事，我恍如梦中；回首后来恶劣天气来临时，我们担心重蹈覆辙，总到邻居家躲避，我备感酸涩；回首三十三年前，沅江市民政局扶持我的两百元钱，我特别温暖。完全可以这样说，那两百元钱的价值是现在同样面值的人民币的好多倍，如果没有那两百元钱，我肯定还在贫困的泥潭中挣扎；完全可以这样说，那是催化剂，加快了我奔向富裕的脚步，那是甘霖，滋润了我干涸的田园，结出了丰硕的稻谷。

　　只要和人谈起这些，有些迷信的人就夸我命好，说我女儿和财神菩萨同一天生日（农历三月十五日），是她带来的福气。我连忙纠正："真正的财神菩萨是中国共产党，我们应当感恩党的改革开放政策。只有在中国共产党的带领下，我们才有今天的幸福生活。"

（写于 2022 年）

难忘装黄鳝

那年 5 月 16 日，躺在床上"坐月子"的妻子，听说我要跟小侄子学装黄鳝时，不假思索地嘲笑我："你这书呆子，如能装到，我就吃活的！""好，一言为定，我偏不信！"我苦笑着，和妻子拉了钩。

早在 4 月 27 日夜晚，我的茅屋被罕见的龙卷风几乎夷为平地，我和妻子只得抱着出生才八天的女儿逃往大哥家。正是禾苗分蘖时期，几亩责任田土不但急需化肥、农药，妻子和女儿还需要营养品，还要买稻草盖屋。每天看着二侄子李明才装回来那么多黄鳝卖那么多钱，刚从文学梦中清醒过来的我动心了。

当天上午，我拿出 20 元钱，到本村十三组谢腊生家买回二十只毫几（一种下大上小、近一米长的筒形竹制品）。为了防止人家偷窃，我用碳素墨水在上面写下自己的姓，并在两只大纤维袋的口上扎了绳子，准备装黄鳝毫几。我还把大哥扔掉的烂靴子缝好，尽管漏水，但是可以防止毒蛇咬人和碎农药瓶子割伤手脚。

当天下午，我按二侄子告诉的方法，开始准备饵料。挖到蚯蚓并不难，只要选择肥沃的土地就可以了。深褐色的蚯蚓两三寸长，模样狰狞，潮湿滑溜，到处乱窜，有些像小蛇。见到我胆怯，不敢用手抓，二侄子哂笑了："你一个大男人还怕一条小蚯蚓吗？咯有么子好怕的？它不咬人。只要放进草木灰里就爬不动了。"我尝试了，果然很灵。最恶心的是串蚯蚓，那竹签插进去时，里面的泥浆、血水黏附在手上，结成浓稠的污垢，有时还溅到眼镜上，使视线模糊不清。我问二侄子，他家手套在哪里，没想到他脱口而出："戴手套碍事，还会搞邋遢，浪费钱，人家会笑话。"他确实说得有理，我心悦诚服，只得串好蚯蚓后，学他的样，在每个毫几中放一根竹签，用绳子把上部系紧。

黄昏悄悄地降临了，我跟着二侄子来到鲜鱼塘村一组的小水沟边。他吩咐我："你要选择有草的地方，黄鳝喜欢生活在泥质松软的水里。"我学着他，先将毫几的下部放进水中。二侄子边说边示范："毫几底口的烂泥巴要掏开，再用烂泥巴围紧底部。咯是让黄鳝闻到蚯蚓味后进来，不把毫几拱动。"我信了他的话，如法照办了。"毫几顶部至少要高出水面一拃。""为么子？""咯是留给黄鳝出气，否则它们会被淹死，我原来装的就淹死过。""黄鳝生活在水里，还会被淹死吗？你咯是弄我吧？"我禁不住笑了。我将近二十六岁了，真是第一次听到。"叔叔，你只晓得看书写字，咯都不清楚。它是动物，当然需要氧气。它过一阵就要出水换气，冇得氧气就会憋死。"二侄子比我小十来岁，只读了初中，却装了几年黄鳝了，是遐迩闻名的小师傅。我半信半疑，但最后还是将毫几靠在岸边的上部用烂泥巴糊紧，再用青草等伪装好。"咯样做，是防止毫几掉入水中，也是不让人家发现。"二侄子又在旁边补充，"为了明天能够很快找到，你还要做记号。二十只毫几，不做记号是记不住的。"我只得就近找来泥巴、树枝等放在旁边。当天，我担心了一夜：我能装到黄鳝吗？能装到多少？

翌日清晨，我就迫不及待地起床了，找到昨夜放毫几的位置，把它们提上来，发现装了几条小黄鳝和泥鳅。到大哥家过秤，也有 1.4 斤，卖了 3.1 元钱。第二天傍晚，我就单独行动了。我记得八组文友黄智辉家有口大鱼塘，那里应该有黄鳝。走了两三里路，快接近他家时，我弓着腰，低着头，像小偷一样蹑手蹑脚，将毫几悄悄装好。我和他关系很好，经常在一起讨论文学。但我不想让他看到，怕他讥笑我，更担心他不同意。自己鱼塘中的野生黄鳝，有谁心甘情愿拱手相让呢？

天刚蒙蒙亮，我就赶到了那里。咦！有只毫几怎么不见了？应该没人偷哇！我装的时候没人看到啊。我试探着一步步往鱼塘中走。忽然，脚碰到了毫几。我慌忙提出水面，原来是两条大黄鳝把毫几拱动了。它们力气真大啊，我明明用泥巴压紧了。大黄鳝可以卖出高价！我兴奋地跑回大哥家，每一条竟然有半斤多。来到妻子床前，我得意地要将黄鳝灌进她口里，非要她兑现诺言不可。这一次，我卖了 8 元钱。

第七天，我在鲜鱼塘村一组王正东家门前的水沟中装了两只毫几。我本是不想的，但没有地方了，先试试吧。这是一条不长的水沟，不通外界的水源，更不靠田，只临近大堤，我估计是他建房挖土时留下的。这里竹节草丛生，水齐膝深，显得阴森恐怖。我本是想隐秘地行动，不料被王正东看到了，幸好他没有阻止，只是在旁边提醒："咯里有得黄鳝，只有蛇。"说得我真的像被蛇咬了一样，浑身起鸡皮疙瘩。第二天早上来收时，一只空空如也，一只中竟然有一条 0.6 斤的大黄鳝。我一直不懂：这条卖了 2.7 元钱的黄鳝从哪里来的？难道它能从其他地方飞来吗？它是吃什么东西长这样大呢？这里难道有东西供它吃吗？

装黄鳝的次数多了，我的经验愈加丰富了。有一次，在八组原队屋李亮新家倒垃圾的粪凼里，我意外装了一条一斤多的黄鳝。这凼早被多年装黄鳝的本组"老里手"刘益华"视察"过多次了，可他根本就不相信这里有黄鳝。我凭着自己的判断，创造了奇迹。

那年夏天，黄鳝贩子好像失踪了，好不容易望眼欲穿地等来了，但他们的收购价格却很低。我不愿贱卖，家里积了几十斤。每天换水时，我和妻子费力地抬着大水缸，小心地倒出污水，又舀进清水。我没有肉喂给它们，自己都没钱买肉吃，怎么舍得借钱给它们催肥呢？气温高，黄鳝不好侍候，饿成了瘦骨嶙峋的"笔杆子"，每天都要死几条，我们就将死了的黄鳝喂给猪吃。我知道，黄鳝现在不能卖钱，但猪长肥了同样是钱！每天，我还继续装黄鳝。我心想：不论价格高低，有黄鳝总比没有要好。只要装了黄鳝，就是装到了金钱。

本地装黄鳝的多如过江之鲫，而黄鳝却越来越寥若晨星。我只得远赴十多里外的茶盘洲农场。岳母家住在新华分场畜牧四队。那里田广沟港多，是无人装黄鳝的处女地。那一年的黄昏，除天气恶劣以外，我每天都骑自行车赶往岳母家。每天清晨，我都是硕果累累，每次都乐不思归。我像织布的梭子一样来回奔跑，真有"双抢"的感觉。记得在蔡国华家前面和学校交界的水沟中，我装了很多的黄鳝。有时，白天隔一小时左右也能装到一些。

有天黑夜，舅子陪着我在他们队靠近新华分场四队的边界装黄鳝。我在水沟中仔细地选择位置，旁边是一座座坟墓。他在岸上总是向我要手电筒，总是照着不远处的甘蔗林。当晚回家，舅子紧张地告诉我："我看到了'晒簟鬼'，它像水泥电杆那么高大。我照时就没有了，不照又出来了。"当夜，我毛骨悚然，连解手都不敢出门。他比我小几岁，知道我胆子小，肯定不会骗我。在偏远的洞庭湖区农村，鬼怪的传说总是活灵活现。幸好舅子当时没讲，否则，我定会魂飞魄散。

装黄鳝最惊喜的是每次收获的时刻。匆匆地将毫儿抖动，如果是沉闷的声音，就知道有很多黄鳝了（但也有例外。有一次毫儿沉甸甸的，我欣喜地解开绳子，结果竟然是一条毒蛇，吓得我当时就把毫儿扔在地上了）。如果没响声，那就是里面什么也没有。

那几年黄昏，我在田土中做事回家，妻子最多给我备好蚯蚓。她嗅觉灵敏，闻到腥臭味就反感，从来不帮我串。我呢，可能是天生干这行的吧，竟然嗅不到。幼小的女儿似乎知道家里经济拮据，凑在一边给我帮工。那几年，我声音总是嘶哑的，我知道那是天天下水，受了风寒的原因。但是，哪里有比这更好的办法摆脱困境呢？

最热闹、最惬意的是卖黄鳝。我们将泥鳅与黄鳝分开，与贩子讨价还价。点着沾有黄鳝黏液的钞票，我心里像喝了蜜一样的甜。女儿虽然不认识钱，但也知道拿着一分纸币，跑到代销店买东西吃。

时间飞逝，装黄鳝已过了十多年。我村的文友韶百灵后来在长沙市回忆我装黄鳝时，笑话我眼神不好，在草木灰里面摸蚯蚓。他是村干部，没有装过黄鳝，当然不知道。蚯蚓滑溜，当然要把它沾上草木灰，只有爬不动才能串好。

　　黄鳝全身金黄，布满黑色的斑点，如黑色的星星在黄金上闪烁。它不咬人，更没有毒。就算万一被咬了，也如婴儿顽皮地吮吸母亲。它营养丰富，是难得的天然美食。而今，在钢筋与水泥构筑的城市中奔忙，我的灵魂经常在故乡的田土上流浪。我经常想：以后回到故乡，要重新去享受装黄鳝的乐趣，这是城里人永远体会不到的乡愁，是游子对故乡魂牵梦萦的眷恋。

（写于 2005 年）

请继母再打骂我一次

经常有人问我:"听说你继母总是打骂你,她对你好吗?"我总会不假思索地回答:"继母对我好。亲生母亲教育儿女也有打骂的,不能说打骂儿女的母亲就不好。"

1970年春天,生母走了以后,父亲每天要出工,维持全家人的生计,没有时间照顾我们。至今我还清楚地记得,因回家时门锁了,我经常在篱笆下睡着了,一觉醒来,饥饿地摸黑回家。每到寒冬,我和三姐的脚就开始发烂。脚很冷却不敢穿袜子,我们害怕溃烂的肉粘住袜子钻心的疼痛,只能用大脚趾夹着鞋子东跑西颠。周围的人劝我父亲:"你家崽女会烂死呢,快找一个伴来照顾吧。"

继母是邻居汤家二爷介绍的。那年她从大螺丝湖(现在的南大膳镇)来到我们泗湖山区华田公社鲜鱼塘大队一队的时候,约五十岁,中等身材,胖瘦适中。那几年,我是从不叫她"妈妈"的。她叫王秀英,命运很凄苦。听说她嫁到那殷实的李家后不久,丈夫和几兄弟因为过年杀了"灵官猪"都死了,妯娌们都改了嫁。她原来生过几个儿女,可都夭折了。她只得带了妯娌们的一儿一女,含辛茹苦把他们抚养大,帮他们成家立业。

读小学时,继母带着我走了二三十里路,到了南大区大成公社皇栗塘大队她儿子家"走人家"。吃饭时,继母知道我喜欢吃黑木耳,夹了很多给我。记得那些年的除夕夜,继母带我们守岁挨到子夜后,便大声地对着夜空中祈求各位菩萨保佑我们平安发财。她从沅江县喊到了临湘县,直到把李家的子孙、外孙喊遍了才放心。随后,她就要我脱掉鞋子,将脚按在猪牢门上。她一边擦,一边要我跟着喊:"磨死冻爪疯,磨死冻爪疯!"也巧,我那每年冬天都被冻烂的脚,从此在继母的念咒中好了呢。

就这样,在继母的呵护下,我渐渐长大了;就这样,在继母的操劳中,二哥和三姐都结了婚。白云苍狗,岁月如风,它吹走了我幼年的往事,将我十五岁后的记忆保存得非常完整。

1979年7月,我初中毕业回家了。两年后,农村实行分田到户责任制,父亲当时已完全丧失了劳动能力,我只能跟着大哥生活了。大哥力气大又勤快,我每天必须跟着他朝起暮归,在十多亩田土里做着繁重的农事。偏偏矮小瘦弱的我,却狂热地喜爱文学,只要有时间,就时刻想看书写作。为此,我几乎天天受到继母和父亲的打骂。我的笔墨纸张经常被毁于一旦。尤其是到了夜晚我自学时,继母咬牙切齿地骂得更凶了:"要你读书时你不发奋,种田了却看书写字,真是不务正业。"想到有的母亲为了儿女们的学业变卖牲畜和物品,而继母不但没有为我买过文学用品,反而还要将我的爱好扼杀,我很是伤心。

至今我还记得,那时,在家里的墙缝中、门旮旯里经常放着竹枝,只要我自学时让继母和父亲稍不如意,随时就会挨打。为了继续我的"作家梦",我有时被迫躲藏在厕所中看书,但几乎每次都会被继母发现。她不顾一切蹿进厕所破口大骂或抢走书后,我才被迫起身。继母不管在什么场合都会毫不留情地谩骂我,这让大哥曾无奈地苦笑着调侃:"我老弟没有名字了,'婊子崽'是妈妈给他的新名。"

20世纪80年代的第三个秋天,父亲生命的油灯熬尽了最后一丝光亮,继母顿时郁郁寡欢。几间破烂茅屋中,从此只剩下了我和继母相依为命。

"流光容易把人抛,红了樱桃,绿了芭蕉。"不知不觉中,同伴们先后都结婚了。继母看到后,暗自焦急。她于是请人给我做媒,可是无人对我这"书呆子"问津。没料到就在这时,奇迹竟然出现了,附近茶盘洲农场新华分场畜牧四队的一位喜欢文学的姑娘对我情有独钟。继母知道后，喜得合不拢嘴。

有一天，她打开柜门，拿出一个小箱子，将一沓沓叠着的角币、元币塞给我："你快买个机械表戴吧，不要买电子表，不然到她家不像样！"

妻子和我"私奔"逃往临湘县聂市镇粮站"经商"那年，是 1988 年5 月。考虑到儿媳妇要生孙子了，继母省吃俭用养了十多只母鸡，准备给妻子补身子。未料到在一个月黑风高的深夜鸡被贼偷得罄空。继母当时就气得涕泗横流，晕倒在地。

得到消息后，一直很坚强的我，眼泪竟不由自主地洒落在异乡。其实，继母有很多地方可安度晚年啊，但是她却谢绝了亲属的盛情挽留，她说等我回来了好有一个家。想起继母孤苦伶仃地守在摇摇欲坠的茅房中，想起继母请人耕种我的责任田土，我非常心痛，多想回家陪伴继母啊。可是为了保住姗姗来迟的婚姻和妻子腹中的小生命，我只能流落他乡。

当年年底，我搀扶着快要分娩的妻子，迫不得已地撤回了故乡。为了改变困境，我自学了食用菌（平菇）栽培。1992 年夏天，我毅然带着妻女远赴一百多里外的沅江市团山乡杨泗桥村群星组皮冬超家，和几个徒弟起早贪黑地栽培平菇。哪怕双手被稻草扎得鲜血淋漓，我也全然不顾。我只有一个梦想：我要迅速发家致富。哪料到当年平菇价格暴跌，我陷进了入不敷出的困境。获悉继母病重的音讯时，我又漂泊到了益阳市。那时我想：离春节只一个多月了，迟些回去看她也无妨。哪料到……

获悉继母病逝的噩耗，是 1994 年 12 月 17 日中午。那天，可能是有预感，我没有外出联系业务。当听到门外有人在喊我的小名时，我好奇地出来了，竟然是本组的刘孟军在找我，他说我继母昨天下午（农历十一月十四日）死了。当时，我的眼泪夺眶而出，连忙带着妻子和女儿乘车。赶回故乡时，继母安详地躺在大哥家堂屋的棺材里，灰白的头发整齐地梳在脑后，蜡黄色的脸庞浮肿着，鼻子里竟然渗出了鲜血。旁边的人告诉迷惑的我：死者的血，只有最亲爱的人来时才会流。当时，我的心一阵阵发紧。继母啊，其实那时我有几百元钱，我为何舍不得给您治病呢？其实那时我还是有时间啊，我为何不回来看望您呢？封棺时，平日胆怯的我半点都不害怕。这难道是和我分别才一年多的继母吗？是的，这确实是二十多年来抚养我成人的继母啊！

整理继母的遗物时，三姐意外地发现她的枕头里有几百元钱。三姐哽咽着说："母亲要我去看你们。她担心你们在益阳市没有亲人，让别人看不起。这是亲戚送给她的布，她请人为你做的一条新裤子……"

如今，我在远离故乡几百里的益阳市，想象着继母二十多年来长眠在地下守望着我们早已夷为平地的家园，顿时心弦颤动。虽然两个多小时的车程就能抵达继母的坟墓，可我已多年没有回去了。每天从早到晚陪伴着继母的，是我为她从益阳市运去的墓碑。我不是没有时间，而是恐惧在不再属于我们的宅基地上，会邂逅她不肯安息的灵魂。我担心自己结痂的哀思，在继母的坟前会撕得更加疼痛。

每次反刍被继母打骂的日子，仿佛就在昨天。每次回忆和继母生活的日子，她的音容笑貌犹在身边。多少次在城市，遇到和继母相像的老妪，我总是会情不自禁地走近。这是不是继母寻到城里看我来了？真想走过去叫她，然后搀扶她回家，但这时我立即清醒了。我的继母已逝世二十多年了，她即使想念儿子，也不可能再死而复生了。

而今，当我在办公室读书创作的时候，我总在想，如果继母仍然健在，她是否还会一如既往地打骂我呢？冥冥之中，我似乎听到了继母把我搂在怀里的声音："我亲爱的满崽啊，你在城市买了三室两厅的商品房，你能丰衣足食了，你终于有出息了，我彻底放心了，我再也不会打骂你了。"

是啊，直到这时我才恍然大悟：继母其实是爱我的。她是没读过书的旧时代的农村妇女，所以不能理解继子的追求。她不能容忍继子不作田土，而去看那些不能变成钱粮的书本，所以她想通过打骂让我"改邪归正"。她其实是希望继子把庄稼种好，早日娶妻生子，早日余钱剩米，早日兴建瓦屋。

继母啊，我敬爱的母亲。不知有多少年没有在梦中看到您了。您为什么这么狠心不和我见面呢？为什么对我撒手不管了呢？对我的不孝，您为什么也不打骂我呢？您是真正生气还是宽恕了我？抑或是内疚当年不该打骂我？

继母啊，儿子真的值得您再次打骂。时隔二十多年后，我问遍了您那边和我们这边的亲属，竟然找不到您的照片。辗转找到您的二外甥，才知道您出生于1918年十月初七。

继母啊，我敬爱的母亲。我知道，今生今世，我永远失去了您。继母啊，我敬爱的母亲，儿子何时才能在梦中和您相逢呢？继母啊，我敬爱的母亲，您在天国能听到儿子的呼唤吗？继母啊，我敬爱的母亲，您在天国能听到儿子的忏悔吗？

（写于2019年）

骂我打我是父亲

一位老人骂骂咧咧地举起一根修长的南竹枝，狠狠地打向一位正在看书的青年……那位老人是青年的父亲，那位青年就是我。

穿越近四十年的时间隧道，只要想到父亲，他打骂我的往事就立即冲破尘封的记忆，在心灵播放……

父亲中等身材，不胖不瘦。听说父亲很早就死了爹，从小就给地主看牛、做长工。他心灵手巧，长大以后，自学成了木匠、弹花匠、篾匠。父亲的木工手艺在我们那一带很有名，到处都请他做家具、农具。我六岁多时，生母病逝了。一家四口人的生活及开支都是父亲维持。父亲既要外出劳动，又要回家操持家务。平时习惯了母亲做饭的父亲，竟然不知道是先放油还是先放盐，无可奈何之下才找了继母。

经常听到有人说，父爱慈祥、温暖、伟大，而我却感受不到。确切地说，父亲是严厉的，父亲是凶神。

1979 年 7 月 15 日，初中毕业的我回到了家乡。因为数学差，我从来没有想过通过考上大学而脱离农村，从此开始了漫长的农民生涯，同时萌发了当画家、作家的理想。

1981 年，家乡开始实行分田到户责任制。父亲当时在国营茶盘洲农场职工医院住院，被诊断为肝腹水晚期，一天到晚咳嗽不停，肚子像牛得了"青草胀病"时一样鼓鼓囊囊。回来后，鲜鱼塘大队有名的医生徐国清检查了，说还能活一年半载。父亲再也不能耕种田土了，我只能无奈地归大哥"管理"。大哥力气足又勤快，他每天都呵斥我跟着他朝起暮归，在十多亩田土里从事繁重的农事。只要回家有时间，我总是绘画或写作，而父亲这时总要我做事。雨天，不能出外劳作时，他就要我学他搓草绳、编草鞋，补东补西。只要我不同意，他轻则骂我"懒惰""没用"，重则打我。父亲认为，我既然不读书了，就不该看书写字，否则就是不务正业，就是歪门邪道，就是大逆不道。

那时，农村里照明没有电，只能用煤油，而煤油要凭证供应且售价不低。我点灯自学时，父亲就破口大骂我浪费了钱，是"败家子"，指责我眼睛会更加近视；我则趁此阻止他天天吸烟，反驳他这样对治病毫无益处。但父亲尽管呛得像牛一样嚎叫，也绝不放下铜烟壶。

那时，队上只要有红白喜事，都请我去帮忙。我将他们给我的香烟变卖了，买回书籍、笔、墨、稿纸和杂志等。父亲知道以后暴跳如雷，骂我是"忤逆子"，说我应该孝敬他。我的学习用品也经常被他毁坏。

就这样，父亲和我针锋相对，矛盾越来越大，简直水火不容。想到有些父母为了儿女们的学业变卖家产，而我父亲非但不理解、不支持，反而要扼杀我的爱好，我真是痛恨他。

那时，我正是情窦初开的年龄。我节衣缩食买了一双十元左右的白色球鞋，夜晚经常穿着它到莫愁湖大队小学，和年龄相近的女老师谭育明谈论文学和理想，父亲为此大骂不休。

那几年，我和父亲形同陌路，几乎没有笑着说过话，偶尔讲几句就争执起来了，经常是剑拔弩张的局面。家里的墙缝上、大门旮旯里，经常放着他用来打我的"专用武器"。我有时会把它们偷偷丢掉，但父亲知道以后，对我的打骂反而变本加厉了。

1983年秋天，继母照例去亲戚家长住，我照例每天在田土中忙碌，回家后做饭、炒菜，服侍父亲。这天早晨，我先是听到他哼哼唧唧地起床了，接着是倒在地上的沉闷声响，随后再没有动静。我知道他不行了，慌忙起床抱起父亲。可是，任凭我声嘶力竭地呼唤，父亲都毫无反应。直到这时，我才感到悲痛，嚎啕大哭。

三姐经常对我说父亲很爱我，我都好几岁能跑了，他还要三姐背着我买糖吃。父亲重男轻女，我小时候和三姐争吵时，父亲只教训她而偏袒我。还记得五十多年前一个漆黑的夜晚，父亲送身患癌症的母亲到益阳市治病，他背着五岁多的我，从鲜鱼塘大队一队一直走了十多里地，到三洲咀码头坐船，然后带着我和母亲到益阳市照了相。那张照片，据说后来被大姐剪开作了母亲的遗像，至今我还记得自己坐在父母中间，一双乌黑的眼珠又大又圆，左胸前戴着毛主席像章。

有一次，父亲带幼小的我去放牛。回来经过北港长河水流湍急的决口时，父亲担心我过不去，仍旧让我骑在牛身上。不料大牯牛纵身跃过一丈多远后，我从牛身上摔了下来，两眉正中跌得鲜血直流，至今还留有疤痕。

1980 年冬天，我肚子痛了很长一段时间（估计是血吸虫病），而健壮的二哥竟不顾父亲的哀求，对我不理不睬。父亲只得拖着病体，借来队上的一条小船，撑了十多里水路，将我送到了华田公社卫生院诊病。

而今，父亲已远离我近四十年，他只活到六十五岁就溘然长逝了。据二哥和三姐说，父亲应是 1918 年农历十月初三出生。让人后悔的是，我们都没有保留父亲的照片，这或许是父亲的吝啬所致。严格地说，也是弱冠之年的我当时不懂事。我沉醉在文学中，根本没料到他会那么早就离开我，也没有想过要留一张照片作纪念，就连父亲的忌日都记不起。我真是不合格的儿子，如今只能让自责啃噬心灵，只能在回忆中想象他的模样。倘若父亲在世，肯定会骂我是"忤逆子"，肯定会打我。这次，我绝对不会犟嘴，更不会逃跑，我会让父亲彻底发泄。

每次回想起父亲，梳理他的一生，我都有一种难以名状的滋味。他在病入膏肓时还避开附近的熟人，过河到较远的洞庭湖公社中河大队去"赞土地"，到暮色苍茫时才回家。我不知道，不善言辞的父亲为了赚钱贴补家用，不顾自尊，是怎样拖着病体，是怎样学会了反应敏捷，是怎样巧舌如簧，是怎样赞美人家的一切，才得到"赞赏"的钱粮。每次想到这里，我就心痛无比。

最近一次回到故乡，是 2019 年清明节。我来到父亲的坟前，默默地伫立在我为他从益阳市定做的墓碑前，很想和父亲说些什么。直到这时我才清楚：父亲是一位没有文化的农民，所以不能理解儿子的理想和追求。他身患重病不能劳动，所以只能骂我、打我，这是他恨铁不成钢的最好表达。他不能容忍他的儿子不作田土，去看那些不能变成钱的书本，去写那些不能变成粮的文字。父亲的教育方式虽然粗暴，他其实是唯愿儿子的庄稼种得好，早日成家立业。

父亲，正是那时的自学，让我奠定了文学基础。您知道吗？如今我早已在益阳市购买了三室两厅的江景房，有了以看书、写作为生的事业，各方面有了保障。父亲，请您安息吧！

"昭兹来许，绳其祖武。于万斯年，受天之祜。"父亲，我现在有了女儿，她已是高级服装设计师。在自己成为父亲以后，我才理解了您。我用自学的古文祭奠您的亡灵。火焰在风中呼呼作响，多像您骂我的声音啊；纸片在火焰中抖动，多像您打我时我扭曲的身体啊。父亲，您知道我在流泪吗？

父亲，如果您还健在，我真的会接您来我家赡养，让您安度晚年。父亲，如果您还健在，您能放得下那永远也做不完的农事吗？父亲，如果您还健在，您还会开口就骂我、动手就打我吗？父亲，如果有来生，如果来生我还是您儿子，我肯定会听您的话，不会惹您生气，我相信我们应该有亲密的父子关系。

（写于 2019 年）

三十一年后才相见

和她见面，是在 2013 年同学儿子的婚礼上。这是阔别三十一年后的第一次见面，这是认识她三十一年来的第一次握手。分别时，我把名片递给她，她带了一包剩下的饭菜，匆匆消失在夜色中。

三十一年前，她在我们大队的小学教书。那时，十五岁多就初中毕业的我，回家参加劳动，从此沉湎于"诗人梦"中。也许是年少充满幻想，也许是情窦初开，白天在田土中忙碌的我，夜晚经常穿着一双白球鞋，到两公里外的学校和她谈论理想、追求。利用替她给学生批改作文的机会，我在她的本子上写下诗。我还自信地对她承诺："请保存我的作品，等我成为诗人再来找你。"那时的她留着整齐刘海的学生发，显得非常美丽，那时的她能说会道。她的一些关于人生和爱情的"不是流芳百世，就是遗臭万年""以爱为圆心，以情为半径"等振聋发聩的名言，让我耳目一新，心弦为之颤动。

无数个夜晚，我和她有时坐在寝室中的凳子上，有时卧在床上并肩抒发豪情。那时，在去之前我曾鼓励过自己，要握住她的手，诉说衷肠。可是见面后我竟不敢直视她的眼睛。我知道自己身材矮小，我知道我家庭穷困。她的父亲是大队干部，家境富有，她怎么会看得上我呢？这无异于癞蛤蟆想吃天鹅肉了。

不久后，她调走了，听说是到另一个公社的大队小学教书了。得到消息后，我失魂落魄，坐立不安，我的心随着她去了远方。我克制不住相思，将自己深埋在心中的情愫倾泻在寄给她的信中。

那一段时间，我几乎天天往大队部跑，看是否有她给我的回信。可是，过去了很长时间，多少次望眼欲穿，我都没有收到她的来信。我一次次地在心中安慰着自己，我把单相思的痛苦化为了动力，让劳动和创作麻痹自己。

20世纪80年代后期，我和一位喜欢文学的女孩结了婚。后来我又以栽培食用菌为"跳板"，跳到沅江县城，成了专业户。无论是在沅江市，还是到益阳市，抑或是到省城长沙市，遇到家乡的熟人，我总要打听她，可得到的消息总是支离破碎。

几年前的一天，我在和同学的交谈中偶然得到了她的手机号。冷静几天后，我还是拨通了电话。当我在三十一年后第一次听到她的声音时，我百感交集。我没有说自己的姓名，而是聊起了三十一年前我们在一起讨论文学、我要她保留诗稿的事情。让人意外的是，她还记得我的姓名，这让我无比兴奋。但当我提起那封信时，她只轻轻地嘟囔了一声，说没收到。她告诉我，她当时嫁了一个高干的儿子，公婆想办法把她调进了效益好的县级单位。不料后来夫妻双双下岗，现在还住在单位分的小房子里。"你会上网吗？我想看看你。""我不会上网，只会打牌。"听到这话，我心中一怔。最后，我把手机号给了她，心想她应该会来电话的。可是许久后，她依然没有拨打我手机号。眼看离春节不远了，我又一次主动和她通了话。

此后的半年中，我仍然在盼望她的电话，她还是没有打给我，我只能想象她在麻将桌上鏖战的情景。如今，离我们分别又是好几年了，她仍然杳无音信，我也没有了再去看她的冲动。

二十多年前，我从农村来到举目无亲的城市孤军奋战，终于拥有了江景房并且实现了作家理想，她无法想象我饱受的苦难。回想起她三十一年前不愿回信，我心中还隐隐作痛。我想，她如当时坚持教书，应当是大有作为的。

"尽管走下去，不必逗留着，去采鲜花来保存，因为在这一路上，花自然会继续开放。"虽然我时常用印度诗人泰戈尔的诗安慰自己，但我依然会将她镌刻心底。别了，我曾经的单相思；别了，我曾经的魂牵梦萦。也许你早就忘记我了，我也知道，三十一年前，我根本就未进入你心里。虽然我们只隔一个小时的车程，可不知我们何时再相逢。倘若再过三十一年，我们是否还能相见？

（写于 2013 年）

手肘像极了继母的坟墓

一条大狗，不知从鲜红大队第一排还是第二排的哪户人家冲了出来，一边吼叫，一边追向一群十多岁的少年。我竭尽全力往鲜红大队队部奔跑，害怕落在后面被狗咬到。突然，我摔倒在地，右手肘发出剧烈的疼痛，原来是暮色中我没有看到横在路上的栅栏，被绊了一跤，手肘脱臼了。

1976年初夏，我在鲜鱼塘大队读初中一年级，那时的精神生活极度贫乏。因此，当听到邻近的鲜红大队放电影时，我们队上的小伙伴欣喜若狂，连忙呼朋引伴赶往那里。

那夜我应当是放弃了看电影，哭哭啼啼地回到家中，挨了父亲和继母的痛骂。他们看到我的手肘变形了，就认定是摔断了。不知是谁推荐的还是他们自作主张，马上喊来了邻队的蒋明才。他住在莫愁湖大队四队，离我家不到一里地，他妻子是刘炳炎妻子的姐姐，不过没有儿女。听说他是四川人，会诊跌打损伤。他看了我的手，摸了摸后脑的小肉瘤，走到我家厨房的水缸边舀了一碗水，对着我的手一阵念念有词，然后喝了一口水，猛地喷在我手上。接着，他推捏了几下手肘，作伸直状绑好。"我接正了骨头，你躺在床上不要动，一周后就好了。"他这样吩咐我。

我信以为真，可按时间解开绑带时，手竟不能弯。我们都不相信他了。这时，队上有个叫刘发明的青年，推荐了他的亲戚——国营茶盘洲农场新华分场七队的肖正才。他比蒋明才年轻，却比蒋明才高大。他信誓旦旦地说蒋明才的方法不对，他能诊好。其实，他的治疗方法和蒋明才如出一辙，只不过是把我手折弯，用绷带吊在颈上。我非常高兴，以为他能妙手回春。可一周后，我的手竟不能伸直，于是父亲和继母不再找他诊了。

那时，不知父亲和继母从哪打听到，距我们二十多里之外的沅江县灵官咀公社有个罗法师，家庭成分是地主，会诊跌打损伤。父亲忙于出集体工，只能要继母带我去治疗。那时没有车坐，只能走路。继母和我到了国营茶盘洲农场的幸福港，再渡过赤磊河，找到了罗法师。他看了我的手肘，无可奈何地摇头，说耽误了时间，骨头没有接正，里面长了骨头和肉。没有办法，来迟了，诊不好。

不知是他推荐的还是父亲和继母了解的，几天后继母又带着我走了约十里地，到了本区洞庭红公社的东安垸"陈满尿罐"法师的家中。那人和罗法师同样回答，不过把我介绍给了他的徒弟——王振仁医生。

王医生是一位兽医。他离我家至少有六里地，过了北港长河才能到他家。王医生看过我的手肘后说可以治好。那天等到天黑，他在堂屋中摆了一张桌子，要我坐在桌子的南边，他坐在桌子的北边。他喊了一声"开始"，吩咐两个彪形大汉拉住我，然后把我这只手递过去，他们像拔河一样用力拉扯。只听得手肘里的骨头"咔嚓"一声，我痛得哇哇大哭，但却动弹不得。继母在旁边心疼地安慰："崽啊，你要忍住，长痛不如短痛。"原来这是他们野蛮地拉断我的手肘，再重新接正。就这样死去活来地折磨我几次后，王医生才给我绑好手臂。过了一段时间，他给我解绑了，这次有了一些好转，但仍没有全部恢复。从此，应当是父亲和继母听了他的"骨头脱臼的那里长出了骨头，治不好了，只能是这样子了"之类的诊断，此事就不了了之。

记得那些年，我总不敢在大庭广众之下袒露右手臂，即使赤日炎炎、大汗淋漓，我也照例穿着长袖衬衣。我不甘心手肘畸形，梦寐以求能治好。

1985年冬天，我随人远赴益阳市人民医院。给我检查的是沅江市黄茅洲医院的张献科医生，他正在这里进修，说可以治好，让我明年春天再去找他。考虑到这家医院离我家只有五六十里，我同意了。1986年3月8日，我顶着小雨，骑自行车到医院，做了手术……历经十年，我的治手之旅才画上了句号。

"青青陵上柏，磊磊涧中石。人生天地间，忽如远行客。"当我自学到这首古诗时，父亲和继母已长眠故乡数十年了。继母带我治手肘的往事历历在目。或许是父亲和继母当时经济拮据，不能带我到医院治疗；或许是他们没读过什么书，相信那些人的自吹自擂，以至于丧失了治疗的黄金时间。那些年，我遇到那些庸医时总有些难堪，仿佛是我做了违心事。其实，他们才是罪魁祸首，愧对我的应当是他们（他们现在如在世，我会索赔）。可惜，当时老实忠厚的父亲和继母从没有这样想过。其实，对医院而言，治疗手脱臼轻而易举。

四十三载岁月在手臂的弯拢和伸直中汤汤流过。虽然我的生活没有受到太大的影响，但是手臂偶尔会疼痛。它似乎在提醒我：应铭记父亲和继母的恩德。在继母带我治手肘的过程中，她端茶、做饭，招待那些为我治手肘的人；她带我找那些人，肯定是要赠送礼物的。继母在炎炎烈日下为我奔波、热汗淋漓湿透衣裳的场面让我终生难忘。那时，继母的背上似乎还长了疮，那出血流脓的痛苦想起来真是让我无限酸涩。我觉得，手肘处隆起的畸形骨头，像极了继母的坟墓，这是我每时每刻对她的怀念。

（写于2019年）

回"家""偷"自己的罐头瓶

一

8月24日的洞庭湖平原，仿佛知道我今天要赶7：30的轮船，很早就露出了熹微。船头犁开蓝色湖水溅起白色浪花，恰似我奔涌的思绪……

说是回家，其实，那"家"只是泗湖山区华田乡莫愁湖村的破旧村部。1989年冬天，二哥搬到益阳市香铺仑乡养鱼，要我们给他守屋。本以为能长久地居住，哪料到1991年3月24日，二哥事先没有通知就突然回家了，可我的茅草房在3月19日已请人拆了。无家可归的我们没有请示村干部，匆忙拖了三板车物品，逃往几里路之外的莫愁湖旧村部，将剩下的三间作为自己的"家"。这几间都有二十平方米左右，地面坑坑洼洼，窗户不翼而飞。幸好还有向西开的两扇大门可以上锁。阳光从缺瓦的屋顶漏下来，照在我们身上；大风从窗口钻进来，带来料峭春寒。它们像看猴子把戏一样狐疑地盯着我们，估计做梦都没有想到，我们这些贸然闯入的不速之客将成为这里的主人。我们把南边的那一间作卧室，中间的设为堂屋，北边的作厨房。我请来七组的陈本良砌了水泥灶，自己还修了简易鸡舍、猪圈。虽然自己寄人篱下，但不能委屈跟着我们的鸡和猪。

卧室南边的小房间是我栽培平菇的房子，这是一间十多平方米的房子。东边有个狭窄的简易窗口，西边安了一扇门，不很漏雨。

还记得1990年9月9日，天空洒下一阵阵冷雨。我举着伞，到了八组文友黄智辉的家。他早就从文学的沼泽中洗脚上岸了，想进入村委领导班子。这时，财贸主任李春茂、会计莫志强恰好都在这里。我向他们提出想租村部拆剩的破旧瓦房栽培平菇，他们深表同情，都说愿意支持我，只不过租金每月要 20 元。这价格太高了，但是缺乏经济能力的我并没有还价。我又找到支书王术清，他同样赞成。这是我扩大平菇栽培计划的第一步。

我先是看上了村部原来榨油废弃的烧火炉。我请了鲜鱼塘村一组的陈子归将烧火炉维修好，并安装了一口新锅。后来觉得太大了不好，又借用了邻居王应清熬酒的水泥灶和木甑，将拌好的棉壳用塑料袋装好。这些塑料袋是我于 1990 年 9 月 2 日在长沙市溁湾镇食用菌科技服务部购买的筒膜。我把它按虚线裁剪开，一端用小钢锯片烧热以后烫拢来作为袋底。我不断地添柴，结果因时间长且火大，锅里的水烧干了，许多塑料袋也烧烂了。我这才后悔，应当用罐头瓶，它们无论如何也蒸不烂。从这时开始，我就留意人家丢弃的罐头瓶。平时人们不屑一顾的罐头瓶此时被我视若珍宝。在乡村的房前、路上、田间，只要看到它，我总是喜形于色地捡回来。

记得我第一次看到罐头瓶装种是在 1989 年 3 月 12 日。我到 20 里外的茶盘洲农场交运公司的廖姓人家，按每个罐头瓶 7 角钱的价格购买了 70 瓶栽培种，准备试种凤尾菇。当时我看到无色透明的玻璃瓶内的白色菌丝在黑色的棉壳里长满了时，觉得非常新奇：为什么要用这些约 10 厘米高、瓶口直径约 8 厘米的罐头瓶呢？我暗暗提醒自己：以后制种，一定要用罐头瓶。

应该也是从这次起，我大胆采用了书上介绍的简易接种法。我和妻子在夜深人静时起床，来到破旧村部。书上说，这时万籁俱寂，空气清新，没有尘埃。我和妻子对坐在藕煤炉边，将大铁丝做成的接种钩伸过炉火，钩起从湖南省食用菌研究所购买的七只广口瓶内的原种，迅速放入罐头瓶中的培养料中，再盖好塑料薄膜，套上橡皮箍，制作栽培种。

天上的星星看到我和妻子耳鬓厮磨、窃窃私语，嫉妒得不停地眨眼睛。

罐头瓶瓶口大，空间多，氧气足，菌丝很快长满了。我和妻子在旧村部残余的小水泥坪上拌料。这 1530 斤棉壳，是当年 4 月 14 日，我向大姐和二姐借钱，在茶盘洲农场油脂化工厂购买的。这次棉壳发酵得很好，氤氲的腾腾热气中，白色的絮状物附着在棉壳上，好似菌丝。不料，10 月 28 日夜晚我回家时，猪和家禽全部暴病死亡。虽然心痛，但充满期待的平菇给了我们无限的慰藉。幸好那批平菇在过小年那天卖了 4.8 元钱。春节的早晨，我又采了一小篮平菇，沿路回家，卖了 18.6 元钱。

时值第 11 届亚运会召开后几个月，乡村到处都荡漾着“我们亚洲，山是高昂的头”的歌声。一岁多的女儿也学着我们哼唱，只是唱不了那么多词，变成了“我们亚洲，山是头”。我们就抿着嘴巴，抵着舌头，模仿她的口气问：“山是么子头？”她回答不出来，我们就逗她：“我们亚洲，山是头。山是么子头？山是阿柳头。”阿柳是她的名字，她当然知道我们是在笑她，也跟着我们哈哈大笑。

那时，咿呀学语的女儿也像我一样爱吃平菇。每次吃完后，她一边舔着嘴唇，一边用筷子敲着碗，望着妻子“地地答（菌子恰）”地叫个不停，惹得我们捧腹大笑。每次走进菇房，凝视着渐渐长大的像伞叠在一起的平菇，我觉得自己俨然成了神奇的魔术师，心里像喝了蜜一样甜。

有一天，我突然发现长出的平菇没有菇盖，估计是被什么东西吃了，于是迅速在书刊中查找，才得知是滑皮虫（蛞蝓）。我按照书刊上介绍的方法，凌晨 1 点后起床捕捉，可这时它早就偷吃后消失得无影无踪了，只留下鼻涕一样的痕迹。于是我第二天晚上就守在菇房里，发现它在半夜 11 点多就出来了，那夜我捉了整整一瓶滑皮虫。

这些平菇出了一批又一批，最后如癞子头发一样稀疏。我就按照报刊上介绍的方法，将肥沃的土壤敲碎，覆盖在菇床上，居然发现又长出了一些粗壮的平菇。到 1991 年 5 月 14 日，我共卖出 1310 元钱。这次小试牛刀让我尝到了甜头，我憧憬着栽培平菇的锦绣前程。

二

为了降低成本，早日掌握平菇的制种技术，8 月 9 日上午，我找到湖南师大生物系张志光教授，购买了一支平杂 1 号母种，又去湖南省食用菌研究所买了一支佛罗里达母种、十瓶荆州 1 号原种等，夜以继日地制原种和栽培种。

我栽培平菇成功的消息不胫而走。5 月 3 日，住在对面开商店的石清元交了 50 元钱学徒费。9 月 30 日，我率领茶盘洲农场新华分场六组的学徒黄小平将 1800 斤棉壳在太阳下接种。这天，益阳市茈湖口镇的杨来买了 80 瓶栽培种和两瓶原种。"开张大吉，开业宏发！"我按捺不住喜悦，喃喃自语。可就在我自以为这次暴晒了几天且发酵的菌种能和上次相媲美时，一场灾难让我陷入了欲哭无泪的地步。

那天是 10 月 27 日，我照常查看菇袋中菌丝的生长情况，发现迟迟未长的栽培料中意外地出现了一些绿霉，顿时大吃一惊。绿霉是食用菌的头号杀手，它可以置食用菌于死地。我心急火燎，这才后悔被上次的成功冲昏了头脑，不该用生料栽培。如这次栽培报废，几百元将血本无归。冥思苦想中，我突然记起了 1990 年的《湖南食用菌通讯》杂志上湖南农学院的罗宽介绍了防治杂菌的最佳方法——扑拉克药物。现在，我只能找这位"救星"写的"灵丹妙药"了。

10 月 29 日早晨 7 时许，我奔赴湖南农学院，罗宽没料到我竟然比他上班还早。他遗憾地说："那稿子不是我写的，那药是亲戚从台湾带回的，现在用完了。不过，有特克多。"他旁边一位叫高必达的人写了张字条给我，我赶到了省植保技术服务公司，可是那里不零售。我只得坐汽车直奔沅江市农业局，最后才在琼湖农业局购了二两特克多。回到家，我连忙将它兑水后对着菇袋喷施，祈祷它能起死回生。在煎熬中等到了11月4日，我仍旧未发现菌丝生长，绿霉仍旧没能得到抑制，于是立即决定用熟料栽培。我们将所有的栽培料重新装袋后，又放进一米多高的大铁桶内烧火杀菌。待其冷却后，我们在塑料袋的两端放入菌种，套上包装带做的圆环，用书和纸盖紧。11月9日，10斤平菇成熟了。我载到华田乡政府附近，卖了18.9元钱。

美好的生活随着春节的临近开始展露笑颜。过年这天，我村六组年龄和我相近的傅长清找上门，开口就喊"师傅"，非要拜我为师不可。我乐不可支，只好顺水推舟。2月20日，乡广播站播送我的平菇栽培招生消息后，我的知名度提高了，经常有人到我的菇房参观，经常有人来买菇……

随着春天气温升高，大量平菇集中成熟。如不及时采收，就会卷边、开裂、减轻重量，降低收入。那一段时间，我将一些单位的办公地和居住地作为首选销售场所。那些干部一般文化程度高，知道平菇的营养价值，而且比农民有钱。那段时间，只要从村部广播中听到华田乡政府开会的消息，我就如获至宝。犹如古人守株待兔，直奔那里和华田乡医院、华田中学，几乎每次都销售一空。小女儿只要看到我骑自行车，就非要上车不可。我高亢的"卖菌子啊"的声音刚落，她的奶声奶气的"卖卵菌子啊"的稚嫩声音就接踵而至，让我忍俊不禁。我一边叫卖着"菌子"，一边告诉女儿这是丑话，不能说，可她不一会就故态复萌了。我载着小女儿，我们俩像说相声一样叫卖的声音，回荡在鲜鱼塘村、护华洲村、华田村、茶盘洲农场新华分场、六合分场的天空，成为凄苦岁月中快乐的风景。

那年3月3日，是个阴雨天。我的自行车坏了，借了几处都碰壁的我只得担了31斤平菇，走了二十多里路，直到全身酸痛才售罄。和人讨价还价的无奈，只能流动销售且量少的烦恼等，使我产生了离开家乡到一百多里外的沅江市栽培平菇、获得更大发展的想法。

三

那年3月16日，久未见面的初中同学丁志钦突然来访。听说他当年考上了怀化市的一所商业学校，毕业后分配在沅江市百纺公司，现已下岗。他说他弟弟丁和钦租了沅江市农机公司的仓库养鸡，有剩余的房子可以用来栽培平菇。他还流露出了想学习的意愿，这无疑给我注射了一剂强心针。25日，我赶到了沅江市，粗略地考察了一下场地，认为切实可行。其实，养鸡场空气混浊，臭味难闻，怎么可以呢？只是我当时想尽快脱离莫愁湖村，并未仔细斟酌。

然而，我在沅江市人生地不熟，不知道何处能买到菌需物质。为了未雨绸缪，3月31日10时许，我借来自行车，载着麻袋，到茶盘洲农场油脂化工厂装了2177斤棉壳。翌日，天刚蒙蒙亮，我又赶到这里，喊来附近的颜伏华，将棉壳运到了幸福港船码头。我搭载11：30的岳阳班船，请人把棉壳放到了沅江市农机局仓库的二楼。

4月10日，茶盘洲农场医院旁边的谢胜光来拜我为师。6月1日，我们终于卖完了全部平菇。妻子开始清理大家买平菇时的赊账。除了五组一个叫徐双喜的后生仔，其他所有的都收回了。妻子找徐双喜要了几次他都没给，无奈押了他晾在外面的一双旧皮鞋，他才不得不还了欠款。

第二天，我将一些文学书刊和父母遗留的老旧家具寄存到了大哥和二哥家。为不耽误次日早晨的轮船，黄昏时，我将新做的接种箱和所有的食用菌书刊及日记本等，请九组的瞿建军开车送往五七电排的船码头。我其实是舍不得将几百只罐头瓶留在这里的，这是我精心收集的劳动成果啊，有一些罐头瓶还是我在华田中学销售平菇时，在这里教书的同学胡一君送给我的。可现在运这些罐头瓶，既占地方，还会"豆腐盘成肉价钱"。我安慰着自己：在沅江市区，肯定还会有罐头瓶的。

上车之前，我凝视着生活了一年多的"家"，想到就这样和它离别，大有"风萧萧兮易水寒，壮士一去兮不复还"的悲壮感觉，竟无语凝噎。我遥望着茫茫夜色中的星星，竟不知哪里是我的归宿。我背井离乡，挈妇将雏到沅江市当平菇专业户，是否抉择正确？是否孤注一掷？是否稳操胜券？从我1988年夏天和妻子"私奔"到岳阳市临湘县聂市镇摆宝栏谋生，后到五里牌农贸市场贩卖蔬菜，栖身县城铁路边的彭家小黑仓屋内，最后搬至县印染厂的李学全家，这是第七次搬家了。如这次失败了，我又将搬往何处呢？浮想联翩中，一颗流星燃烧着掉落天穹，我的泪水潸然而下，真是"秦皇岛外打鱼船，一片汪洋都不见，知向谁边"。

中午到达沅江市后，我们租了丁和钦剩余的一间房子。因高温不能栽培平菇，我迫不得已开始收废品，维持一家人的生计。27天后，因他需要房子，我无奈在石矶湖的加禾村四组刘世才家租了一间房屋，重操旧业。直到进入8月，我才开始制种，可这时捡回的罐头瓶还远远不够。我询问过废品店，但价格高得离谱，只好退避三舍，当即决定火速返回莫愁湖旧村部。

四

出了五七干校码头以后，我先去看望了学徒傅长清，下午又和他到了莫愁湖村旧村部。我"家"的大门上还挂着那把锁，只是锈迹斑斑。墙壁的砖被掏出两个大洞，犹如病入膏肓的祖先在期盼我归来的眼睛。只有地坪里的小草在风中摇动，仿佛天真活泼的小孩，颇有一些"儿童相见不相识，笑问客从何处来"的情景。守房子的邓玉根不在，我大叫了几声，皆无人应答。邓玉根绰名"牛老爷"，是个老单身，原来住在我隔壁。我和傅长清只得从洞口翻了进去。一只只罐头瓶接满了漏的雨，眼泪汪汪地看着我。这是分别了几个月的朋友，我们终于见面了。我和傅长清小心翼翼地装了五纤维袋，整齐地放在"家"里。

8月25日早晨，我兴冲冲地再次来找"牛老爷"。只见他瘸着脚说："村干部说你没出租金，你要结清了租金才能运瓶子。"我原以为他在开玩笑，可看到他一本正经的模样，才感到这事情非同小可。我原以为他们是不会向我要钱的，在莫愁湖村时，我经常赠送平菇给他们。平心而论，我现在是有一点钱，但这对在沅江市栽培平菇来说，只是杯水车薪。我赶到了村支书王术清、财贸主任李春茂、会计莫志强家里求情，承诺明年夏天收完平菇以后再还钱，可李春茂一口咬定要我先出150元钱。

事已至此，我能怎么办呢？无论如何，我这次必须要把罐头瓶运回去。我急中生智，来到八组文训根家。早在几个月之前，他就跟我说过，到时候把儿子文健康送到沅江市拜我为师。听到我说要学徒傅长清把板车送到他家来，他爽快地答应了。

我躲藏在破旧村部不远处的大树下，一直等到"牛老爷"从房内出来。看到他得意地唱着"种田要种弯弯田，一弯弯到妹房前……"往曹寡妇家走时，我马上从洞口钻进房屋。

搬罐头瓶时，我有些害怕，可想起鲁迅作品中孔乙己说的"读书人窃书不算偷"，胆量顿时倍增。这些罐头瓶原来就是我的，现在只不过是物归原主罢了。我离"家"越来越远，我的"家"在回望中越来越小。我亲爱的"家"啊，请理解我的先礼后兵。我亲爱的"家"啊，请饶恕我只能被迫和你偷偷告别。

傅长清留我吃过中饭，又护送我到了五七干校船码头。我如凯旋的将军一样，"率领"罐头瓶登上了16：10的轮船，它们簇拥在我的周围。我谛听着罐头瓶在风浪中碰撞出的声音，它仿佛是拉兹的《流浪之歌》，更有小夜曲的温馨浪漫。这是朝夕相处了几年的伙伴，我们终于团聚了。

经过四个多小时的航行，我于20点到达沅江市船码头。朋友吴忖、陈世忠按我昨天去时的约定，正在这里等候我"班师回朝"。我花两元钱租了一辆板车，拉着这些罐头瓶去往我租住的新"家"。这些罐头瓶聚集了我那"家"的烟火，荟萃了我在那"家"培育菌种的精华。我觉得自己就是从农村漂流到城市的一只大罐头瓶，我的理想和它的瓶身一样丰满。大街上华灯璀璨，照得罐头瓶熠熠闪光，如同我当平菇专业户的希望。

（写于 2021 年）

后悔拆毁茅屋

一

趁着原鲜鱼塘大队初中班同学聚会，我特意来到了阔别多年的旧居。说是旧居，其实早就荡然无存，只剩下宅基地和菜土。想不到距我最后一次离开，竟然相隔二十六年。其实，我平时也偶尔回过故乡，但只是在车上瞟视而已。

早就听说我放弃田土以后，宅基地、菜地都归了大哥。果不其然，一大片苎麻苗在这里盘踞，东边的渠道路上已经植了一些吴茱萸，渠道早已淤积，只有野花、野草到处疯长。

我几乎认不出来了，在这里来回踱步。我的茅屋呢？当年为什么被我拆毁了？我一遍遍地扪心自问。如果不拆，该有多好啊。我如中了魔法，伫立在这里喃喃自语。

二

拆毁茅屋的那天是 1991 年 3 月 19 日。那天风和日丽，给我帮忙的是林哥和喜鳖，我提前一天就请好了他们——日记本替我记得清清楚楚。

我的茅屋严格地说是稻草屋。它坐北朝南，有两间正屋和两间磨厦，像逃荒讨米的父母搀扶儿女。一米多高的泥砖托举着三米左右高的"毛蜡烛"牛屎泥巴墙壁。和周围高大的瓦房相比，茅屋无疑是安徒生笔下的丑小鸭，显得非常丑陋。平心而论，我本是不想拆毁它的。1989 年 4 月 27 日夜晚，妻子生完女儿刚一个星期，茅屋就遭遇罕见的龙卷风袭击，屋顶被掀了近一半。幸好茅屋没垮塌，否则后果不堪设想。5 月 17

日，我还在莫愁湖村九组刘明生家和王志明家买回来近两千斤稻草，又请人维修好了呢。只是当年 11 月 21 日，二哥远去益阳市香铺仑乡养鱼，要我们到他家守屋，我们才搬了出来。

其实，茅屋离西南方的二哥家并不远，约一里路。可我每次到茅屋后面、西边的土里做事时，总能看见屋顶坑坑洼洼，灶屋前面的泥砖也已经倾斜。它现在是华田乡绝无仅有的老古董，自尊心极强的我突然有一天下定了决心：我已经住瓦房了，还会住茅屋吗？留着丢人现眼，拆了吧！

那天，我掏出钥匙，打开了堂屋的两扇木门，茅屋内的霉腐气息顿时扑面而来，好像在热情欢迎我这久违的主人。我有些嫌弃地用手扇开，在每间房里检查了一遍。它们的进深大约都是六米长、四米宽。父母遗留给我的几样破旧家具早就被我搬到二哥家了，房间里现在空空如也。可真正要拆毁它，我还是有些下不了手。

林哥比我们大三十岁，经验丰富。我们按照他的吩咐，搭着楼梯，小心翼翼地爬上了灶屋顶，正式拉开了拆毁茅屋的序幕。我们割断扎紧芦苇秆的草绳，把压在下面的一层层稻草扒拢来，用"草鹞子"捆好，丢下地。遇到沤成烂泥一样的稻草，就直接掀了下去。多年的烟熏火燎使稻草上积了厚厚的烟灰，空气中弥漫着刺鼻的气息，我们都成了"非洲人"。一根根芦苇秆露出来了，只不过变成了斑驳的黑色和紫红色。幸好芦苇秆比稻草好捆，没有那么多灰尘。随后，我们就开始拆小椽木。

拆完了屋顶，我看到阳光飞身跃下，占领了灶屋的每一个角落。我们在屋顶俯瞰，屋内一览无余，只剩下三个泥砖灶口，争相叙说着尘封的往事。

这里原来安放着三口铁锅，现在好像睁圆的大眼睛，睥睨我们这些不速之客。当年继母总是扎一条蓝色围裙，在这里煮饭、炒菜、煮猪食。

灶口前是泥砖砌成的"糠头围子"。十多岁时，二哥带着我，远赴茶盘洲农场幸福分场八队扯棉花树，用船运回家当烧柴。1979年7月，十五岁多的我初中毕业了。父亲安排我跟他到新华分场新华七队的大堤上砍野草。稍微大一些后，我到新华分场的芦苇山中捡柴，到畜牧分场机务队二姐夫家的水沟边砍柴，那些柴火都装在这里。我一次次把柴喂进饥饿的灶膛，烧熟了全家人的希望。1989年夏天，我从鲜鱼塘村一组龚台云家捉回的一头"癞花猪"，开始也是关在它旁边用木板垒成的"猪圈"中。

灶的西南边是一只木架和竹片做成的鸡笼，应该有几十年了，非常陈旧。上面矮小的烂箩筐垫着稻草，是母鸡下蛋的鸡窝。不知是20世纪80年代的第几年，继母用抱鸡婆孵雏鸡。遇到鸡蛋上啄开的小裂缝，就敲开蛋壳，拉着雏鸡喙让它出来。当有些鸡蛋没动静时，她就用脸盆装满水，把蛋放进去，我跟着继母一起拍手叫喊。看到左右摇晃的鸡蛋，她就继续放在鸡窝里，让母鸡孵化。有一次，雏鸡出壳时，母鸡总是偷啄没出雏鸡的鸡蛋，继母只得剪短母鸡的喙。几岁的小外甥长春婆在旁边问母鸡："看你痛不痛？剪了你的备（嘴）巴吧！"

灶的东北边，是放大水缸和小滗缸的地方，旁边是一间小猪栏横屋。每到夏天，我就将墙壁上的一块泥砖揭开，让风吹进来，给猪降温。冬天来了，我先把砖堵上，再糊紧烂泥巴，为猪保暖。据二哥说，继母为准备他的婚事，一年养肥了六头猪卖钱。

灶的西边是父亲做的一只高大精美的碗柜，他用桐油刷得金黄。屋中间，父亲从檩子上垂下来一根绳子，吊了一只筲箕，吃不完的剩饭就装在里面。后面的檩子上，是家中挂锄头、耙头的位置。这样，农具既不占地方，也不会生锈。

三

拆完灶屋，就轮到堂屋了。那时，这里的中间放着一张大桌子和几条板凳，一家五口吃饭时其乐融融的情景历历在目。父亲吃饭时，头上总是渗出汗珠，冬天也如淙淙溪流。一张四只脚的小矮凉板就置身在堂屋东边的墙壁下，竹子被汗水浸得紫红。夏天来临时，我们就在这里歇凉。

父亲走了以后，那些过年的夜晚，我和继母坐在堂屋中间，烧树蔸子火"守岁"。只要过午夜 12 点，她就对着漆黑的夜空呼喊，祈求各路菩萨保佑李家的子孙后代平安发财。她从沅江县喊到了临湘县，直到喊遍了才放心。随后，她就要我脱掉鞋子，将脚按在灶屋的猪牢门边，一边把脚往上面擦，一边要我跟着喊："磨死冻爪风，磨死冻爪风！"也巧，我那每年冬天都冻烂的脚，在继母的念咒中从此好了呢。

堂屋东边、西边的墙上，曾经贴着我 20 世纪 80 年代初期临摹的《三个女神》和公鸡、老虎、熊猫。《三个女神》是意大利著名画家拉斐尔的作品。为了杜绝人们哂笑她们的赤身裸体和丰乳肥臀，我在上面别出心裁地题词：不要以为她们丑，其实这是最伟大的美。

堂屋的门框上，当木匠的父亲经常用马口钳夹住木板，要二哥和我帮他拉锯子。下雨天不能出外做事时，父亲仍然在家搓草绳，在木马上编草鞋。

同样是在这堂屋中，二姐夫协助我演绎了订婚成功的精彩喜剧。1986 年春天，我和茶盘洲农场新华分场四队的一名女孩恋爱了。她母亲不但嫌弃我种田，还嫌弃我住的是茅屋，坚决不同意。女友住在草尾镇的大姑去到她家，给她母亲面授机宜：搞突然袭击，第一天通知，第二天就订婚，用索要很多彩礼的方法逼迫我自动放弃。她母亲大喜过望，以为这样会稳操胜券。11 月 3 日早晨，二姐心急火燎地赶到我家通知后，我在文友黄智辉的商店为每一位来宾赊了一段布,又到十队郑少元的商店赊了南货等,还东拼西凑了一些钱,满足了他们的要求。可他们竟然出尔反尔,层层加码。最后,二姐夫实在忍无可忍了,指责他们"这是小伢儿说话不算数",他们这才被迫妥协。

1989 年秋,我在这间堂屋里打桩扎架,栽培了两层平菇,这里成为我发家致富的摇篮。

四

堂屋的西边是卧室。进门的右边墙壁下,原来放着一只长方形米桶,约一米高。一只一拃多长的圆筒竹升仰卧在米中,它外表雕着许多竖条纹,刻了"公平交易"四个字,不知是父亲雕刻的还是祖传的。靠南的木格窗下,摆放了一张旧书桌。三只眼睛般并排的抽屉下,长了瘦长的四只脚。中间的小抽屉里,锁着我精心购买的几十本连环画。大侄子总是把手从抽屉的缝隙伸进去盗窃,我每次都气急败坏地吓唬他:"老子要在咯里安装黄竹筒(黄鼠狼)夹子,夹脱你的手。"他当然知道我这是在吓唬他,这狭小的地方怎么装呢?所以他照偷不误。可惜不知什么时候连环画不翼而飞了,现在想起来仍然后悔不已。

书桌的旁边是继母睡觉的一张木床,紧靠它的是一只两扇门的大世柜,里面装着一只蓝花小圆瓷坛,继母经常在坛内收藏人家送来的雪枣、兰花根、橘饼、小花片、鸡蛋糕之类的"封子"。趁继母外出时,我经常偷偷找到钥匙打开柜门偷食,然后伪装成原样。偷的次数多了,东西自然越来越少,最后"东窗事发",我免不了遭受继母的一顿漫骂。

北边是一张简易的架子床,和宁波床有些相像,但没有那么精美。我和父亲在这里睡过多年。那时我胆小,十多岁了还用被子蒙住头,只在旁边掀开一条小缝呼吸。1983 年秋的一天早晨,父亲从床铺上哼哼唧唧起来小解,没想到摔倒在我头边的地上,从此再也没有起来。

最西边的一间房原来是二哥居住。他在这里结婚，自己建房后就搬了出去，我"鸠占鹊巢"住了几年。我把刘禹锡的《陋室铭》用隶书抄写在白纸上，然后贴在墙壁上，布置成了自学文学的"独立王国"。后来，我饲养了几年的牛，晚上便将牛关到这里。未料到那次龙卷风几乎将它夷为平地。

拆完椽木后，茅屋的檩子如棋格般呈现在眼前。它们的下面是九根高大的杉木巍然屹立，托起六根修长的杉木，构成了人字形屋架。凝视着这榫卯结构的作品，我知道它诞生于父亲的斧头、凿子下。

五

这些杉木生长在哪里？从年轮来判断，它们至少穿越了几十年的岁月。对于它们的来历，林哥记忆犹新："1954 年 6 月，原常德行署的沅江县草尾六区雁子洲涨大水，将我们 18 个'屋场台子'、23 户人家、128 个人的 280 亩土地全部冲毁了。1955 年农历三月十四日，你父亲和我父亲响应政府号召，用两只船'相帮'，装着杉木、石磨、碓臼窝子和家私，驾了百把里水路，到现在的茶盘洲农场新华分场新华一队的响水坎下船，来到鲜鱼塘大队一队，开垦荒地。"循着林哥的叙述，我瞬间似乎看到了当年父母亲奋力驾船、搬运的身影。"我们在堤边住的时候我还记得。我父亲原来还起过屋吗？"我好奇地询问。林哥回答道："1956 年起过一次屋，后来搞'大跃进'要求住在一起，又拆了。"

我这才恍然大悟。按林哥的解释，我拆毁的茅屋应是父亲建的第三座茅屋。我应当是出生在第二座茅屋，它至少有三间。厨房在西边，房间在东边，门前是一条堤。靠西边不远处有一根大水泥电杆，上面的高压电线南通茶盘洲农场，北接洞庭红公社，下面是一个一米多高的圆水泥台。当年，几岁的我经常爬到上面玩。1969 年，母亲就是在这茅屋里罹患了癌症，后来到益阳市大码头医院和桃江县灰山港治病，吃了很多中药，都无济于事。1970 年农历二月二十四日，母亲不到 50 岁就英年早逝了。那时我还只有 6 岁多，父亲将大门锁了出集体工，我无家可归，经常在懒夹柳（木槿）篱笆下面瞌睡，一觉醒来只得摸黑回家。

林哥说，1975 年下半年，华田公社在鲜鱼塘大队和鲜红大队的西边新开挖了一条渠道。以渠道为界，西边的田土归莫愁湖大队、华田大队。我家离西边不远，所以自然属新组建的莫愁湖大队十五队。因为划过来的莫愁湖九队有一些地势低洼的湖田，队上请了二姐夫用推土机推了屋场台子，给我家出了 80 元钱。当年冬天，我家就从堤边搬到了渠道畔，建成了这座茅屋。只可惜当时已有 12 岁的我在读书，对建房之事已记不起一星半点了。

这些杉木听从父母亲的召唤，远离故土，在新围起的湖洲，帮父母亲重建家园，为我们遮风挡雨。这些杉木，无疑浸透了父母亲的血水、泪水、汗水。这时，我才似乎知道了它们非同寻常的意义。那杉木皮的褶皱，就是父母亲的皱纹啊。那紫红的树皮，是父母亲的皮肤颜色。凝视着屋架，我觉得对它形状的习惯称呼导致人们忽视了下面的结构。确切地说，它应该是"介"字形。严格地说，比"介"字还多一竖。没有下面的木柱，怎么能在上面建筑呢？"皮之不存，毛将焉附？"顿时，我觉得那一撇一竖，是父母亲的身躯，那一撇一捺，是他们的手臂。他们将六个儿女紧紧挽在一起，永不放弃。

我们撬出铁钉，割断子篾，我好像听到了它们瘫倒在地时的叹息声。下午，我们把这些杉木檩子等码在附近的篱笆边，盖好了稻草。下面正好是一条小沟，可以沥水。一座茅屋，在时间的长河中劈波斩浪，15 年以后，"谈笑间，樯橹灰飞烟灭"。我在当天的日记本上写道："破烂的茅屋再也没有了。我如释重负，洋溢着大功告成的喜悦。那些阁楼上扔下来的破烂器具，父亲敝帚自珍了数十年，一瞬间被我劈烂了，扔进了灶膛。熊熊燃烧的火焰，犹如在嘲笑父亲的宝贝没有任何价值。"

六

事实证明，我拆毁茅屋是得意忘形得太早了，是错误的决定。5 天后，二哥忽然回家，要我们搬出去，我这才后悔不迭，不该拆毁茅屋，如今断了自己的后路。可此时已无力回天了。我该住到哪里呢？走投无路中，我突然记起了莫愁湖旧村部闲置的瓦屋，我们只得马上动身，泪眼婆娑地逃往那里。

茅屋拆毁后的第二年春天，我计划去沅江县城专业栽培平菇。4 月 17 日，我和莫愁湖村十一组的喻德明掀开稻草，清理出 17 根未沤坏的杨木和一些已沤坏的杨木，以 236 元钱的价格卖给了他。那些杉木依然完好。难怪人家说它是建筑的上等木材。这是父母亲的祖业，无论我怎样贫困潦倒，都绝对不能卖，我要留着它将来起屋。我将 26 根约 10 米长的杉木存到了大哥家的屋檐下；12 根稍短的杉木寄存到了喜鳖家的楼上，还有 6 根放到了二哥家。在拆毁茅屋的前几年，我还将父亲栽在沟边屋旁的杨树、椿树砍了，有的锯成了木板，这些都寄存在大哥和二哥家。

真正留恋茅屋，应该是在早几年。看到了别人写老屋的一篇篇文章后，我心中引起了震动：我也有屋啊，但是它不老，是年轻的茅屋，我也应该用文字祭奠它。"别梦依稀咒逝川"，被我拆毁了的茅屋时刻浮现在我眼前。

虽然茅屋不复存在，可我还记得它 27 年前的形象。长吁短叹中，我犹如看到了父亲和继母在茅屋中盼望我回家的情景。只是我很快就明白，父亲已经走了 34 年多了，继母也走了 23 年，他们永远不会回来了。他们长眠在大哥的自留地中，最多也只能像我一样，想念着自己的茅屋。

这一座茅屋陪伴了我 15 年的时光。如果把茅屋比作人，15 岁是舞象年华。15 岁即将成年，正是风华正茂的花季。但是我无情地把它扼杀了，想来真是凶残。

如果父亲和继母在天有灵，如果他们知道我拆毁了茅屋，肯定会像原来一样骂我是"败家子、忤逆子"，会把我打死。在人生中沉淀了 50 多载，我觉得这非常中肯。毋庸讳言，我是败家子，我是忤逆子。我拆毁了茅屋，不是败家子是什么呢？不是忤逆子又是什么呢？我把那些杨木卖了，不是败家子是什么呢？不是忤逆子是什么呢？而今，不知这些杉木还剩下多少。

应当承认，在农村时，我就是不称职的农民。我做事慢，庄稼种得不好。我不会育早稻秧，更别说用牛耕耘，就是开关机器也胆怯。我只有本事把父亲和继母含辛茹苦建的茅屋拆毁，我是刽子手，我是罪人。

"父母在，人生尚有来处；父母去，人生只剩归途。"而今，茅屋被拆毁了，父亲和继母的心血已化为乌有。我草率地断送了他们建造的茅屋，也埋葬了自己。我知道：它们必将要我以加倍的思念和忏悔来惩罚我、报复我。可以这样说，茅屋被拆毁了，我却迷失了。我回不到我的茅屋，回不到父亲和继母的身边，就是在梦里也是痴心妄想。多年后，我才终于理解，那些我烧毁的破烂器具镌刻了父母亲成家立业的记忆，是他们情同手足的伴侣，他们怎么会丢弃呢？

我经常这样追问自己：茅屋被我拆毁了，它死了吗？另一个我理直气壮地回答：茅屋没有死，拆毁并不是死亡，它们永远活在父亲和继母的心中，永远活在我的心中。他们走向另外一个世界的时候，茅屋还是安然无恙，茅屋泣不成声地目送着主人抛弃自己。茅屋不会死，它是以另一种凤凰涅槃的方式，复活在它的骨架——杉木中。这时，我很自然地想到了父母亲，想到了他们也像茅屋一样肯定只剩下骨架了。

回想起大哥、二哥家的杉木，我总觉得，它们就是父母亲的化身。那石磨、碓臼窝子的孔，完全是他们的眼睛。他们即使在百年以后，也仍然舍不得和自己的子孙分开。遭受时光的侵蚀，这些杉木总有一天会离开这个世界。可是石磨、碓臼窝子绝对不会死。当年，父母亲用它们春米、磨粉，哺育我们六个儿女。我坚信：被父母亲心血滋润的石磨、碓臼窝子，肯定要超过人的寿命，肯定永远不会衰老，肯定会天长地久。它们亲眼见证了茅屋的一生。将来，它们肯定会陪伴父母亲的子孙后代，并且嘱咐他们，应该铭记这茅屋的前世今生。

（写于 2021 年）

书刊和稿纸滋润乡愁生长

我最后一遍抚摸这些书刊和稿纸，如同耘谷耙在稻谷中穿梭。真不愿意这样，但有什么良策呢？父亲和继母遗留的茅屋，早在1990年春天就被我带人拆毁了。栽培在这莫愁湖村部破旧瓦屋中的平菇早已告罄，赊账已经收回，家具已寄存到了大哥和二哥家。今天下午，我要到相隔一百多里的沅江市区专业栽培平菇，再不能拖了。

这一本《新华字典》，是1979年上半年，我在华田公社五七中学中四班读书时得到的；这本萧殷的《创作谈》，是我初中毕业后自学文学时，从本村八组好友黄智辉那里借来的，我视若珍宝，用牛皮纸做了封面，用白纸包了封皮，还饱蘸绿色的水彩颜料在上面写了书名；这本《漫谈诗的技巧》，是臧克家题写的书名，我从北京邮购的；至于这几十张《诗歌报》，几十本《美术》《诗刊》杂志，是我省吃俭用订阅的。我翻看着《绿衣天使报》《湖南科技报》《湖南教育》《琼湖》样报样刊，摩挲着红色烫金的"沅江市广播电台通讯员证"，真是依依不舍；我理平几本起皱的稿纸，这是我不顾父亲和继母打骂完成的习作。我叠好一本本《柳絮》文学杂志函授资料，再压紧《韩笑诗选》。当年本村一组好友傅国华到南大镇新华书店买书时，结识了东荡子，东荡子把《韩笑诗选》送给他，他就借花献佛给我了。最后，我用力将绳子扎紧蛇皮袋口，夹在自行车上，来到了三四里路外的大哥家。

放在哪里好呢？我逡巡着屋内外。肯定不能放地上，容易腐烂，也容易被偷；厨房不行，烟熏火燎的，会影响书刊和稿纸，说不定会被当作引火纸；堂屋的楼椻太高了，不用楼梯上不去，万一大哥放什么重要东西，很有可能会把它丢到其他地方；卧室里高大的世柜上倒是很好，书刊和稿纸与书桌非常般配，但是大哥大嫂会同意吗？我知道文学在他们眼中的位置，更清楚自己在他们心中的分量，我不敢开口，担心被拒绝。后屋檐下倒是可行，那里只有一人多高，很容易放上去，但万一漏坏或者被偷了，我会被气死。

抓耳挠腮中，我来到猪牢屋旁边。它比正屋矮小几米，不过也是瓦屋，几头大肥猪正在争抢饲料。一阵风吹来，猪粪散发阵阵臭气，我不禁捂住了口鼻。突然，我灵光一闪，有了好主意。那一坨坨猪粪不是最好的地雷阵吗？那臭气不是最好的防御吗？它们完全可以让觊觎的人止步。这真是黄金宝地，真是猪们为我准备的最好臭气，笑容瞬时丰满了我的脸庞。我扛起蛇皮袋，小心翼翼地爬上栅栏，将袋子塞进阁楼，还左右用力推拉尝试。嘿，比泰山还稳当，无论如何都不会掉下来。直到这时，我才长嘘了一口气。

那一天，是 1992 年 6 月 2 日上午。

来到沅江市后，为维持一家三口的开支，我如陀螺般旋转在大街小巷。每次因事匆匆赶回大哥家时，我都会来到猪牢屋旁，查看那鼓鼓囊囊的蛇皮袋。只要它在，我漂泊的心灵就会得到些许安宁。纵有万般不舍，我最终也没有上去解开看过。每次我仓皇离开时，蛇皮袋那烂了的两处小眼多像自己的孩子，可怜巴巴地盼望着我早日接它回家。我怎么不想呢？可是，我只有几百元钱，到哪里能买到房呢？只能任凭生活的浪潮把我这浮萍打来卷去，我只能喃喃自语：对不起，请理解。等到那一天，再满足你们的夙愿。

谁知，生活不但撞得我鼻青脸肿，而且把我的憧憬扼杀在摇篮中。1996 年夏天，一场特大洪水将大哥在共双茶垸的瓦屋淹没了一个多月。得到消息时，我已逃离到会龙山下的岳母家，益阳市长春镇同样遭受了洪水袭击，我的心情好似热锅上的蚂蚁。我知道，在洪水来临前，大哥大嫂肯定将能搬动的东西都转移到了安全地带，唯独会放弃我那些书刊和稿纸。那是废品，有什么用呢？我仿佛听到大哥大嫂的指责，仿佛听到书刊和稿纸在洪水中啜泣。从此以后，我们就永别了。直到此时，后悔像一条虫子，啃噬着我的心灵：我是刽子手，断送了书刊和稿纸的生命。当初为什么不带出来呢？难道多几十斤就会压沉生活的扁舟吗？是它们不能变成钱粮养家糊口吗？是的，因为我携带了那些栽培食用菌的书刊，急于掌握致富技术，突破困境。

无数个白天和夜晚，我都在懊悔，不知那些书刊和稿纸被冲到了什么地方。有时，我觉得它们现在可能躲藏在家门口的资江中，悄悄注目我的样报样刊及获奖证书；有时，我觉得它们或许被冲向了洞庭湖、长江甚至海洋。

在无数次的想象中，幽暗的心灵最终发出明亮的火星。它应该还是在故乡，代替我照看父亲和继母、母亲的坟墓；它应该还是在故乡，化作了最优质的有机生态肥料。在掩埋我胞衣的故乡，在我曾经用汗水、泪水、血水浇灌的责任田土中，有镌刻着我青春的书刊和稿纸的滋润，乡愁正像野草一样茁壮生长。

（写于 2023 年）

第一次挂山

一

在原鲜鱼塘村一组的二哥家吃过早饭后，我们就上了门前的废堤。4月1日的洞庭湖区农村，油菜梗上只站着几朵金色的花，在精心呵护丰硕的油菜荚。它是油菜花的孩子，熟睡在母亲制作的荚里。我蓦地想到了逝去的生母，五十多年前，我也如油菜籽，躺在她为我制作的摇篮中。

一粒粒晶莹的露珠，在油菜叶上、梗上、荚上，闪烁着一个个圆滚滚的小太阳。三姐看着南边近在咫尺的生母坟墓，说："露水太大了，会打湿衣服，我们先去给大舅、舅母挂山吧。""好！"我抹了抹油菜上的露水，凉飕飕的感觉顿时漫上心头。昨天黄昏，妻子就以它为背景，给我们拍了几张照片。就在二哥家门前耸立的欧美杨上，一只蹦跳的喜鹊欢迎我们远道而来，我惊喜地叮嘱妻子用手机录了下来。暌违故乡近二十八载，我似乎从没真正看到过城市的露水，更没有看到过喜鹊，想来真是遗憾。如说给故乡人听，他们根本不会相信。

走了约两里，是郭雪华的商店。挂在房前的彩色纸球随风招展，仿佛知道我们的来意。我和三姐各买了两个纸球和一封万响鞭炮。小时的伙伴黄铁维就住在旁边的莫愁湖村十四组，他热情地要送我，我只好顺水推舟。摩托车在公路上往东慢悠悠地行驶，鲜鱼塘村村民的房屋在左边不断闪过。

只几分钟，我就到了原鲜鱼塘村四组。每家每户都是焕然一新，根本没有印象中的旧貌。有一户人家的阶基上有人，我要黄铁维停车。

"请问周伯仲住在何垓？"周伯仲是我表哥，他是大舅和舅母"秤砣生（一生只有一胎）儿子。"就是咯里。"那人看着我回答。我走近了，双方都认了出来。"哦，原来是叔叔啊。"这是表哥离异后再婚生的大儿子，比我小几岁，叫周军辉。我和他至少有三十多年没见面了。我说明了来意，他马上走到屋后面，大声叫着"爸爸"。几分钟后，表哥从麻土中出来了。他已近鲐背之年，遗传了舅母老时佝偻的姿态，腰弯成了九十度。幸好他耳聪目明，思维清晰。我和他最后一次见面，是十年前在大哥古稀寿诞时。其实，表哥年轻时仪表堂堂，高大魁梧。他有七个儿女。大女儿周云霞比我大几岁，住在沅江市。我1993年夏天收废品的时候，她曾热情地喊我去家里吃饭。2002年以后，我去看过她，现在仍有联系。

不一会，妻子和三姐也被黄铁维送来了。我和三姐将钱塞给表哥，他连连摆手不要。我们强塞给他，过一会他又退回来了。我们只得解释："我们冇买么子家伙，你自己想吃么子就买吧，咯是小意思。"

太阳似乎知道我们是久别重逢，特别殷勤。我们吃着侄子买来的瓜子、甘蔗、红枣鸡蛋茶，谈起了大舅、大舅母和生母。往事是贮存的电影，顿时在我们话语间播放。

"娘亲舅代，父亲叔代。"从记事起，我就听到父亲和继母这样教育我。意思是说，娘这边的亲戚要亲舅舅，舅舅为大；父亲那边的亲戚要亲叔叔，叔叔为大。应该是从20世纪70年代初起，继母来我家后，为讨好大舅，每年正月初一，父亲和她就要我去大舅家拜年。少年和青年时期，我喜欢留长发，以头发飘逸为时尚美。大舅是"代诏"，以剃头为业。只要看到我，舅舅就破口大骂，骂我爱好文学，不务正业，全然不顾"正月初一不能骂人"的习俗。除骂我以外，还经常骂到这里来蹭饭的万忠跃，他是表哥离婚后，前妻改嫁到茶盘洲农场幸福分场八队万家生的儿子。

我那时年龄小，不敢违抗父亲和继母的意愿，更不敢在大舅面前辩解，真是可怜无助。不知是20世纪80年代的哪一年，大哥和二哥觊觎我家茅屋后面的椿树，想砍了给父亲和继母做棺材。我不同意，因为还有其他木材可用，这些椿树我想留着将来起瓦房和结婚做家具用。我于是使出了"杀手锏"，请了大舅出面。原本以为大舅会维护弱小的我，没想到他竟然偏向大哥和二哥，这让我非常气愤。

大舅理发能赚钱，但是他从来没给过我，可对表哥的大儿子周志辉非常慷慨，不但供大孙子复读，还在大孙子考上益阳师范专科学校以后负担生活费。周志辉分在株洲市冶炼厂工作，后来当了炎陵县副县长。

1986年秋天，我被女朋友的姑妈突然逼迫订婚时，继母又吩咐我请大舅过来吃"订婚饭"。直到和妻子结婚，自己能当家作主了，才没有在正月初一主动"送肉上砧板"。1989年10月，正是晚稻收割的时候，大舅过世了。因为半岁的女儿没有人带，我没有去大舅家吊孝。

大舅母从不骂我。她家境比别人家好，很节俭，爱面子。人们到她家做客时，大舅母把肥肉截得很大，让人想吃又不敢夹。

大舅母是何时过世的？我不清楚，只记得1989年4月27日夜晚，我家茅屋遭遇龙卷风袭击时，那天夜晚大舅母住在大哥家。大舅母在我家住了几天，她是来祝贺妻子生了女儿的。她每天和继母絮絮叨叨，有说不完的话。那一次，应是我和大舅母的最后一次见面。

生母虽然逝世五十一年了，但表哥依然记忆犹新。他告诉我："当初姑妈得癌症，姑父带她到益阳大码头的医院诊病。大队要我出差时，我还去看了她。"

时间不知不觉近中午了，我谢绝了侄子留我们吃午饭的好意。望着老态龙钟的表哥，我心里不禁有一种酸楚的感觉。他还能活多久？我们什么时间还能见面？下次什么时间再来？

"我记得当时爷爷骂你是'长毛贼'。"军妹儿突然蹦出这句话。"你记性真好，还记得。"想不到平时自诩记忆好的我，如今竟然遗忘了大舅骂我的原话。如同已经好了的疮疤被人撕开，别有一番滋味。

　　我笑着对军妹几说："过去的事情就不讲了，带我们去给你爷爷和奶奶挂山吧。"我们依依惜别了表哥。在屋后不远处的堤边，大舅和舅母合葬在一起。坟墓全部砌了一层水泥，最外边用水泥砖围了一个圆圈，旁边的石碑上镌刻着大舅和大舅母的名字。军妹几先把我们买的纸球用棍子插在坟墓顶上，又将鞭炮围着坟墓绕了一圈。我肃立在旁边，默默地看着这一切，大舅和大舅母的音容笑貌仿佛就在眼前。这时，三姐对着大舅的坟墓喃喃自语："大舅、舅母，我和弟弟看你来了，他在益阳搞得蛮好呢。"没想到这普通的一句话，却炸开了我感情的闸门，我的眼泪如江水般顿时喷涌而出，我不断擦拭着眼睛。我真的不明白，平时坚强的我为什么今天却像小孩子一样不能控制呢？是要将平时在大舅面前的委屈彻底宣泄吗？在鞭炮噼噼啪啪的响声中，我双手合一，向着他们的坟墓三鞠躬。我有意留在后面，慢慢地向他们告别。下次再来，不知又是什么时候。我在心里忏悔：大舅、大舅母，请原谅我。你们走了三十年以后，我才第一次来，对不起！

二

　　父亲和继母的坟墓就在废堤的南边，在原莫愁湖村十五组和鲜鱼苗塘村一组交界的堤口下。父亲咽气时，继母走亲戚不在身边。大哥将他们安葬在自留地中，可能是想他们下辈子还是夫妻。他们躺在大路旁，默默地看着我们走过来。父亲是患肝腹水病于1983年秋天离世的，当时还不到六十五岁。继母比父亲多活了十一年，属于正常死亡，活了七十六岁。继母嫁给父亲之前，生活在原沅江县的大螺丝湖（现在的南大膳镇）。她嫁到那殷实的李家后不久，丈夫和几兄弟都死了，妯娌们也都改了嫁。她原本生过几个儿女，可都夭折了。她便含辛茹苦地把妯娌们的一儿一女抚养大，直到他们成家立业。1971年前后，继母才嫁给了父亲。

那年冬天，继母身体不适。三姐从岳阳市临湘县源潭镇高桥村赶过来看她。她躺在床上吩咐三姐："我睡一下再起来。"不料三姐过一会去喊她时，她却去了另一个世界。

父亲和继母的坟墓前，各自伫立了一块大理石碑。2000年左右，我耗费了几千元，在益阳市定做了三块墓碑，让妻子运回故乡。在每块碑上，我要石匠刻了我们兄姐六人和各自下一代的姓名。

我把连接两个纸球的杆子插进他们的坟顶。为了不让鞭炮中途炸断，我将红色的鞭炮围着坟墓绕了一大圈。我觉得每一个鞭炮都是父母的子嗣，此刻都以父母为中心，正在虔诚地叩拜。这次三姐重复了在大舅、大舅母坟墓前的话，但是这次我没有哭。或许是在大舅他们的坟墓前哭过了，产生了免疫力；或许是因为自学文学被父亲和继母打骂过多次；或许是我到这里来过数回了。父亲和继母一直反对我自学文学，毁坏我的学习用品，骂我"死无寸用"，骂我"搞歪门邪道"。可多年后的事实证明，他们是错误的。直到很多年以后，我才理解了没有文化的父亲和继母。他们本意是为我好，让我全心全意种田，让我有能力起屋、娶妻生子，过丰衣足食的生活。

前年6月30日下午，我趁原鲜鱼塘大队初中班同学聚会的机会，忙里偷闲到父亲、继母及生母的坟墓上放了鞭炮。他们在鞭炮的热闹声中应该知道：他们过去那不听话的儿子从益阳市坐了一百多里的车回来看他们了，他们应该会含笑九泉。

年轻时，我为了生计奔忙，心灵一直在流浪。直到进入中年，我才觉得清明祭拜父母的重要性。去年清明节，我本是想回故乡给父母亲挂山的，朋友吴忖念了几次："我搞辆车一起去。我那时到你家，你妈妈做的香葱煎鸡蛋很好吃。"结果等了几天，却是空欢喜一场。如今，我的心弦在颤抖：爸爸、妈妈，二十八载以后，我才第一次在清明节看望您们。

对不起，请原谅儿子的不孝！

生母的坟墓距这里约两里，属于原鲜鱼塘大队二队。生母1970年农历二月二十四日去世时还不到五十岁。坟墓掩映在苍翠的油菜之间，茂密的青草在坟上摇曳，这是故乡献给生母清明节的祭品。妻子视力好，看到了墓碑上的姓名，否则真难以辨认。生母的坟墓我来过很多次，小时候就跟着父亲和哥哥在每年清明节来挂山，过年时来这里"送亮"，直到1992年夏天离开故乡。

我在生母的坟墓上用棍子插稳纸球，点燃鞭炮，然后重复给大舅、大舅母、父亲、继母挂山时的一整套作揖、鞠躬的动作，眼泪在心中流淌：妈妈，请宽恕儿子二十八年以后才在清明节来看您，请原谅我的不孝！

挂完山后，我们回到了二哥家。二哥堂屋的神龛上供奉着生母的遗像。昨天夜晚，二哥和三姐讲到生母，三姐不禁啜泣不止。她讲生母一辈子吃了很多苦，没享一天福。生母非常爱清洁，这一点全华田公社人尽皆知。她在世时就为二哥和我购置了将来结婚用的白底蓝条纹床单，还为二哥和三姐做了蚊帐。生母扯麻很厉害，能把"脚麻"天衣无缝地夹在好麻中，再把好麻交到队上挣工分，"脚麻"带回家卖钱。那时，旁人说生母胸部经常濡湿、流血水，是得了病。可生母回答说"能吃能屙，不要诊"，直到病入膏肓了，才迫不得已治疗。

1969年4月1日，是党的第九次全国代表大会召开之时。父亲特意选择在这黄道吉日出行，是想借着中国共产党的福气来治愈生母的沉疴吧。生母远赴益阳市大码头医院治病，十五岁的二哥给我们煮饭。治了一段时间后，他们又去了桃江县灰山港镇治病。在娄家湾时他们慌不择路，差点被汽车轧死，吓得司机撞断了法国梧桐树，车翻猪伤。幸好生母阶级成分好，否则将遭受严厉的批斗。

后来，生母瘫痪了。我依稀记得有一次三姐烧火，生母烤火时已没有知觉，双脚被烫起了水泡都不知道。那时候家境拮据，5分钱一张的黄草纸也不能随意用，只能用后洗了晒干又夹在下身。1970年2月22日，生母夜晚喊十岁的三姐："满女几，你陪我睡觉喽。我死后，你不要怕，我还是陪你睡，还是照顾家里。"第三天早晨，生母就断气了，父亲只能安排一餐凑来的饭菜招待来帮忙的人。生母还有体温就被匆忙埋葬了。那一日，天都悲痛得风雨呜咽，地都痛苦得眼泪汪汪。

二嫂一边取下镜框，一边喊着："妈妈。"二嫂并没有见过生母，她和二哥结婚是在1978年农历十一月十八日。忽然，我看到相片的后面有生母的生卒时间。从笔迹看，这是二哥写的。我非常清楚地记得，来益阳为母亲治病的那天凌晨，父亲背着我走了十多里，到三洲咀去坐船。应该是觉得生母将不久于人世，加上对我的宠爱，父亲和生母带我在益阳市桥北的一家照相馆照了一张相。五岁多的我坐在中间，眼睛睁得溜圆，左胸上佩戴着毛主席像章。灯光黑过以后，相就照完了。

生母还在世时，我应该还看到过那张相片。2017年秋天，大姐辞世时，我和哥哥姐姐们赶到沅江市殡仪馆，当时我问到了这张相片。二哥解释道："妈妈死后，在幸福港的大姐就把相片拿到照相馆剪开，做了她的遗像。"我连忙叫妻子用手机照好生母的相片，计划回益阳市后放大，悬挂在客厅里。

为了找到父亲和继母的相片，我曾拜托三姐与继母那边的亲属。可他们找遍了家里的相册和镜框，都没有找到。

父亲劳碌一生，勤俭节约，节衣缩食，对子女粗暴地打骂，以致儿女们"怨声载道"。他其实是疼爱儿女的，只是不懂得教育方法。父亲和继母没有留下相片，这让我悔恨终生。

"青青陵上柏，磊磊涧中石。人生天地间，忽如远行客。"不知多少年以后，我也会像父亲和继母一样永不醒来。生老病死是自然规律。从古至今，一代一代的父母亲生育儿女，将他们抚养成人。父母亲远去以后，儿女们又追寻父母亲的足迹。一代代人就是这样循环往复，生死相依。

三

当夜，我们又聊到 11 点多才上床。故乡的月亮格外多情，月光从窗外悄悄倾泻进来，屏息静气地倾听。田野的青蛙知道我这游子回来了，此起彼伏地献上大合唱。我毫无睡意，并不是嫌它聒噪，而是觉得蛙鸣此时是世间最动听的天籁。我突然有了想回来住一段时间、深入体验生活的冲动。生母就住在旁边，她看着自己撒手人寰时尚未成年的二崽、满女、满崽现在已成家立业，当了爷爷、奶奶、外公、外婆，应该同样高兴吧。

还是黄夜时分，二哥家的大公鸡就开始按捺不住了，高亢的声音再次赶走了我们的睡意。这公鸡真是善解人意，知道我们今天要走，特意唱起欢送歌。来之前，我就想在故乡多生活几天，但是三姐要照顾读初中的孙子，必须马上回去。二嫂只好很早就起来为我们准备早餐。她问我想吃什么，我说煎四个"荷包蛋"就好了。未料到我吃完后还是有些饿，二嫂便又给我煎了三个。虽然深谙一餐多吃鸡蛋对身体无益，但这些都是故乡无污染、无添加的纯天然食品，我乐意被亲情烹调的美味陶醉。

临出门时，二嫂要把我前几天给她的几百元钱退给我。我怎么能要呢？昨天下午和刚才，二嫂就给了我们四十多个土鸡蛋。这时，不知为什么，我的眼泪又情不自禁地喷涌而出。我哽咽着声音说："在莫愁湖村时，我确实是最穷困潦倒的，但是现在我已过上了中等生活，我不要。"

很快就 6 点了，二嫂坚持要送我们上车。"滴、滴"，不远处传来了汽车的鸣笛声。二嫂告诉我："马婆的车来了。他们每天咯只时节从咯里出发到沅江市。"马婆是表哥的三女婿，我们相互认识。刚上车，三侄女乐云就叫"叔叔"。我掏出钱，她不愿意收。马婆在驾驶室大声阻止："你好多年才坐一次车，不要。"是的，我至少有十多年没坐过他们的车了。顿时，一种暖意漫过全身，我不禁感慨自己回故乡的次数真的太少。

汽车启动了。我注视着旁边大哥的瓦屋，它正茫然无助地望着我。大哥近年得了阿尔茨海默病，随大嫂去了大通湖区的小儿子家。我凝视着旁边堤下父亲和继母的坟墓，眺望着远处生母和大舅、大舅母的坟墓，感觉他们在目送我。我挥起了手。再见，我的父亲和继母；再见，我的生母；再见，我的大舅和大舅母；再见，我的二嫂。我暗暗下定决心：明年清明节，我一定要回来。我要带着远在上海的女儿回来，还要带着波兰的女婿回来，来悼念我的父亲和继母，来悼念我的生母。明年清明节，我还想邀请更多的晚辈回到故乡，给爷爷奶奶挂山，给外公外婆挂山。祭拜爷爷奶奶，祭拜外公外婆，让慎终追远的血脉永远赓续。

当然，这些只是我的计划。我担心现在说出来，泪水会淋醒长眠在故乡的生母、父亲、继母。

（写于 2020 年）

故乡就这样被遗弃

已记不清是 2008 年的哪一天了，我听原莫愁湖村六组的同学龚仲秋说："'泗湖山区'改为了'镇'，华田乡这个名字没有了，莫愁湖这个名字没有了，护华洲村这个名字也没有了，这两个村和石子埂村合为一个村，改为'石子埂村'。"这时，我如五雷轰顶。深陷乡愁不能自拔的我，第一时间的感觉是：我的根被挖断了。

我对莫愁湖村的印象最早是在莫愁湖大队读小学时，它坐落在莫愁湖大队九队和鲜鱼塘大队一队的大堤交界处。我一直记得瘦高的刘欢老师上课时给我们念的莫愁湖民谣。

莫愁湖的地名非常有诗意。传说它滥觞于楚国时的屈原、宋玉及莫愁女。据说楚襄王初年时，大湖边有一位摆渡为生的卢公。在一个风雨天，他妻子生了一个女婴。女婴啼哭不止，卢公抱着她说："莫哭，莫愁！"听到"莫愁"二字，女婴的哭声竟停止了，卢公于是为她取名为莫愁，"金雀玉搔头，生来唤莫愁"。从此，莫愁女健康地长大了。她到湖中划桨摇船、采菱摘莲，到十五六岁时已长得亭亭玉立，歌声如天籁之音。

莫愁女被公认为"楚国第一美女"。她在屈原、宋玉的指导下完美演绎了《阳春》《白雪》等歌曲，将楚国歌舞发展到了巅峰。她与邻村的青年王襄倾心相爱，生活在甜蜜之中。

莫愁女的声誉传进了楚国王宫，楚襄王强行把她征进宫中，想据为己有。楚襄王计划把她的未婚夫王襄放逐到数千里外的扬州。古诗《莫愁乐》记述了这一悲痛情景："闻欢下扬州，相送楚山头，探手抱腰看，江水断不流！"她目送王襄远去，跳进了湖水中。

传说莫愁女被一位渔民救了。自此，她游历楚国的城乡，广泛采集各地民谣，将楚国宫廷歌舞与民谣相融合，成为楚国文化的传播大使。人们为了纪念她，便把她殉情的地方改名为莫愁湖。

历代文人墨客畅游莫愁湖时留下了很多脍炙人口的优美诗词："悲莫悲兮生别离，乐莫乐兮新相知"（屈原）；"家家迎莫愁，人人说莫愁，莫愁歌一字，恰恰印心头！"（王世贞）；"雪中梅下与谁期，梅雪相兼一万枝。若是石城无艇子，莫愁还自有愁时"（李商隐）"石城昔为莫愁乡，莫愁魂散石城荒。江人依旧棹舸艋，江岸还飞双鸳鸯。帆去帆来风浩渺，花开花落春悲凉。烟浓草远望不尽，千古汉阳闲夕阳"（郑谷）；"沧浪渡口莫愁乡，万顷寒烟木落霜，珍重使君留客意，一尊芳酒醉斜阳"（王之望）；"瑞云盘，翠侵妆额。眉柳嫩、不禁愁积。返魂谁染东风笔，写出郢中春色。人去后、垂杨自碧。歌舞梦、欲寻无迹。愁随两桨江南北，日暮石城风急"（周密）；"绕渡碧桃花，停鞭白鼻騧，客程无暇问，先访莫愁家"（王世贞）。

坦率地说，我家是 1975 年秋天划到莫愁湖大队的。当时的华田公社号召社员在鲜鱼塘大队和莫愁湖大队的田土中挖了一条南北方向的渠道。以渠道为界，西边的田土归莫愁湖大队。我家住鲜鱼塘一队，靠近莫愁湖大队九队，自然归属于新组建的十五队。

从小，我们就听着莫愁湖的故事长大。据说莫愁湖大队的先民是从湖北省迁徙到湖南省来开荒的。洞庭湖平原和江汉平原的风光同样旖旎，为了怀念故乡，他们就取了故乡的名字。应该是从 1989 年起，莫愁湖大队改为了莫愁湖村。莫愁湖土地肥沃，物阜民丰。我至今还记得：我们在莫愁湖村十五组的田中劳动时，每年都能邂逅若干年前遗落在田中的莲子长出的荷叶。抓草时，只要遇到鸣叫"懂、懂、懂"的"懂鸡婆"从禾苗中飞起，我们就能捡到它筑在禾苗上窝中的蛋。

我的"胞衣罐子"就丢在与莫愁湖相邻的土地上了。我在莫愁湖大队十五队生长了十六载，我的汗水、泪水、血水滋润了十六季庄稼，那里留下了我的金色年华。我在那里收割稻谷时，镰刀赐予我左手无名指的双重痕迹至今清晰可辨。1990 年秋季，因父母遗留的茅屋被我拆毁，我"租"了莫愁湖村部的一间旧瓦房栽培平菇。1991 年春天开始，我又带着妻女在这里的三间房中住了一年多。莫愁湖村闲置的村部收留了无家可归的我们，也是我理想的摇篮，它丰满了我的翅膀，让我脱离农村，飞向诗和远方。

石子埂紧靠莫愁湖的西边。在鲜鱼塘大队读初中时，我们到石子埂学校参加过考试。我至今都记得，在一篇作文中，我引用了毛主席的词句"奔腾急，万马战犹酣"，得到了语文老师曹迪湘的高度称赞。

传说石子埂的地名来源于南宋朝，是农民起义首领杨幺杀子的地方。为什么杀子？说这地名来历的人都语焉不详。虽然这个地名的"石"和他杀子的"杀"在家乡话中是同音，但在普通话的读音中却截然不同，而且意义大相径庭。

因此，即使从保留历史名人的角度出发，也应该要保留莫愁湖的名字。只要将屈原、宋玉、莫愁女和杨幺相比，谁的历史地位高、谁的文化含量大、谁的内涵好，大家一清二楚。从地名的形象而言，想象一下行走在湖水潋滟的莫愁湖畔和行走在石子密布的田埂上的景象，只要稍有常识的人都会明白哪个意境优美，就会知道孰优孰劣。

从益阳市出发，两个多小时的车程就可以到达莫愁湖村了。到达莫愁湖村，非经过石子埂村不可。每当家乡人说"在泗湖山石子埂"的时候，我总是这样追问一句："是泗湖山镇上还是莫愁湖村？"我觉得：石子埂村不能掩盖我的莫愁湖村，但莫愁湖村可以代替石子埂，两者不能本末倒置。如果把莫愁湖村说成石子梗村，我就觉得是一把刀，真的"石"（杀）入了心脏。它不能真正走进我们莫愁湖村人的心里，更不能融入我们的血液，两者不能混为一谈。只要说到故乡，我绝不会盲目地用"石子埂村"这个地名。

我经常这样安慰自己，我的故乡莫愁湖村名永远不会被遗弃。莫愁湖村就生活在它自己的土地上，它铭记在我的心里，它镌刻在我的脑海中，它珍藏在我的回忆中。它的前世今生将被熟悉它的人们用言语和文字永远传颂。

我的故乡现归属于泗湖山镇，这里并没有湖，更没有山。如果一定要说有"山"，那就只能说是"坟山"。为什么用"泗"呢？这和美好的形象真是相差甚远。我思索了五十多年，至今才豁然开朗，总算找到了答案。

"戎马关山北，凭轩涕泗流。"原来是面对丧失了的茅屋，面对丧失了的责任田土，面对丧失了的村名，面对只剩下父母亲和继母坟山的故乡，我只能毫无节制地眼泪和鼻涕横流。它们流成了湖，它们堆成了山，它们淹没了故乡。"泗湖山"三字，真是画龙点睛，真是神来之笔。不得不佩服古人的先见之明，竟然把我的神态刻画得入木三分。

"莫愁湖边走，春光满枝头。花儿含羞笑，碧水也温柔。莫愁女前留个影，江山秀美人风流。啊，莫愁，啊，莫愁，劝君莫忧愁。"神思恍惚中，耳边传来朱明瑛动听的歌声。是的，我的故乡是莫愁湖村，我的故乡是美丽的，我应该没有忧愁。可是，我能快乐吗？

（写于 2020 年）

迎接宝贝

一

我被妻子的呻吟声惊醒时，不知是什么时候。我绷紧了神经，第一时间就想到了"仔奔生，娘奔死，只隔阎王一张纸"。洞庭湖平原的俗语说得好，娘生仔时，非常痛苦，挨近死神。我对妻子说："估计是发作了。"妻子边摸着肚子边哼："应该……是的。"这一夜，我们都几乎没有睡着。

好不容易挨到天亮，我来到大嫂家，喊回继母照顾妻子，又去莫愁湖大队部买来猪肉，然后到大队卫生所接来邓群英医生。她给妻子做了检查，说现在还不到生孩子的时间。这一天，我做事昏昏沉沉，我知道这是昨夜没睡好的缘故。

新的一天很快结束了。妻子仍然肚子痛，而且越来越厉害，看样子快要生了。凌晨4点多钟，我又赶到了大队卫生所，趴在窗外往里瞧，只见邓医生家里阒静无声。我轻轻地敲了敲门，焦急地喊道："邓医生，邓医生，请你快起来，我堂客要生了。"邓医生很快随我回到家里，给妻子做了检查。她高兴地对我说："小李，恭喜你，是一只（个）伢儿（男孩）。""是不是伢儿不要紧，只要他们平安。"我不假思索地回复。记得在临湘县聂市镇粮站谋生时，我和妻子经常看到一个虎头虎脑的小男孩。当时，我们都说要生个这样的，多可爱呀。

稍后，邓医生又查看了妻子的状态，阴影很快爬上了她的脸："宫口还是太小了，小伢儿生不出来。我无能为力了，你们马上去医院吧。"听到这话，我如临大敌，和继母、大嫂商量后，决定放弃本区的泗湖山医院，去茶盘洲农场职工医院。虽然两家医院都距离我家有二十里，可大姐住在茶盘洲农场职工医院附近，有什么事情可以方便照料。而且妻子原来住在茶盘洲农场畜牧分场四队，她表姐就在这医院工作。大嫂很快安排大侄子将手扶拖拉机开到了家门口。我要妻子躺在睡椅上，然后按照继母和大嫂的要求，把虾罾子罩在她身上，再将她抬上车。

在洞庭湖平原，民间流传着渔网可以辟邪驱鬼的习俗。我是无神论者，本来是不信的。从临湘县回家的当天夜晚，我们到本队刘跃进家玩耍，他妻子陈瑞华是五七中学高三班毕业的。看到妻子肚子很大，陈瑞华小心地提醒："要小心'生产鬼'哟。我那时要生小伢几时，看到蚊帐外有黑影经过。我晓得是'生产鬼'来了，就用早已准备好的一把剪刀刺向她，那鬼马上冇得了，只有地上流了很多血。""不可能有咯样的事吧？"看她讲得活灵活现，我头皮有些发麻。"弄（骗）你们的是崽。"刘跃进也随声附和："咯是真的，弄（骗）你们的不是人。"他是1958年出生的，所以父母给他起了这个名字。他比我大五岁，泗湖山九中毕业，参过军，在华田公社政府工作过几年，自认为见多识广。看到他们发誓，我们不得不相信。回家时，万分恐惧的我要妻子睡在里面。我拿了一把菜刀，枕在头下，以防不测。都说鬼是害怕铁的，何况是刀呢！

说实话，在洞庭湖平原长大的我，从小就听说有"生产鬼"。传说"生产鬼"都是女的，她们都拎着红色的"血糊袋"，选择黄昏时出发，找到那些怀有身孕的女人家借宿，趁机谋害孕妇。20世纪80年代初，本大队十四队徐应清在大队担任团支书，我和本队伙伴刘益安给他家锄棉花树草时，他妻子还留我们吃饭，非常贤惠，可惜不久后生孩子命丧黄泉。其实我也知道，女人生孩子时死亡，是血管破裂大出血造成的，并不是"生产鬼"所为，世上根本没有鬼。但是眼下正是妻子危在旦夕的关键时刻，为了保住姗姗来迟的婚姻，为了妻子和孩子的安全，我不能麻痹大意。不怕一万，就怕万一。人命关天，非同儿戏。妻子的生命重于泰山，高于一切。妻子这次去医院，为了抢时间，必须经过茶盘洲农场水产队坟墓旁。家中虽然没有大的撒网子，但我认为小虾舀子也是渔具，应该是有异曲同工的效果。

手扶拖拉机沿着鲜鱼塘大队河边公路向东疾驶，上了下河口大堤，过了茶盘洲农场幸福分场八队，就到了水产队的路段了。北边是一条渠道，毗邻的是几百座坟墓。本大队九队的同伴张伯文的外婆就埋在这里。记得少年时，我跟随他们母子来过这里培坟。这条路的两边是一排排高大的树木和荆棘，没有人居住，透露出阴森的气息。从小到大，我和其他人从这里去过幸福港的大姐家多次，从不敢独来独往，今天经过此地，更加不寒而栗。

突然，手扶拖拉机停了。大侄子叫了起来："不好，车子烂了。"他手忙脚乱地修理了一阵，但是无济于事。我的心狂跳不已，紧盯着坟墓，猜想那里到底隐藏着多少"生产鬼"。一只只乌鸦哀鸣，弥漫着毛骨悚然的气氛。那些坟墓上，清明节挂的纸球早已被雨淋得破败不堪，我总觉得它们如一个个妖魔鬼怪，正虎视眈眈地盯着妻子。他们究竟用了什么鬼法，知道妻子从这里路过，就先让车辆烂在这里？

难道妻子今天要死在这里吗？不！绝对不行！我急中生智，在妻子的额头上向上摸了三下。据老一辈人讲，这样可以提高人的火焰，驱散妖魔鬼怪。虽然如此，我还是心急如焚。继母和大嫂急得眼泪直流，妻子仍然痛得龇牙咧嘴。怎么办才好呢？这里前不着村，后不着店，杳无行人，离目的地还有小半路程。苍天啊，快救救我们吧！

忽然，奇迹出现了！后面传来了声音，一辆手扶拖拉机很快地开来了。犹如溺水的人看到了救星，我急中生智，马上跳到路中间，边呼唤边招手："师傅，请做做好事，帮帮我们。我们的车坏了，我堂客要生小伢几了。"看到我惊慌失措的模样，那司机马上停了车，下来了几个人，毫不迟疑地把妻子抬上了车。车子刚驶出不远，大侄子的手扶拖拉机就欢快地启动了。

真是咄咄怪事。为什么我们上了另一辆车，这车就没事了呢？是虾壳子辟邪驱鬼的作用吗？还是看到我们坐车走了，那些鬼感觉大势已去，才无可奈何地放弃呢？我转念一想：应该不是"生产鬼"闹事，大侄子已二十来岁，正是初生牛犊不怕虎的年龄。他已开了几年车了，具有丰富的经验，他不会迷信，不会临阵慌张。今天车抛锚，纯属巧合。

司机风驰电掣地将车开进了医院，我们赶紧把妻子抬上了楼。当时，因带的钱不多，我没有买烟感谢他们，只能不断地重复："你们真是好人，谢谢你们。"

二

直到此时，我心中的巨石总算落了地，但妻子还是难产。下午3:15分（夏令时间），医生不得不做了小手术，将孩子拔了出来。当我看到婴孩脑袋扁长、几根黄毛粘在头顶时，眼泪顿时夺眶而出。是觉得她头变形了而心痛，抑或是觉得自己终于有了孩子而高兴？尽管不像邓医师所预测的那样是儿子，但我并没有像有些人那样因为生女儿而不快。一位女医生将她放到秤盘上称了重量："7.3斤，有蛮重，难怪生不出来。"看到怀胎十月的女儿竟是以如此方式和模样与自己见面，妻子既高兴又心酸。

女儿怎能不胖呢？妻子怀她的时候，只要想吃什么，我就想方设法满足。临湘县五里牌农贸市场的果类、瓜类、鱼类、肉类全吃遍了。譬如她经常想吃鹅状（藕的头部位置，像鹅头），我总是悄悄地瞄准那些担着藕进城的人，趁他们不注意，偷偷地折断，塞给她。有一次，她非常想吃猪脚，我买好后，请屠夫把毛烧净并且剁碎。我知道：妻子想吃这些食材，其实是补充了孩子的营养。所以，妻子的肚子迅速增大。从临湘县回家以后，每次往返岳母家，经过本大队十四队谢腊生的大儿子家时，他妻子看到妻子的肚子，总是大惊小怪地叫人家来看，羞得妻子都不敢从那里经过。

这一天，我铭记得清清楚楚，是1989年4月20日，农历是三月十五日，这是女儿的生日。从这时起，我才知道这一天也是传说中财神菩萨的生日。按照老辈人的说法，女儿的到来将给我带来财富。是的，女儿确实是我的财神菩萨，至少我的精神生活从此非常富有，可以和任何人媲美。我记住了洞庭湖平原的风俗，以这一天的农历时间作为女儿的生日。这一天，已镌刻进我的头脑、我的血肉、我的骨髓。我们抛弃了本地给女孩取名为"××伢儿"的做法，叫女儿小名"阿柳"，大名加我的姓。姓名含三个字，比同时代的男孩、女孩多一个字，既超凡脱俗，又新颖别致。"阿"字非常亲切，而"柳"字是希望女儿像柳树一样具有顽强的生命力，到处都能生长成材，希望女儿像柳条一样秀丽。我知道：在春天，就是将柳树砍成段，放在楼上也能长出枝叶。

当天夜晚，我睡在女儿旁边不敢翻身，生怕压着或惊醒她。第二天早晨，我到农贸市场买回鲜鱼和猪肉，做好给妻子吃。妻子辛苦了，我要尽快给她补充营养，让她恢复；我要尽快催乳，让女儿吃饱，快点长大。最后，我和继母遵照洞庭湖平原的风俗，商定为女儿置办酒席的时间、报喜的人家及礼物。前年，我和妻子恋爱以后，她母亲极力反对。当年秋天，她母亲和大姑打破惯例，采取"第一天通知，第二天订婚"的方法，不断索要彩礼，想让我主动放弃。即使这一招没成功，她们仍然不同意我结婚，更不愿意退回彩礼，还向我索要1000元钱。妻子被母亲逼得跟随大嫂"私奔"到我家后，她母亲扬言要把女儿抓回去。我们只好匆忙办了结婚证，如惊弓之鸟般逃到临湘县聂市镇。这次我一定要大办酒席，弥补当时没有举办婚礼的遗憾。按惯例，一般都是办"三朝（第三天）"，但妻子和女儿都在医院，肯定来不及了。要想准备妥帖，只能办"九朝"了。下午，我在狂风暴雨中骑着自行车找到本大队支书贺春林，请求解决缺钱少粮的困难。25 日上午，我请司机开车到医院，接回了妻子和女儿。前两天去接时，医生担心发生意外，不但不同意，还要我补交医疗费。这次我据理力争，反而拿回了 12 元钱预交的 100 元钱。

三

翌日早晨，我到本大队商店买回红糖、黄花、鞭炮等。上午，我兴冲冲地赶到二姐和妻子的满叔家报喜，请他们后天一定要来我家，二姐高兴地送给我一只母鸡和一窝鸡仔。其实早在 22 日，我已到岳母和妻子的二叔、三叔家报喜了，尽管他们一直歧视我。我特意将鞭炮放在外面，让阳光温暖它的身心。这是喜庆的象征，我要用它营造热闹的气氛。我要它每一个都能点燃，每一个都能炸响。果然，当我把打火机的火苗靠近引线时，震耳欲聋的响声立即在他们的大门口回荡，传向远方；袅袅的蓝色烟雾从这里升起，翱翔天空。鞭炮将我的宣告写满了他们家的地面、屋顶、空中：我的婚姻终于开花结果了，女儿出生终于可以为我筑牢婚姻的基石了，我终于可以扬眉吐气了。做好这一切，我还到医院看望了妻子和女儿。女儿酣睡在妻子的怀抱中，脸庞颜色像极了才出生的红皮老鼠。双眼皮和翘起的嘴巴与我一模一样，俨然是我用复写纸画出的作品，真是让人喜不自禁。

不料，就在第八天夜晚，罕见的龙卷风夹杂倾盆大雨，将我的茅屋几乎夷为平地。我们不顾被电线绊倒的危险，逃往邻居聂正春家。第二天上午，我站在门前大堤上，羞愧地告诉舅子带队的娘家亲戚，"九朝"地点移到了大哥家。看着送来的母鸡等礼物，妻子脸色很快"晴"转"雨"，躲在被子里哭泣：母亲还是对自己有意见，还是看不起女婿，也看不起外孙女，竟然不顾风俗，不来照顾自己。

年迈的继母主动让权，吩咐大嫂和二嫂煮饭、炒菜，自己当"烧火佬"。将近中午，队上每一家都来了代表。文友韶百灵的妻子王腊梅来了，黄智辉的妻子陈伏珍来了。他们纷纷向我贺喜，有几人还走进"月婆子"房间，抱起女儿左看右看，像鉴赏宝贝一样。有的说像妻子，有的说像我，有的说比我们都要乖，不知是谁还恭维青出于蓝而胜于蓝。大嫂的邻居徐瑞英比我大二十几岁，我们叫她"瑞姐姐"。她"阿、阿、阿"了几次，就是想不出女儿的名字，最后好像豁然开朗，竟然叫"阿姨"，惹得大家捧腹大笑。她连忙对着女儿自我解嘲："我比你大四五十岁，却比你小了一辈，只怪你爸爸妈妈，给你取了咯只怪名字。"我的眼睛笑成了一线天，我的嘴巴笑成一弯新月。女儿闭着眼，一副陶醉的模样。我把礼金写在日记本上，沉甸甸的情谊将茅屋被毁的阴霾扫得一干二净。

多少年以后，回忆当年生女儿的情景时，妻子告诉我：那时大嫂欣慰地和她说，终于也有人会喊她弟弟"爸爸"了。我队的邱国贤和鲜鱼塘大队三队的聂支农不到二十岁就结婚，早就有了儿女。在别人的心目中，只有我最无用。记得邱国贤在那年正月初四结婚时，我被请去帮忙。有人明知故问："你们是'老庚'（同一天出生），你么子时节结婚呢？"后来他的大女儿出生了，又有人逗我："你们是'老庚'，你么子时节当爸爸啊？"我面红耳赤，难以回答。我怎么知道呢？我相信这一天应该会来的。

现在，这一天终于降临了，尽管是姗姗来迟。从此以后，我也可以自豪地告诉人们：我也有女儿了，以后她也会喊我"爸爸"了，我以后也会像同伴一样，有意奶声奶气地回应，有意大声地答应。我有女儿了，知道牛轭子上颈的时代已经来临。当然，这些话我没说出口，我只能在心里高声喊醒自己：尽快从文学梦中警醒吧，作好田土，学会驾驭耕牛，学会育早稻秧苗，早些起好瓦房，早些余钱剩米，成为合格的农民。我要用汗水洗净别人对我的非议，让别人对我刮目相看。

（写于 2019 年）

071

魂兮归来

一

秋天的夜色很早就暗了下来，大通湖区金盆镇格子湖村二组只现出影影绰绰的轮廓。我和妻子出了二侄子家，沿着南方的公路漫步。

"汪、汪、汪。"随着叫声，旁边的人家蹿出来一条狗。"小心，不要被狗咬了。"我把妻子推上前，自己走在后面。

确切地说，我看不清这狗的颜色，只能看到它的体形。这是一条小狗，叫声也不洪亮。说实在的，平时遇到大狗我会有些畏惧，可这样小的狗我才不会怕呢。我有意蹲下身，然后立即又起来，用脚跺出响声。伴随着我的呵斥声，那小狗竟然吓得逃之夭夭了。

小时候，父母亲就告诉我：只要遇到狗向自己走近，就马上蹲下来，狗会以为你是要捡东西打它，就会吓跑。这办法确实好，我试过多次，比较灵验。我笑着告诉妻子："这狗还没有长大，不怕它咬人，我一脚可以踢出去很远。"

走到前面的一条横路，我们向左拐上了水沟对面的公路，又继续向北。旁边的两户人家居然都养了几条小狗。这些狗有的只是在家门口叫，有的也装模作样地追出来，但远远地落在我们后面。一位青年女子的声音从后面传过来："放心，它只是叫，不会咬人的。"我一边跺脚一边呵责，故意吓唬它们，那些狗又逃跑了，每次都屡试不爽。最多走了两里路，我们准备进二侄子家。

"汪、汪、汪。"这时，二侄子家的那条母狗对着我们吠叫了。这是一条矮小而瘦削的狗，全身纯白色，只有耳朵和屁股是黄的。我们中午到达大通湖区车站以后，二侄女和侄外孙早就开车在恭候我们了。堂屋中，二侄子精心烹制了一桌丰盛的饭菜。大侄女和侄女婿来了，二侄女婿也来了，继母的外甥带着妻子也从二十里外的北大乡来了。大家围坐在一起，久别重逢，笑语喧天，非常热闹。

当时，这条狗对我们非常热情。它摇头摆尾地走拢来，几个干瘪的乳头吊在小肚子下晃动。可能知道我们是它主人的叔叔、婶婶吧？我突然想起了"摇尾乞怜"的成语，这是多么形象生动啊。二侄子告诉我们，它早一段时间下了一窝狗崽，现在还剩下一条。我用脚在狗身上轻轻蹭了几下，它伸出舌头来舔。

我有些纳闷，它现在怎么突然翻脸不认人呢？这狗也像人一样近视吗？

"真是忘眼畜生。"我愤愤不平地骂道。洞庭湖平原喜欢把人骂做"忘眼狗"，这其实不是骂狗忘恩负义，而是故乡人巧妙地借用狗眼黄中带黑的颜色，达到一语双关的作用，因为故乡话中"黄"和"忘"是同音。我有些好笑地问大嫂和二侄子："为么子它一下子不认得我们了？为么子你们咯里喂的都是小狗？""咯是本地土狗和宠物狗杂交的，就是咯样的眼睛和记性。它长不大，用它守屋还是可以的。"二侄子有些歉意地解释，"乡里偷狗的贼牯子多。原来的土狗长大以后，就被贼牯子偷走了，一只狗能卖几千元钱。贼牯子不要咯种小狗，划不来，一只小狗卖不了多少钱。"一直对狗有着特别情结的我突然好像挨了一闷棍："么子？咯是真的吗？"二侄子点点头，苦笑道："贼牯子用小型针管枪打狗，狗很快就死了。""那是么子子弹？"我又追问道。"不是子弹，是毒药，好像是'三步倒'吧，我也说不清楚，只是听别个咯样说。"二侄子的回复犹如一颗手榴弹，顷刻间炸开了我珍藏几十年的记忆。

二

狗第一次走进我的生活，可能是在我还没有启蒙时。那时我们住在沅江县华田公社鲜鱼塘大队第一队。那是一个冬天的早晨，我还躺在床上，忽然看到黄狗跑进来对着我焦急地哀鸣。一瞬间我就清楚了，原来二哥在追它。自己家里养的狗怎么能吃呢？我急中生智，马上打开窗户，把狗推出窗外。狗逃走了，但是我被二哥骂了很久。

上初中的时候，我家养了一条狗，不记得是我还是其他人捉回来的。这条狗嘴尖而短，额平，耳朵直立，浑身金黄色的毛油光水滑。我看到它就爱不释手，高兴地给它取了名字——"赛虎"。虎是百兽之王，我以此寓意它的威猛赛过老虎。

每次给猪喂食时，我总要舀一些给赛虎吃，它从不挑剔。每次我们吃饭时，它都会跑到桌子下面嗅来嗅去。趁父母不注意，我总是把饭菜偷偷丢给它，它每次都吃得津津有味。赛虎吃完以后，两只前爪撑在一起，坐在地上，眼睛紧盯着我，恰似聚精会神的学生在恭候老师，又如忠于职守的士兵在等待将军发号施令，更像脉脉含情的朋友一往情深。我宁愿自己受父母亲的谩骂，宁愿自己少吃点，也要让赛虎吃饱。我经常把它的两只耳朵翻转来折进里面，一会儿它又会恢复原状。

几个月时间，赛虎就长成了一条俊美的大狗，威风凛凛的。它的身长与肩高比约成1：1，构筑成正方形。我有时会跨到狗身上，真想骑着它驰骋四方。

那时的夏天，我会在家东边的水渠里游泳，经常有意识地训练赛虎，让它追赶鸭子。只要我一声令下，它就马上跳进水中，如离弦之箭一样追上目标，让人啧啧称奇。平时，不管邂逅多么凶狠的大狗，赛虎都毫不畏惧，先低沉地嘶吼，试探对方，表达自己不畏强暴的决心。遇到胆敢挑衅的狗，赛虎就以迅雷不及掩耳之势飞扑过去，撕咬住对方的脖子，让那狗无法动弹，直到发出痛叫或狗主人求饶，在我的阻止下，它才会停止。

赛虎的嗅觉非常灵敏，眼神非常犀利。如果我在漆黑的夜晚从外面回家，只要它听到一声召唤，就会马上飞奔到我身旁，两只爪子搭上我的前胸，舌头几乎舔到我脸上，仿佛要亲我，使我忍俊不禁。家里来的亲戚朋友和邻居，它从来不咬，很快就和对方熟络上了。赛虎在我家的几年，从来没有人敢来盗窃。

然而，就是这样一条非常通人性的狗，却遭遇了飞来横祸。那一天，我读书回家后没有看到赛虎，便焦急地到处呼喊，但都没有回应。我知道，我的赛虎十有八九出事了。果然，我后来得到了凶讯：国营茶盘洲农场幸福分场机务队的大姐来我家，赛虎依依不舍地送她回去，结果在经过鲜鱼塘大队八队时被人家打死了。那打狗的人真的心狠手辣，面对那么美丽威猛的狗，怎么能下得了杀手呢？他们肯定是多个人，肯定是依靠锄头、铁锹之类的农具才得逞，否则以赛虎的本领，是轻而易举就能成功逃脱的。赛虎的去世，对我是巨大的打击。我经常想念赛虎，但对它的思念只能埋在心底。

20世纪80年代中期，我还养过一条麻灰色的小狗。它怎么来的、叫什么名字，我记不起来了。这狗除颜色和赛虎不同以外，其他都一模一样。正当我每天和它嬉戏时，有一天它突然失踪了。我寻了好几天，才在旁边拴牛的房里看到了小狗的尸体。原来，它夜晚睡在水牛的身旁，结果被大水牛压死了。刹那间，我潸然泪下。我可爱的小狗啊，你为什么要到那里取暖呢？我明明用稻草给你做了狗窝啊。

两次养狗的经历给我留下了阴霾。从此以后，我虽然想养狗，但是一直不敢。我担心一旦失去狗，受伤害的还是我自己。

三

1997 年，我租住在益阳市长春镇马良村三组郭腾芳家的一间小房里。一天早晨，我刚启开房门，就发现不远处一条黄白相间的小狗盯着我。它的耳朵比故乡的狗稍大，但是往下耷拉；嘴虽尖，但是比故乡的狗短，而且往里收缩；尾巴夹在两腿之间，一副满怀期待的模样，看样子就知道不是本地狗。我忍不住招呼了几声，那狗竟然大摇大摆地走过来，随我进了家。

"猪来穷，狗来富。"我记得洞庭湖平原有这样的谚语。这狗随便就来了我家，预示着我要发财了。虽然不怎么喜欢它的形象，但既然"财神"主动上门，我欣然接受，以便让自己早日脱离贫困。我要妻子马上给它洗澡，安排饭和菜给它吃，可它竟然毫不理睬。怪呀，我原来的赛虎和那麻灰色的狗都爱吃饭菜，为什么它却不吃呢？我问附近一位喜欢养狗的中年人。他平时出行总骑着一辆自行车，前面的篓子里总蹲着一条和这颜色、外形相近的狗。这人看过后，笑着说："咯是近亲杂交狗，属矮小狗，一世都是咯只样子。它吃家伙很叼精，要吃猪肺。"至此，我才恍然大悟。

那时我们自己都吃得不好，可为了养好这"财神"，我不得不"省口待客"，还让妻子到大桥农贸市场买回猪肺，煮给它吃。我和妻子出去时，就把它关在家里。每次回家，总看到它在我们的床上呼呼地睡觉。其实我们也给它做过狗窝，在里面铺垫了棉絮，但它不领情，弄得家里到处是狗毛、狗屎，臭气难闻。

痛下决心以后，我吩咐妻子把它卖了。我不相信这样的狗能把财运带来，反而会破财，把"财神"吓跑。如果这狗就是"财神"的化身，我宁可不要。妻子牵着它去了附近几家酒店，可无人问津。最后，我和妻子带着它到了大桥农贸市场，问了许多人，把价格降到最低，才有人收留了。不谙事的女儿舍不得，哭哭啼啼。亲爱的女儿呀，你不知道爸爸的心理。假如它是赛虎那样的狗，就是倾家荡产，我也不会卖，我这是没有办法的办法啊。

时间很快到了 2010 年，女儿在益阳市医学高等专科学校读书。有一天，她带回来一条小狗，外貌和上次那条狗大同小异。我仍然不改初衷，看到狗的长相就不舒服，露出不悦的神色，但是碍于女儿的情面，妻子只得喂养。她给狗洗澡、给狗买肉。有一次，妻子牵着狗到资江风貌带散步，狗跟着她气喘吁吁地在后面跑，但还是赶不上。我有意"将"它的"军"，要妻子把绳子给我。这小狗看到以后，竟然不愿意。可它怎么能犟过我呢？我只用力一拉，它就连滚带爬翻起了筋斗。最后，在我的反对中，女儿把它送给了别人。

如今，我的索尼数码相机里还保存着几张狗的照片。智能手机的普及使数码相机逐渐被淘汰，但我依然舍不得删除。那一年，我老家邻近的鲜红村二组的刘军在益阳市赫山区龙光桥镇开了修车店。他养了一条母狗，下了一窝狗仔，特意给我留了一条。我看见过那黄色的母狗，体形修长。那拴在旁边加油站的公狗身材高大，咆哮如雷，铁链子经常被它拉得哗哗作响。我胆怯得不敢走近，担心它挣断铁链来咬我。

见到狗仔，我乐不可支，紧紧抱住端详。一条是胖乎乎的黑狗，两只眼睛上面是圆圆的黄毛，如同戴着一副黄眼镜，故乡人叫它"四眼狗"。另一条是胖乎乎的黄狗，像极了我的赛虎。它们虎头虎脑的样子真是可爱。它们在门槛上爬过来爬过去，相互撒欢打架，像是在向我表演。我掏出数码相机，将它们摄了下来。后来因为刘军的舅舅横刀夺爱，我空欢喜一场，留下无穷的惆怅。

至今，我再没有养过狗，尽管我非常想。在上海市做服装设计师的女儿经常说要给我买狗回来，我没同意。我知道养狗的快乐，如果要养狗，我坚决不会要这种矮小的杂交狗，而是要高大威猛的本地狗。我还喜欢狗的祖先——狼，甚至藏獒。

但是在城市养狗，谈何容易啊。城市的活动空间过于狭小，只有乡村广阔的原野，才能适宜本地狗的秉性。我反感把狗囚禁在家里。无论怎样，这是对狗的虐杀。

<h2 style="text-align:center">四</h2>

夜晚，大嫂子将她的床铺让给我和妻子睡，她陪我们聊到10点多钟才离开。乡村的夜晚，好客的秋虫慷慨地为我们歌唱，远处偶尔传来一两声狗吠。听那尖细弱小的声音，我就知道是二侄子豢养的这类杂交狗。

上午，二侄女自告奋勇地开车送我们到几十里外的沅江市阳罗镇坐车。我告别了患阿尔茨海默病的大哥，他这时候清醒了，吩咐我们好走。可这条母狗看到我们上了车，竟呆滞地缩在地上毫无表情。昨天，我本是有过想要那狗仔的想法，但是看它和故乡的狗形象截然不同，犹豫片刻后还是毅然放弃了，让读初中的舅外孙把它捉回临湘市了。

在车上，为了验证二侄子的说法是否准确，我问了二侄女，结果她和同伴的回答都如出一辙。我不由得想到了上百里之外的故乡。故乡的狗应该不是这个品种吧？我给几个朋友通了电话。看着三洲村李凤阳发来的照片，他们的回复竟然和二侄子不谋而合。这时，早几年在三姐家和二哥家看到的狗的形象蓦地显现在脑海。二哥和三姐家的狗绝对不是纯正的本地狗，虽然它们的毛都是纯黄色，但是狗形比本地狗矮小而瘦长。"不晓得咯只矮子宠物狗是从何处跑来的？平时一身毛，掉毛后就是一坨肉。"朋友黄铁维在微信中埋怨，我如鲠在喉。

我的故乡坐落在洞庭湖平原的共双茶垸。大通湖区金盆镇和我们不是同一个垸，但都属于益阳市管辖，东边和北边抵达岳阳市，南连接益阳市，西边紧靠常德市。

应该是从20世纪90年代起，为了和宠物狗区别开来，人们才把原来养的狗叫"土狗"，但我认为应该要叫"本地狗"才确切。我不知道那些黄白相间的矮小杂交狗叫什么名字，来自哪里，谁是始作俑者。这些畜生攻城略地，具有和它们的体形不相称的威力。它们的基因为什么那么强盛？为什么高大健美的本地狗日渐式微？我想：假如国家有关部门不高度重视，任由这些狗自由泛滥，要不了多少年，故乡的本地狗，中国的本地狗，就只能通过标本找到它了。这绝不是危言耸听。呜呼！

至今，我也不愿在网上查找这些杂交狗的名字。现实已经触目惊心了，现实已经让我们不寒而栗了，我不想再在网上和它狭路相逢，我担心自己的心灵会被撕得鲜血淋漓，染红这篇散文。

20世纪70年代，我在华田公社五七中学读书的时候，莫愁湖大队九队的周矮子和十一队的刘玉根都养了一条狗，我每次从大堤上经过时，都要放轻脚步，因为担心狗听到声响会追上来。

只要稍微有审美常识的人，就一定会喜欢本地狗，它美丽聪明，高大威猛，而且重感情。它帮人们守家、打猎，是中国几千年农耕社会忠实的重要助手。"子不嫌母丑，狗不厌家贫。"这是中国几千年的谚语，这是中国人对本地狗的最好赞美。无论遇到什么困境，它都不会抛弃主人；无论离家多远，它都能够准确地找回来；无论相隔多年，它都能一瞬间亲近曾经熟悉的人。它乐意和主人同舟共济，最终"寿终正寝"。

将近结束这篇散文时，我在网上查了本地狗的名字，原来它叫中华田园犬。它是中国历史和文化的活化石，它是本土最古老的犬种之一，被尊称为"中华国犬"。

当网上本地狗的形象出现时，我如同看到了久违的朋友赛虎。它跨越了几十年的岁月，正炯炯有神地注视着我。没错，我原来养的就是这种狗。

中华田园犬长期以来都是自由繁殖的。由于外来物种自由放养，它们与散养的中华田园犬杂交，逐步繁衍成混血狗等，导致纯种的中华田园犬急剧减少，生存处境面临威胁。中华田园犬属于亟待拯救的本土犬种。

"老夫聊发少年狂，左牵黄，右擎苍，锦帽貂裘，千骑卷平冈"，这是伟大诗人苏轼的词句，也是我的心声。真想回到故乡，寻找一条纯正的本地黄公狗，寻找一条纯正的本地黄母狗，让它们繁衍生息；真想带领它们的后代，在故乡的田园中纵情享受美妙时光。

魂兮归来，我的故乡，我的本地狗，我们的中华田园犬！

（写于 2019 年）

廿年生死两茫茫

从徒弟谢胜光家出来时，我要他送我们去看你。不，应该是说祭拜你。电动车从茶盘洲职工医院开往你家。正月初五下午的阳光似乎知道我的心思，倾泻在身上特别温暖。一阵阵春风吹拂，又送来几分凉意。

1986 年 3 月中旬，我从沅江县黄茅洲镇医院回家，继母喜形于色地告诉我："有一个蛮乖的妹子来找你了，她说姓蔡。"我顿时如堕五里雾中，想了很久仍一头雾水。我把所有认识的少女梳理了一遍，都找不出一个姓蔡的。只有邻近的鲜红大队的初中女同学蔡美仙，可仔细想，绝对不会是她，她父亲是大队支书蔡腊初。我和她暌违多年了，从来没有联系过，她不可能来找我。这少女到底是谁啊？找我有什么事？难道是天上掉下来的林妹妹吗？

当时我早就迈过了二十二岁的门槛，进入"大龄青年"的行列。给同龄伙伴做媒的多如过江之鲫，唯独我无人问津。眼看有的同伴已经结婚，有的已经当了爸爸，可我仍然形单影只。我知道，在人们的心目中，我是"懒惰无用的书呆子"。而这些"殊荣"的由来，都是因为自己痴迷文学，做事效率低，不愿意外出找副业赚钱，以至于还栖身在父亲遗留的几间茅草房中，过着穷困潦倒的生活。

继母见经常打骂后我还是"屡教不改"，于是"义愤填膺"地跑到大队支书贺春林那里告状，可我仍然一意孤行。我初中毕业回家六年多来，自学文学创作和新闻报道，发表了一些作品，获得过公社的奖励，在当地小有名气。但少女找男朋友，一是必须有瓦房，二是必须勤劳，谁会青睐我呢？

确认就是你找我的具体细节早就淡忘了，只留下雪泥鸿爪在记忆上闪现。只记得你说你住在茶盘洲农场畜牧分场四队，叫蔡兰香，现在我们大队七队学缝纫，比我小几岁。你长得娇小玲珑，穿一件白色的外衣，扎着两只羊角辫，脸上有两只酒窝，非常可爱。我很纳闷：你不是我们本地人，怎么会知道我的"鼎鼎大名"呢？也许你是从莫愁湖大队商店的柜台上看到了文学杂志社和广播电台给我的来信，也许是听过人家对我的评价，所以问清了我的住址，来我家一探究竟了。

我心中顿时激起波澜。我去郑芝兰家里找过你几次，但身处众多的少女之中，我非常拘谨。有一天，你主动找我借书，我将沅江县文化馆编辑的一本书借给了你，这是我荣获沅江县散文诗比赛的一等奖奖品。几天后，你还书时，我惊讶地发现，书中描写爱情的文字用红笔描得通红。你为什么这么做？想了一番以后，我才恍然大悟，这应该是你对我的暗示，这应该是你羞涩的表现。我久久地翻看着那些文字，觉得自己是世界上最幸福的人。

那时正过了端午节，是洞庭湖区打苎麻的时期。我很早就兴高采烈地骑着自行车，赶往国营茶盘洲农场新华一队的路口，这是你每天上堤的必经之路。远远地看到你骑着自行车过来了，我忐忑不安，向你吞吞吐吐地表达了情愫。你仍然是甜甜地笑着，我的心融化在你的酒窝里。

我将和你交往的消息告诉了好友黄智辉，请他出谋划策。他比我大几岁，家住莫愁湖大队八队。他的邻居是熊艳，和你关系很好，也在郑芝兰家学缝纫，黄智辉也认识你。他连忙提出了反对意见："你和她恋爱不好，因为她不喜欢文学，没有共同语言，你和孙桂元谈恋爱吧。"听他说得头头是道，我似懂非懂地接受了。过了一段时间我才知道，原来他的弟弟黄奇辉在追求你，他是想成全弟弟。

孙桂元是你的邻居。不知是你认为我家境差还是自己文化水平低或者其他原因，我认识你不久后，你就把她介绍给我了。我跟她见面是在黄智辉承包的大队商店里。文学是我们共同的追求，我们很快就恋爱了。

她大你几岁，长得比你稍微高大。平心而论，你是精心捯饬的美丽，孙桂元是朴素中的端庄。

1988 年 6 月，经过多次暴风骤雨，我和孙桂元终于结为了伉俪。这时，你早已经结婚了。听说你丈夫喜欢打架斗殴、偷鸡摸狗。恋爱时，你和他每天寸步不离。你未来的婆婆劝你妈妈："你还不同意女儿结婚？她都要生小孩了。"你的父母只得匆匆忙忙定了翌年正月初四的时间。哪料到就在结婚当天夜晚，你竟然生了。你那前来送亲的大嫂觉得颜面扫地，只好连夜偷偷溜回了家。

每次从新华五队经过时，我都是五味杂陈。那宽大的水泥坪后面，是你家气势恢宏的瓦房。说真的，每次我都希望看到你，但又担心遇到你。倘若你没有出现，我就会怅然若失。特别是到岳母家装黄鳝那一段时间，我真的自惭形秽，害怕你看到我的窘境。有时，你真的在我经过时出来了，你热情地招呼，我像喝了糖一样甜蜜。虽然从那里经过多次，但是我从来没有勇气进你家里。我不愿意遇到你丈夫和婆婆，那样会特别尴尬。

之后和你的第一次单独见面，是在 1994 年的夏天。那时我已租住在长春镇马良村三组郭腾芳家里，在长沙市计委主办的招商信息网络工作。正是夏天的傍晚，我在湘中大厦外面的夜宵摊上招待了你。应该是你从我二姐那里打听到我房东邻居家的电话，所以来益阳市时联系了我。你讲自己早已经到广东省的河源市打工。丈夫因为在家里偷牛卖，被判了有期徒刑。你还说有一个老板追求你……你走时给了我电话号码。从此以后，只要在企业，我就用他们的电话机偷偷和你通话，每一次都是快乐的享受。

应该是 1999 年左右，你从广东省河源市回家了，在茶盘洲农场六合分场邻近幸福镇的位置买了一截水沟，在上面建了三层小楼房，你计划在楼顶上养狗。我告诉你，益阳市泥江口镇有狗卖。不久后，你来了益阳，我包揽了你的吃饭和住宿，还自告奋勇地带你买了狗。春节回老家时，不知什么原因，我一直没有胃口。我和妻子去看望你，你做了一桌色香味俱全的饭菜，我们大快朵颐。你说养狗没有成功，亏损了几千元钱。

转眼到了 2001 年上半年，你因为茶盘洲农场的退休工资没有落实，随人到湖南省政府上访。我早就远征长沙市，成立了自己的广告公司，代理湖南省地、市、州的报纸广告。我给你安排了住宿，还给你端来了饭菜。你走的时候，我还把特意购买的《乙肝患者必读》书籍赠送给你，叮嘱你按照上面的配方治疗，应该有立竿见影的效果。

不知不觉到了 9 月。一天夜晚，我突然梦到你向我嚎啕大哭。为什么会这样？难道你会有不测吗？听说只有最亲密的人才会有这种心灵感应。第二天上午，我到长沙市汽车西站旁边谈广告业务。在 319 国道的磁卡机上，我打通了你电话。我告诉你，有一天我梦到继母向我大哭，不久后她就死了，还叮嘱你要小心。你笑个不停："我还好啊，没事，你放心吧。"

没有料到，这竟是我和你的最后一次通话。不久后，我意外地得到了你的噩耗。人们传说你夜晚从外面回家，看到一个绰号叫"啰口子"的男人正在翻箱倒柜，你于是指责那人。他恼羞成怒，害怕事情败露，不但杀人灭口，而且肢解了你，把你丢进水沟里，还在家里放火灭迹，最后假惺惺地跑了十来里，找到你娘家报信……我刹那间眼泪喷涌，你就这样走了，多么痛心啊。

岁月可以淘汰许多往事，但是珍藏了对你的思念。它如一只蛰伏多年的虫子，直到今天才钻出心间。近了，近了，我诚惶诚恐。我想象见到你丈夫时的尴尬，想象见到你儿子时的窘态。你丈夫应该认识我，尽管原来没有交往，尽管有三十多年没见面了。你的儿子，几岁的时候我看到过，现在我们互相陌生。我是告诉他们真实身份还是杜撰呢？

我从车上下来，向你的邻居打听。令人震惊的是，你的楼房早就拆毁了，你婆婆早已过世了，你丈夫早就找了新的妻子，你儿子早已结婚了，并且住到了沅江市。你邻居没有他们的电话号码，我非常失望。难道就这样结束吗？最后，我灵机一动，找你的弟弟蔡国武了解，他应该知道。我通过你娘家的邻居熊海林终于问到了你弟弟的号码。可他居然也不清楚，他说还问了他儿子，结果也一样。徒弟在二十九年前向我学过栽培平菇，后来中断了联系，直到去年我才找到他。他在旁边不住地称赞："师傅，你真是蛮重感情啊。"

返回二姐夫家时，经过六合分场的公墓地，我猛地想起，你可能就在这里，因为离你家不远。你弟弟为什么不知道呢？是确实如此还是担心节外生枝，抑或是觉得近二十年了没有必要？父母亲逝世四五十年了，我也是去年第一次在清明节祭拜啊！几百座形形色色的坟墓横陈在面前，我不知道哪一座属于你。我觉得每一座都属于你，又觉得每一座都和你无关。最终，我只能想象其中的一座是你长眠的地方。

在朦胧的夜色中，我隐约能看到一座坟墓上，白色的纸球迎风招展。那是你在向我挥手吗？可能是的，我心中一惊。你还是和三十五年前一样，穿着白色的外衣，两只羊角辫仍然微微抖动，脸上仍然是两只酒窝，盛满甜甜的微笑。你或许不会想到，时隔近二十年，我还会记得你，还会来看你。

妻子和徒弟不赞成我耗费时间，漫无目标地寻找。我努力控制自己。他们说得对，我不能肯定你真在这里。万一……我只能垂下头，一任泪水潸然而下，淋湿自己的哀思。"十年生死两茫茫，不思量，自难忘。千里孤坟，无处话凄凉……惟有泪千行。料得年年肠断处……"这是宋代文学家苏轼为原配妻子王弗创作的词，它猛地涌上脑际。回忆自己 2007 年突然患病，与死神擦肩而过，我们真契合词的意境。兰兰，我现把它献给你。对不起，请你原谅，我只能这样了。

兰兰，你是否爱过我？据妻子讲，她当初问过你，你只是说我家太穷了。应该是这样，你可能爱过我，或者说喜欢过我。退一万步讲，你对我至少有好感。你是来我家看到真实情况以后就畏葸不前了。你在世时就知道，我这根从乡村里爬出来的苦瓜藤，早已在城市结出了甜瓜。假如你当时不是选择那丈夫，肯定不会是这结局。

一切的假如都是美好的幻想，终究不能改变凄惨的现实。兰兰，安息吧。无论怎样，我会铭记你当年摒弃世俗，大胆到家里找我。那本书上你描绘的文字，是我青春暗夜中的闪电。虽然瞬间即逝，但照亮了我感情的天空。

（写于 2021 年）

看望"女朋友"

应该是 1983 年正月十五以后，我牵着四岁多的外甥长春婆，从临湘县沅潭镇鸡形组的三姐家出来，乘车到了岳阳市，当夜居住在轮船码头的旅社。凌晨 5 点，我喊醒他起床，赶上了 6 点出发的"沅江班"。

到鹿角码头时，上来了一位少女，看样子不到二十岁，整齐的刘海遮住了脑门，眼镜在阳光下闪闪发光。这是什么发型？她是老师吧？风扬起了她齐肩的头发，吹起了我的好奇心，我忍不住和她攀谈。原来，她初中毕业，母亲再婚后从沅江县嫁到了岳阳县，现住在岳阳县中洲公社义合大队林场。两个姐姐已出嫁，妈妈早已不在了，只有她和父亲及妹妹生活，这次是去沅江县看望舅舅。随后，她拿出一本长篇小说《爱的翔舞》，滔滔不绝地谈论三毛。

我就是第一次从她这里知道那种发型是"学生发"；我就是第一次从她这里看到少女戴眼镜；我就是第一次从她这里知道了作家三毛。当时，我初中毕业两年多，文学的种子已经萌芽。看到她那样推崇三毛，我真是自愧不如。我佩服她的胆量：敢于留新潮发型，敢于戴眼镜。我虽配了眼镜，但是在外面几乎不戴，担心乡亲们嘲笑我戴眼镜种田，不像农民。

我们留了地址，她到灵官公社船码头后就下船了。回家以后，不知为什么，我失魂落魄，总是不由自主地想起她。当时，我刚走过十九岁的门槛，正是情窦初开的年龄，她就这样撞进了我的心房。应该没有多久，我大胆地写了第一封信。也许是觉得写信太慢了，我甚至还不顾二十多里的路程，寻到她舅舅家打听。应该没过多久，我就收到了回信。劳动之余，我总是翻读那些信件，每次都感到无比甜蜜。

每次去四里以外的大队部商店的柜台上寻信，既耗费时间，又容易丢失。那时，邮递员是三洲大队一位姓蔡的中年人。我心生一计，算准了他经过我家旁边的时间，每次都能半道截住他，给他一支烟或者说好话。每次看到他，我都犹如看到亲人，总是紧盯那绿色的邮包，喜滋滋地问是否有我的信件。我觉得它是百宝箱，她会从那里出来，走到我面前。每次将信交给他，我总是如释重负。那时候，我望眼欲穿了无数白天。她的来信，温暖了我寒冷的日子；她的来信，化成了精神支柱，撑起了我的理想大厦。

应该是在农历四月，我又给她写了一封信，写了想去她家里的想法。她很快回了信，表示欢迎，乐意在鹿角船码头接我。记不起准确日期了，只记得应该是农历五月。那一天，我很早就起了床，穿上了特意在茶盘洲农场新华商店买的凉鞋，赶到了幸福港船码头，乘上了"岳阳班"。一路上，我忐忑不安。她真的会来吗？当轮船靠岸以后，我走过跳板准备下船时，看到她站在岸上挥手致意，如同维纳斯。不，维纳斯是塑像，还断了一只手。那是西方人，是凹眼睛、鹰钩鼻，哪里能和东方女性媲美呢？我连忙跑过去，心花怒放。

那天是雨后初霁，烂泥钻进了凉鞋，我们只得赤脚。大约行走了几里，就到了她家。青翠的树林簇拥着她家的房子，既幽静又优美。风吹动不知名的红花，在屋前迎接我。喜鹊穿着黑白相间的衣服，"喳喳"地叫个不停。她父亲和妹妹君君出来了，热情地接待我……

当天夜晚，她带我去附近看了电影《少林寺》。我坐在最前面，还认识了一个叫刘桂文的男青年。回来后，睡到她让给我的床铺上，非常温馨。就是这一次，我知道她早已经订婚，男朋友是友爱公社周谢大队人。听到这消息后，我怅然若失。

第二天，我就回家了。当年秋天，父亲不幸病故。得到噩耗，她写信安慰我。不久，我在靠近九队的同学钟友能家旁边的田中劳动。不知是他还是其他人介绍，我认识了吴忖。他是几十里外的星火公社熙东大队的，在我们华田公社轮窑厂轧砖，也喜欢文学。第一次收到他的信，我竟然一时不会拆开。我只知道这不是常规折叠方式，非常精美。从此，我给她寄信时，就"有样学样"了。我先将信纸对折好，然后将两端的一边折向中间，构成三角形；再翻转来，两端往中间折，形成长方形，最后把角插入对面的三角形内。这样折叠，仿佛少男少女进入洞房，亲密无间地融合一起。不知她看到以后，是否明白寓意。

应该没过多久，我收到了她寄来的相片。不知为什么，我总感觉她眉宇间爬满了忧郁。尽管如此，我还是视若珍宝，藏在抽屉里。记得有一天，大姐夫和大姐来我家，继母讲到了我和她的交往。听说弟弟认识了一个女孩子，他们非常高兴，要看她的照片。可无论如何，我就是不愿意，我不想让他们知道她戴眼镜。我担心他们会讥笑，对她妄加丑化。

应该是1986年春天，她又寄给我一封信，告诉了她结婚的时间，可惜我现在不记得了。她说自己不愿意，字里行间透出悲凉的气氛。这消息于我不亚于五雷轰顶。她就像一只即将任人宰割的羊羔，而我是一只羽翼未丰的小鸟，有什么能力去解救她呢？她没有说要来我家，更没有让我想办法，我束手无策。我没有勇气再去她家，更没有胆量阻止。只要想到她那天结婚，我的心宛如被人插进了一把刀，异常疼痛，我奋笔疾书，用稚嫩的文字安慰她："假如天知道，也会同情地洒下太阳雨。"后来，我还以她为原型，创作了一首诗《怀念桃花》。虽把桃花想象得很凄惨，可小伙子是我的真实写照。至于那别墅，是我的憧憬。

去年桃花开的时候

你揣着一朵桃花出嫁了

你揣着桃花嫁到没有桃花的地方去

十八岁的脸庞

是一朵洒泪的桃花

当乌篷船摇动的那一刹那
桃花，你可知道
居住在茅房的戴眼镜小伙子
对着你的背影
在桃花江边嚎啕

今年桃花开的时候
你再没回桃村里来了
有人说你跳进桃花江
变成了一朵自由的桃花
不知是真是假

只是人们惊奇地看到
在小伙子新建的别墅窗口
有朵桃花状的红云
一直在飘
一直在绕

　　她结婚的消息，让我从甜蜜的遐想中跌入了痛苦的现实。虽然我每时每刻都在想她，但我努力控制着自己。她已经成为人家的妻子，我再这样只会越陷越深。我只有一个愿望：化思念为力量，努力实现自己的理想。等到功成名就的那一天，再去看她。

　　1988年6月12日上午，二姐夫驾驶手扶拖拉机到我家，送我和妻子去幸福港。写字台和自行车在车厢中晃来荡去，如同我和妻子在岳母的干涉下，难以在家乡安身。因为我种田，还住着茅屋，岳母不同意我们恋爱。"赌婚"虽然成功，但她反对我们结婚。我们不敢举办婚礼了，只得马上"私奔"。我是真不愿意离开家乡，让继母独自和茅屋为伴。黄昏时，我们坐船到了岳阳市。第二天，终于在临湘县聂市镇粮站下车。三姐和三姐夫从几里外的沅潭镇高桥村过来了。他们要我们和李建平合作，他卖包子、馒头，我们摆小宝笼。可是，这小东西的收入怎么能养活两人呢？为了生计，我像"黑鱼子撞进鱼罩——乱擂"，去沅潭镇船码头贩过鱼，到岳阳市进袜子销售，还在粮站背稻谷、进老街收废品、卖冰棒。

有一天，看到手扶拖拉机从门前经过，我灵机一动，拦住司机说好话，请求他带我远赴二十多里外的临湘县城采购西瓜。每次都是几百斤，每次都没有出车费。有一次，颠簸的手扶拖拉机竟然把我的屁股磨掉了一块皮，钻心般疼痛。同是在镇上摆摊的老黄妻子指责老黄："你还比不上一个外地人。"虽然我使出了浑身解数，但收入微乎其微。

在那两个多月的时间里，寄人篱下的感觉时时在心底蔓延，人生地不熟，我真正体会到了"独在异乡为异客"的滋味。我多想早日回到家乡，但只能等到妻子要分娩了才能动身。那时即使岳母有通天本事，也改变不了我的婚姻了。

那两个多月里，虽然每天有妻子陪伴，我还是会想起她。无论怎样煎熬，慰藉都会从心中升起。她怎么样了？丈夫对她好吗？她应该没想到，我现在已漂泊到岳阳地区了吧？她没有想到我沦落到如此境地了吧？多想看到她啊，她是什么样了呢？

7月16日上午，我在镇供销社进食盐时，停在门口的凤凰牌女式自行车被偷了。不但没有赚到钱，还丢了和妻子订婚的信物，我怎么有脸面回家呢？我到派出所找那矮胖的所长报了案，提供了嫌疑人的绰号，可最终杳无回音。想起有一天黄昏时，有人假装来买东西，实际上是想偷我的啤酒，我发现以后欲哭无泪。再一次遭受欺负，尽管我惹不起，但是我可以躲开，我加快了逃离这里的步伐。我写信给岳阳市的一家工厂，咨询他们是否招工，结果不了了之。黔驴技穷中，我想到了沅江市食用菌开发研究中心的冉大川。在那里学习栽培平菇时，我认识了他。我要去找他，看那里是否有适合我作的事情，"顺便"看望她。

8月6日早晨，我坐车到临湘县火车站，再乘坐9：30的火车到达了荣家湾。顶着高温，一路询问，我终于找到了她家——三间坐北朝南的瓦屋。

太阳落山时，她担着东西回家了，黝黑的脸上汗珠流淌。见到她，我又惊又喜，但未料到她这么辛苦。她想不到我居然会来这里，连忙招呼我坐下喝茶。不一会，她丈夫也进了屋，他应该没有想到，我这不速之客也戴眼镜。我有些尴尬地说自己不是特意的，只是顺便来看她，言下之意是没有其他邪念。其实他知道，我应该在岳阳市坐轮船，这样可以快捷到达沅江县城，而不是舍近求远，拐了那么大一个弯，多走几十里。明摆的事实足以说明，这不是顺便，而是特意。她去做饭了。幸好他还是有礼貌的，和我不冷不热地说着话。我有些心怯，给自己壮胆：我只是来看他的妻子，合情合理合法，不应该害怕。幸好他读过高中，即使不满，最多也只是心里埋怨，不敢对我打骂，因为她就在旁边，他就算不看僧面，也会看佛面。我记得拿了钱给了她的儿子。听说有一个男人来看她，邻居老周好奇地过来了。我有些难堪，走过去招呼。不吸烟的我不停地拿烟敬给他，替自己解围，我要给他们留下好印象。

吃过晚饭，她安排我和她儿子一起睡，她和丈夫睡旁边的一张床。他们可能觉得带我出外乘凉会引起邻居的非议。我翻来覆去，难以入眠。如果我不来，他们会更自在吧？他们可以和孩子睡在一起，享受天伦之乐。他们夫妻可以无拘无束地亲热，那该是多么温馨啊。自己真不该横生枝节，来打扰他们的生活。恍惚中，我觉得旁边的孩子就是自己的儿子。我禁不住抚摸他，他迷惑地问我搞么里，吓得我赶紧缩回了手。

夜越来越深了。万籁俱寂，鼾声从那边传过来，有时还夹杂着梦呓，那是她丈夫的声音。说的什么？可惜我听不懂。是警告我"卧榻之侧，岂容他人酣睡"吗？想到这里，我有点不寒而栗。

没想到自己跨越一百多里来看她，竟以这样的方式深刻感受到了咫尺天涯的含义。想到自己以如此落魄的形象出现，我心中惴惴不安。一只鸟在屋外不停地鸣叫，每次好像是四个字，而且尾音拖得很长，仿佛是妻子的声音。妻子来了吗？我心中一怔，只有她才会叫我。难道妻子有感应吗？她会说我不该来的吧？她是催我赶快回去吗？这时，我有些内疚了。我后悔来看她前没有征求她们的意见。我不断地扪心自问：我这是为了什么？

第二天早晨，不知是她丈夫变相下"逐客令"还是真有事，他说要去沅江县灵官公社。男主人要走了，我也只好告辞。我不能再留在这里了，我看到了她，已心满意足了。我和她丈夫一同坐车去鹿角船码头。一路上，他坐在我旁边，只是象征性地搭讪。我蓦地觉得他像押送我，自己仿佛是罪犯。直到跟他分开以后，我才镇静自如。我记得到了沅江县城后找到了冉大川，但是他无能为力，只是安排我在石矶湖大堤旁边的一家木板厂过了一夜。希望的稻草沉没了，我灰溜溜地回到了聂市镇。

不知是她的丈夫感到婚姻出了罅隙，还是觉得我去了他家所以他也应该来"看"我的底细。1991年夏天，他和刘桂文也出其不意地寻到了我"家"——我租住在莫愁湖村部的几间破旧瓦房。在旁边的一间房子里，我的食用菌理想正在整装待发。他透过窗户看到了几件简陋的老式家具。这一切都是事后人们才告诉我的，当时我在宅基地旁边做事，并不知道他们来了，否则我肯定会招待他们的。他应该回家后向她说了：那个来看你的"眼镜"，原来是如此穷困潦倒、如此无能。估计她丈夫认为我这样的男人是癞蛤蟆想吃天鹅肉，对他不会构成威胁，他可以高枕无忧了。

　　她也来看过我一次，不过是我主动邀请的，我邀请已担任村妇女主任的她来见证。那是在 1995 年秋天，一位从事医疗的老板请我负责他的医疗广告投放。在长沙市印染厂的职工医院，我有一间属于自己的小房间，可以睡觉、可以创作。我给她看了在《湖南税务报》上发表的那首诗。在苦海中挣扎的我，终于"小荷才露尖尖角"了。

　　现在想来，我觉得当时的自己是多么痴情，甚至有些荒唐。不知我冒昧地去她家是否影响了她和丈夫的感情，不知他们是否为我吵过架。我经常想，假如她当初没有订婚，我应该会主动表白，还有可能大胆追求。仔细回想和她的交往，她应该没有爱过我，只是把我当作倾诉感情的对象，否则她会退婚，会和我发展。她应该是认为丈夫比我高大，视力比我好，家境比我强。记得那时给她写信，我都非常含蓄。我都是谨慎地把"爱""喜欢"之类的词语紧按在心中，只穿着合乎情理的"想"的外衣，在懵懂的感情中长袖善舞。就是去看她的那两次，我和她连正常的握手都不敢，更没有其他肌肤之亲了。她应该明白，其实那是我把情愫深埋心底，是我的试探，是避免遭到拒绝以保持自尊。可以这样说，那时，在我的视野中，是"触目横斜千万朵"，赏心只有她这枝。

（写于 2022 年）

第二辑

城市星空

从"米箩"跳到"糠箩"

那年5月，我毅然放弃了招商信息网络的工作，去长沙市接受新的"使命"。坐在他迎接我的轿车中，我无比高兴，觉得自己是高尔基笔下的海燕，将在这里展翅翱翔。我下定了决心：我要发挥聪明才智，回报他对我的青睐。

他年龄和我相近，大学毕业分到益阳市的学校教书，后来罹患了乙肝。为了治病，他耗费了不少钱财，但迟迟不见好转，妻子吵着要离婚。不料他久病成"良医"，悟出了别人给他治病赚钱的诀窍，边教书边承包了学校门诊部，用自制的中草药给乙肝病人治病。一时间病人纷至沓来，他的钱包迅速鼓了起来。不久，他又在常德市的一家医院承包了乙肝专科，同样是财源滚滚。

那时候，我和妻子、女儿租住在益阳市长春镇马良村三组李建平家的一间小房中，从事长沙市计委主办的招商信息网络业务。这工作没有底薪，工资就是业务提成。因无钱打电话，我每天只能踩着自行车深入企业，有时要多次才能找到负责人。

当时，我找到了他的门诊部。他听说我喜欢文学，发表过作品，就请我给他写了一篇文章，发表在《文萃报》上。没料到这让全国各地的汇款单如雪片般飞来，他欣喜若狂。从此，只要我来这里，他都视为上宾，殷勤地留我在服务饭庄吃饭。

那年夏天，我在这里遇到了一位看了《文萃报》慕名而来的病人，他是资兴市粮食局储备股的干部张东平，夜晚住在金山路金山宾馆边的招待所，到宾馆洗澡时被保安误当小偷，身上的钱被洗劫一空。得到这消息，我义愤填膺，找到宾馆经理曾乐佳采访，写了一篇通讯《没有想到的"退款"》，编辑文热心将它发表在《湖南日报》上。他看到称赞他的十个字后，大为高兴，奖了我100元钱。还有一次，我遇到长春镇工商所的张德华来向他收税，我出面斡旋，他没有交钱。所以，他在到省城开设乙肝专科时，非要请我"出山"不可。

说是由我负责广告，实际上就是要我写软文、和医院谈租赁科室的价格、签合同、和媒体谈广告费等。在给他打工的人眼中，这是没有体力活、可以吃香喝辣、免费到各地旅游、收入丰厚的好工作。他们都羡慕我，都夸我从"糠箩"跳到了"米箩"中。平心而论，有时我也这样认为。说实在话，他对我很好，我是他的"红人"。他对我出差的报账从不要发票，工资发放也从不拖欠，甚至我还可以提前支取，非常信任我。

但我除做分内事以外，比如租住房、聘请医生、搬运药物，甚至他前妻要复婚，他和姑父及叔叔合作开乙肝专科时的纠纷等，我都要解决。那时，他事无巨细，都要我出谋划策。他说我"点子多，会办事"。确实，《文萃报》是面向全国发行的报纸，别人的广告都限量控制。我交给杨序先的软文不但能按时刊登，而且一个月两篇。

那时，他买了轿车，请了专职司机，带着娇妻和美女保镖在酒店吃喝，在宾馆居住，每天招摇过市。不过，一旦遇到药检部门找来了，他就如惊弓之鸟，躲藏在秘密的地方"遥控"指挥我处理，而我从不敢怠慢，像陀螺一样转个不停。无所事事时，我就只能待在长沙市印染厂职工医院的小房中，时刻等他发号施令。就是想回家看望妻子和女儿，我也不能擅自动身。

那年，我在江西省南昌市、九江市等给他开设了专科。翌年5月，他又打算开发广西壮族自治区医疗点，我奉命踏遍了南宁市的每一条街道。我拿着几张他给我的"乙肝专家""科技创新金奖"的复印件，将大大小小的医院跑遍了，但它们都不愿合作。偶有意向的医疗单位，不是价格高就是条件差，最后才终于与一家军分区干休所谈成了。可当我兴致勃勃地要他来验收时，他那位比我小好几岁的娇妻却颐指气使、大发雷霆，指责我用了老板的钱未做成事。其实，这地方是他事先同意了的，他此时却默不作声，一脸事不关己的神态，尽管事后他向我解释了缘由。后来，我费尽周折在某医院的火车站门诊部签好了合同，但这时国家新的《广告法》规定"乙肝病不能刊登广告"，这一个月的努力自然白费了，我耗费了他几千元钱。找他结算工资时，他却像换了一个人，对我左查右问。

那几天我一直在思考，反思给他打工时的所见所闻。我亲眼见他派人先到邵东廉桥中药市场购进一些中草药，运回益阳市粉碎，最后贴上"荣获科技创新金奖"的标签，出售给患者。有人说他出钱买了市科委的"科技创新金奖"，又出钱请报社的记者把他宣传为"乙肝专家"；有些病人已经债台高筑，但仍没有痊愈，还可怜巴巴地乞求他；有人说他的病至今没治好，一直不敢检查血液。尤其是听说他患乙肝病的姑父死于乙肝病的消息后，我大为震撼，我的良心在谴责我：不能再助纣为虐了，不能再赚这样的昧心钱了。

我伫立在五一大道上，凝视着车水马龙，仰望着鳞次栉比的高楼大厦，百感交集。我漫步在晓园公园，欣赏着绿叶和红花相映成趣，垂柳亲密地吻着水波，但心情无比沉重。我远离益阳来长沙发展，难道就这样离开吗？我的致富理想何时才能实现？我的决定是否太草率？我以后是否会后悔？人家梦寐以求而得不到的"米箩"，我就这样轻而易举地放弃吗？退一万步说，他是老板，我是打工仔，出了事是他的责任啊！想到这里，我不寒而栗。不！我不能有这样的侥幸心理了！虽然女儿读书急需钱，虽然妻子没工作，但我打工赚钱必须要合法！我揩干眼泪，恋恋不舍地踏上了归程。

得知消息后，他大跌眼镜，找到了我们的租住房，执意挽留我。见我不为所动，他抛出了最后的"救命稻草"："我请过几个人负责广告，只有你是出类拔萃的。请你给我再干几年吧，你妻子也到我那里做事，都给高工资。你们以后也可以买房，可以买车，也可以像我一样当老板。"我对此毫不动心："对不起，请你理解。"妻子看到我如此坚决，也斩钉截铁地表态："我遵从爱人的决定。"他没有想到我们如此决绝，脸涨成了猪肝色，出门时气急败坏地丢下这句话："你真是狗咬吕洞宾——不识好人心。你在'米箩'有福不享，非要跳到'糠箩'中吃苦，真是蠢包！"

和他分道扬镳后，我毅然走进了益阳广播电视报社，从事广告业务。果然，许多人讥笑我是"木匠做枷——自作自受"。但正是在这里，我发现了"新大陆"，开拓了长沙大市场，掘得了人生的金矿。

在打工的路上，每人都想从"糠箩"到"米箩"，都希冀迅速致富。我却反其道而行之，心甘情愿地从"米箩"跳到"糠箩"。我认为：我们一定要坚守良心、道德、法律的阵地，不能见利忘义，否则就将玩火自焚。

（写于 2005 年）

难舍旧手机

我的手机是摩托罗拉 V8088，已使用四五年了。它是折叠式的，显示屏很小，现在很少有人用了，卖场里早就绝迹了。认识我的人几乎都嗤之以鼻："快扔掉吧，它太破旧了。"

是的，确实如此。它深黑色的外壳已磨得灰不溜秋，露出了块块殷红的底色。虽然这样，我却一直舍不得和它"拜拜"，对它我总有一种敝帚自珍的情感。从 1999 年第一次买手机起，这是第二台了。第一台手机我也是用了好几年，要不是买来就"先天残疾"没有振动，我可能会用到现在呢。记得那时这款手机刚上市时，我像情窦初开的少年遇到情人，对它一见钟情。可惜那时刚刚"财运亨通"，虽然能拿出一万多元钱，但我犹豫再三，最终还是没买。

就这样，终于盼到它大降价了，我才实现了自己梦寐以求的愿望。从长沙到益阳的一千多个日日夜夜里，它随我南征北战，及时传递我的喜怒哀乐。几年以来，这手机仅换过几次排线、几次振动器。外壳虽然被老婆摔坏过几次，但换过以后，又"旧貌变新颜"了。

总有朋友问我："为何不买新手机呢？"我有时也这样反问自己。其实，我也去看过，特别是在感受到别人那异样的目光后，也曾下过决心。可每次看到琳琅满目的手机型号，我总是举棋不定，仿佛是刘姥姥进了大观园。有时，喜欢这手机的式样，但反感它的功能；第一天喜欢的手机，到第二天就没兴趣了。比来比去，总觉得还是自己的这款旧手机好，于是干脆不买了。

难舍旧手机，是我知道自己头脑不灵活，难以学会使用新手机，这款旧手机我基本上熟练自如了。想当初，我不厌其烦地问过别人很多次才学会了使用。如果有了新手机，肯定又要"重蹈覆辙"的。我这人自尊心强，如人家随便说我，我也接受不了。

难舍旧手机，是因为我知道，带着它出去的安全系数很高。君不见，现在的小偷特别青睐新手机呢。我经常将这手机有意拿出来，潜台词是我没什么钱，有钱人谁还用这破旧货啊。因此，我是幸运的，小偷对我是"敬而远之"的。

难舍旧手机，是我不想赶什么新潮流。现在耗费很多钱买的新手机，说不定过了一段时间又被淘汰了。我之所以"岿然不动"，是可以时刻把握手机新动向，以静制动。哪天这旧手机"病入膏肓"了，我可随时赶上或超过人家。

难舍旧手机，是说明我已到痴情的程度了。有时，我觉得它就是我的结发妻子。人一旦富贵了，糟糠之妻是不能丢的，何必要学陈世美呢？我认为：只要它能够拨打电话，只要能收发信息，只要声音清晰，这就可以啊。古人不是有过"山不在高，有仙则名；水不在深，有龙则灵"的精辟论述吗？

不过，我最近总觉得这手机是兔子的尾巴——长不了。因为尽管我对它宠爱有加，可它有时还是和我"唱对台戏"，可能是"倚老卖老"吧。就说这电路板吧。去年5月我换了新的电路板，刚开始它还表现得很好，但不到一年便"劣性大发"了。有时刚给它"吃饱喝足"，它就好像着魔了一样突然死机了；再开机时它又似变仙法般马上恢复了很满的三格电，弄得我丈二和尚——摸不着头脑。有时发信息和朋友们聊得正酣时，它又猛地"罢工"，事先也不征求我的意见，害得我编好的信息总是"前功尽弃"。为此，我多次提出过"警告"，可它依然"一意孤行"，有时在一天中就"加班加点"地"表演"过多次。它如此"翻脸不认人"，就休怪我"大义灭亲"了。我有时觉得那"无毒不丈夫"的教导是有道理的。它不仁，休怪我不义了。

现在，经过慎重考虑，我制定了新的五年计划：一旦这手机真要和我"分道扬镳"了，我定会"义无反顾"地去购买新手机。如果都像我一样，那手机生产厂会破产，工人会下岗，我买了新手机也是为国家作贡献呢。再说，总是用这旧手机，不熟悉我的人会以为我这"在报社工作的"是穷困潦倒的孔乙己，或是会以为我是扮什么酷呢。虽然我这"另类手机"有时能赢得回头率，虽然我自认为用这手机有些"古典美"，但说不定会弄巧成拙。

最后，我要郑重声明的是：如果哪天我被迫"另有新欢"了，这旧手机我肯定不会丢掉或卖给废品店，我会将它小心翼翼地珍藏好。若干年后，它就是文物，就是古董，它就有很大的升值空间，说不定还价值连城呢！

（写于 2006 年）

带着两瓶"灌泉水"上北京

接到中国散文年会组委会、《散文选刊》等单位联合在北京召开的"2010 年散文年会"的通知后，我就为在列车上的饮食作准备了。考虑到火车上买东西费用比较高，我把两只空矿泉水瓶子洗净，灌上了白开水。12 月 16 日 11：45，我踏上了益阳—北京西的 K473 次列车。

我坐在四号车厢，从口音中能听出，这一节车厢中几乎全是益阳人，大家亲热地交谈着。我拿出一瓶"灌泉水"，悠闲地喝着，偶尔吃着食品，不时逗着对面的一个小孩，要她叫我"小爷爷"，欢乐的笑声冲淡了旅行中的孤单寂寞。只是还没到湖北省武汉市，我就喝了一瓶"灌泉水"。

到了河南省驻马店市后，陆续有老乡开始下车了。这时早已是夜晚，我又拧开了第二瓶"灌泉水"。因为担心喝完了还没到北京就口渴，我不敢多喝。幸好 17 日上午 10：30 到达北京西站时，我还有半瓶"灌泉水"。下车时，桌上、地板上扔着一些喝完了水的空瓶子。趁人不注意，我快速把另一只喝完了的"灌泉水"空瓶子藏进包内。说真的，我从千里之外带来的空瓶子，还真舍不得扔掉呢。

在北京海淀区鸿翔大酒店的 8306 房间住下后，我烧了开水。等它冷却后，我把还有半瓶"灌泉水"的矿泉水瓶灌满，又灌满了另一瓶。在这次颁奖会上，我创作的散文荣获了二等奖。这瓶"灌泉水"伴随我上台领奖，还和著名作家梁晓声合了影。19 日上午，在游览鸟巢和水立方时，主办单位给我们发矿泉水，但我谢绝了，紧紧握在手中的依然是我从湖南省益阳市带来的"灌泉水"。

12 月 19 日，是散会的日子。中午，我又烧了开水，将冷却后的白开水装进了这两只矿泉水瓶。在当晚 18：10 分出发的北京西—长沙的 Z17 次列车上，我喝完了将近两瓶水。凌晨，我去灌装开水，可惜有一只瓶子被烫得变了形。为了保住另一只，我只得将这瓶开水冷却后再灌进另一瓶中，带回了家。

带着两只空矿泉水瓶，灌装上白开水，不会耗费一分钱。可能有人会晒笑我是"葛朗台"，但我认为这是最好的节能和环保。我想：空矿泉水瓶装上"灌泉水"，别人是看不出的，营养价值和真矿泉水不相上下，既美观大方，又经济实惠，更重要的是还促进了国家建设，可谓是一箭多雕，又何乐而不为呢？

（写于 2011 年）

舔尽豆渣为节粮

我四十九岁生日时，二姐夫送来了他种植的黄豆。听说黄豆最营养的食用方法是打成豆浆，我到楼下的益阳益美电器超市购买了一台豆浆机。

我按照说明书上的要求，用量杯将黄豆倒在机筒内，淘净后加好水，插上了电源。只听得轻微的"嘀"声后，豆浆机欢快地工作了，不一会就传出了高亢的歌声。二十多分钟后，豆浆"大功告成"了。我拔下电源，拿出机头，闻到了乳白色的热雾中氤氲的香气。

接着，我就清洗豆浆机了。看着那些粘在机芯周围的豆渣，我是真心不忍洗去。但是妻子说它不好吃，不准我要。怎么办好呢？我在家乡栽培黄豆时，从播种到收获需要几个月时间，这点豆渣扔了太可惜了。突然，我灵机一动，蹑手蹑脚地到厨房，拿出筷子和碗，小心翼翼地把机芯上的豆渣刮进碗中，因为我担心发出响声会把妻子惊醒。我在机缝中反复刮了几遍，直到机芯干净了才放手。

筷子刮豆渣固然好，可是豆渣粘在机芯和碗上，洗迟了就容易凝固，很难洗干净。如此几天后，我眉头一皱，计上心来，想起了小时候舔食的情景，这真是两全其美的好办法。正当我"大快朵颐"时，猛然耳畔响起了一声炸雷："舔豆渣好丑，快丢掉！"原来是妻子起床看到了我的"庐山真面目"。犹豫片刻后，我开始"有力反驳"了："豆渣非常营养，丢掉是浪费，舔着吃很好。"她见我说得振振有词，实在想不出"自卫还击"的充足理由了，只得咕哝几句后默认了。

为了不让我"一意孤行"，迫使我"改邪归正"，从此后她天天争着早起打豆浆了；从此后，她打豆浆也像我一样保留豆渣了。让我"感激涕零"的是，她有时还将豆渣或煎或炒或做成霉豆渣，烹饪出一道道色、香、味俱全的珍馐佳肴。

豆渣对健康很有裨益。党中央历来反对铺张浪费，倡导节约粮食。食用豆渣，是用实际行动响应党中央的号召。我完全可以理直气壮地弘扬爱粮节粮的光荣传统，自觉践行爱粮节粮的美德。

（写于 2012 年）

我是节能、环保好公民

一直以来，我就不吸烟、不嚼槟榔，而且不喝酒，更不开车。

我不吸烟有很多年了。十五岁多初中毕业参加劳动以后，我其实也学别人一样吸过烟。尽管被烟呛得不停地咳嗽，我也要强迫自己将烟雾吞下肚，然后从鼻孔中憋出来，但烟圈是无论如何吐不圆的。1983 年春天，我远赴一百多里外的沅江市，在石矶湖大堤担石时，经常有妇女到工地上卖香烟、槟榔。工余时间，我也像他人一样，买烟吸、买槟榔嚼。后来听说吸烟和嚼槟榔危害身体，更要耗费不少钱，还污染环境，于是，家境穷困的我从此不敢再"越雷池一步"了。

1993 年秋天，在益阳市从事招商信息网络业务时，我买了一盒香烟和一袋槟榔，遇到客户就点头哈腰地递给他们，很快就空空如也。后来，经济拮据的我"痛定思痛"，虽然敬烟和槟榔是礼仪，但人家需要的是对单位有用的资料，并不会在乎是否给这些东西。何况我家每天的生活费都捉襟见肘，哪来的钱买这些东西呢？从此以后，我"悬崖勒马"了。事实证明我的业绩很好，和送不送它们没有关系。

至于喝酒，我从来不喜欢，不要说白酒，就是啤酒也不行。可能是 1997 年，我和朋友在秀峰湖北边的一家饭店吃饭，酒桌上有一位陈联公司的经理，听说喜欢喝白酒，酒量很大。他总是劝我喝，说给我业务。我礼节性地抿了一口，感觉喉咙火烧火燎的。我放下了酒杯，婉言拒绝了，宁愿不要业务。不管他如何使用激将法，我就是不动心。我说："你如把我当朋友就要理解，如果多喝了，我肯定会一命呜呼。难道你愿意我那样吗？"他听我说得有理有据，也就不劝我了。

1994 年，我到大渡口的益阳市五交化公司发展业务，经理谌桂香请我吃饭，要我喝啤酒，还要我叫她大姐。黄色的液体上升腾出白色的泡沫，我尝了一口，感觉非常苦涩，很自然地想起了猪喝的潲水味道，很久才喝完。后来，我又被别人敬过许多次啤酒，可初心未改，虽然勉强能喝一瓶，但是从不主动喝。

无论是在什么场合，对人家给的散烟、散槟榔，我是从来不要的。不过，如果给我一盒烟和一袋槟榔，我就拿回来，再卖给他人，一年中总能换回一些钱。我家中从不备烟和槟榔，只备了白酒，客人来了一律喝茶，只有遇到吃饭的才会问是否喝酒。

每次看到那些吸烟和嚼槟榔的人，在禁用的场合上瘾发作时煎熬的样子，我总是劝他们不要自讨苦吃；每次听到有人说遇到吸烟和嚼槟榔被罚款的窘态，我总是劝他们戒除。我经常看到吸烟和嚼槟榔的人老态龙钟，牙齿、手指被熏得焦黄，衣服被烧得千疮百孔；经常看到吸烟和嚼槟榔的人得支气管炎、哮喘病、口腔癌、食道癌、舌癌、喉癌、肺病；经常听到喝酒的人得了肝癌等。

有人迷惑地问我："你那么爱好文学创作，不吸烟、不嚼槟榔、不喝酒，有灵感吗？"我总是这样回答："吸烟、嚼槟榔、喝酒与灵感没有联系，那只是自欺欺人的美丽借口。"

真的，不吸烟、不嚼槟榔、不喝酒有很多好处。它能使自己牙齿洁白，手指白皙，衣服光洁，少患许多疾病。不吸烟、不嚼槟榔、不喝酒，就不会丢弃烟盒、烟灰、烟蒂、槟榔渣、纸盒、酒瓶等，就不会污染环境。至于不开车，并不是我买不起车，而是我认为这样就不会有尾气排放，就会减少雾霾的形成。不吸烟、不嚼槟榔、不喝酒、不开车，不但能促进家庭经济发展，而且可以节约能源，享受绿色低碳生活。

当然，我还要"百尺竿头，更进一步"。我想发动周围的人们，都争做一个优秀的节能、环保好公民。

（写于 2011 年）

美女送我"安全套"

我是在益阳市汽车路邮政银行取稿费时认识她的,她是这里的营业员。取稿费的次数多了,我和她自然就成了熟人。她瓜子脸,柳叶眉,一双丹凤眼熠熠动人。在几个营业员中,确实只有她最漂亮。我曾经问过她的姓名,她笑着告诉我:"刘阳。"于是,我称呼她"刘美女"。

我原是在五一路建设银行开的户,所有汇款、收款的业务几乎都是通过建行。后来,我看到报刊给我的稿费越来越多,就想在邮局办张银行卡,更方便、快捷。那天,我办业务时,刚好是她上班。"又是来取稿费的吧?"她笑着问我。"不是呢,我想要办张邮政储蓄卡。""那欢迎啊,我给你搞好。"她接过身份证,只几分钟,一张金黄色的卡就递到了我手中。"还真看不出你这样能干呢,谢谢。"我拿好卡,将它和手机及其他银行卡合在一起,跨出了大门。

刚走出不远,突然,我听到后面传来了喊声:"作家,你慢些走!"我扭过头,原来是刘美女追出来了。"什么事啊?"我有点莫名其妙。"你那邮政银行卡不能和手机等放一起,否则会失去磁性,不能用呢。来,我刚才向同事要了一个套子,送给你。"她拿出一个比卡稍大一点的塑料套,将我的卡轻轻地插了进去。哈,我的卡被她的套子包在里面。嘿,大小正合适呢。"你想得真周到啊,美女,感谢你送给我'安全套'啊。"我由衷地赞扬道。随即,旁边的人哈哈大笑,有的还禁不住鼓起了掌,连声说道:"说得好,说得好。"

我这才意识到说漏了嘴,她的脸上顿时浮起了羞涩的红云。她一边笑,一边盯着我:"只有你这作家坏,难怪人们都说'文人骚客'呢。给你安全经久耐用的'安全套'还不好吗?"

"说得对。"我真诚地鞠了一个躬:"对不起,请你谅解。"

(写于2012年)

老板倒在西瓜皮上

粮贸大厦在长沙市五一中路，这是我在长沙市的第四个办公地点。大约是 2000 年后，我给一个在长沙马王堆从事所谓最新鞭炮安全技术培训的客户代理了广告，刊登在《益阳广播电视报》上。合同约定刊后一星期内付款。可当我把样报送给那老板后，他却说没有钱，每次我打电话他都不给钱。

说实话，不通知对方准备钱而直接上门要吧，不但要转几趟车，来回要几小时，还可能白跑；不要吧，这钱虽不多，但拖了几个月了，想起就烦心。凭经验，那老板可能是在玩"金蝉脱壳"，不想给钱了。想个什么好办法呢？既要收回钱又要不搞僵关系，确实不容易啊。

这天，我又照例打通了那老板的电话，照例是女秘书的声音："老板出差了，不在这里，下次再联系吧。"对方每次都这样回答，我耳朵都听出茧了。我有些不悦了："没有这样巧吧？""你不相信就算了。你这人真不懂礼貌，好像人家不给钱似的，讨厌。"对方未等我说完便挂了电话。此时，憋在我心中多日的火气像火山一样爆发了。我文明礼貌地要钱，你还猪八戒背钉耙——倒打一耙。我今天非要当面跟你说清楚不可。想到这里，我不知哪来的勇气，连忙坐上车，赶到了这家公司。

那老板平时的座位上此刻坐着那位女秘书。"我说了，老板真的不在。""你们真没有诚信，为这钱，我打过多少次电话了？说过多少好话？你们应该知道吧？"我平时从不这样指责客户，这次他们确实把我逼急了，像这样的客户，下次他们请我做广告，我都不愿意呢！

我拿出手机，拨通了老板的号码。突然，我听到旁边的房子里传出了手机的声音，我手机响一声，那里也跟着响一声。是回音吗？我觉得不可能。不会是老板在那里吧？我半信半疑地推开门，看到一个人正假装在那里睡觉。看到我进来，他显然慌张了，正是那老板。"你好，你不是出差了吗？怎么躲藏在这里啊？"这老板一定未想到我会发现他，竟然有些结结巴巴了："我刚回……回……回来。"过了一会，他突然向那女秘书大叫道："谁要你说我不在的？"那女秘书也不甘示弱："是你要我这样回答的啊！""就你聪明，快点把钱给他！"老板的脸顿时成了猪肝色。他连忙往外走，不留神正好踩在一块西瓜皮上，重重地摔倒在地。大家不敢出声，只好捂着嘴偷偷地笑。

歪打正着地拿到了钱，真出乎我的意料。不久，我就听说他们没在长沙了。他们因为发布虚假广告诈骗钱财担心被查处，不知躲藏到哪里了。不过，我相信，只要他们违法，无论在哪里都是躲藏不长久的，总有败露的那天。

（写于 2022 年）

巧妙讨回广告费

我是在《常德广播电视报》上看到这广告的，便打电话给了广告主。不久后，我们在长沙日银大酒店见面了。听他说得很不标准的普通话，我就知道他是广西人。他告诉我，他很早就在长沙市方泰医院开办不孕科了，原来效益很好，后来不行了才离开。凭我的经验，这是一名走南闯北的"老江湖"。

一两个月后，他在益阳市血防医院开设了鼻炎科。趁着回家的机会，我"拜访"了他，他想做《大众卫生报》的广告。他找出两张外地的报纸，扯下来后拼凑在一起，加了他老家广西贵港市的地址和电话："就上这稿子，一个通栏多少钱？"一番讨价还价后，他把手一挥："2500元钱吧，见报付款，一言为定。"

一周左右，我按照《广告法》修改了广告，找到了广告部主任马焱："你先刊登吧，到时候收到钱了给你。"我和她是朋友，合作多年了，她当然同意。谁知过了两周，当我兴冲冲地到他那里收款时，他竟人去楼空了。我于是打通电话问他要钱，他说现在效益不好，以后再给，我知道这不现实，他都不在了，还会给钱吗？果然，以后我打过多次电话他都不接，发信息也不回。妻子劝我："算了吧，这么远，你要不回的。"可我偏不信。那一段时间，我一直在冥思苦想：用什么好办法要回这笔钱呢？

一天，我在银华大酒店看到《湖南日报》上刊登了国家工商总局对全国虚假医疗广告处罚的报道，顿时眼前一亮，马上藏好这报纸。这家伙将我"逼上梁山"，我要"敲山震虎"，给他颜色看了。

第二天，我用另一号码打给了他，他没料到是我，接了电话。我说明了报上的相关内容，不料他勃然大怒，对我破口大骂，还扬言要将我怎么样。

第一次"交锋"就这样败下阵来，我实在不甘心。这家伙以为远隔千山万水就能逃脱吗？没门，他太低估我的智商了。我马上掏出纸和笔，很快就写好了信，限定了他付款的时间，并把报纸的复印件放了进去，赶到邮局给他寄了挂号信。

一个阳光明媚的日子，我的手机欢快地响个不停，原来是他打来的。直到响了好几遍，我才装作不耐烦地接通了："哪位啊？""是我，你的老朋友许医生啊。兄弟，你何必当真呢？我赌博输得倾家荡产了，你开恩吧！""不行，"我斩钉截铁地回答，"既然你认我是朋友，你要讲信用！"他看到我来真的了，几乎是哀求我了。感受到他的狼狈相，我露出了胜利的微笑。几小时后，他就将钱乖乖地汇到了我的账上。

为了多增加业务，我几乎都是先刊客户的广告后再收钱，从没有收不回广告费的时候。万一遇到言而无信的客户，我总有办法要回来。

（写于 2022 年）

请编辑老师听我说

在我电脑上的 QQ 好友列表中，全国许多地方的报刊编辑都在其中。这些形态各异的图像和形形色色的网名，我几乎每天都能看到。可以说，每次我看到它们都"别有一番滋味在心头"。

二十五岁前，我曾经狂热地痴迷文学，那时对编辑真是"顶礼膜拜"。在每次诚惶诚恐地投稿前，我总要小心翼翼地给编辑写好信，求他们对拙作"开恩斧正"，可编辑几乎都是铁石心肠，不是退稿就是杳无音信，稿子很少发表。记得第一次见到县级内刊杂志的编辑舒放老师，是在远离家乡的沅江市《琼湖》杂志编辑部，那时对编辑的崇敬，至今记忆犹新。

离开乡村到城市发展，从淡泊文学到它在我心中起死回生，已是十多年之后的事情。穿过时间的隧道，我认识了许许多多的编辑。2008 年 9 月，我突然对纪实文学产生了兴趣。为了及时和编辑交流，我在书报亭抄了一些报刊编辑的电话。回到家，我给他们都打了电话，甚至还鼓起勇气问编辑要 QQ 和个人邮箱。有些编辑很好，很快便"自报家门"了；有些编辑任凭我磨破嘴皮，硬是"岿然不动"，只说"有事就打电话吧，我没有"，真让人难以置信。

就这样满怀希望地将稿子发给编辑，就这样望穿秋水似的渴望回音。一些编辑不久就有消息了，一些编辑任凭我怎样礼恭毕敬，反正是"徐庶进曹营——一言不发"。遇到这种情况，我只能克制自己，耐心地恭候佳音了。

曾经有这样一位编辑，我发稿给他后，他评价颇高，建议我还可投到哪里，并且很快就来益阳补充采访，我当然是尽了地主之谊招待他。

可他回长沙后，就像变了一个人，每次对我的询问总是说"等等"。我问的次数多了，他竟大发雷霆了，说我"不知好歹"。还有一位编辑，将我的稿子"鞭挞"得"体无完肤"，还和我"赌咒发誓"，说这稿子如被其他报刊采用，他就给我一千元钱。我当然咽不下这口气，虽然我的作品不是精品，但也不是废品吧？于是，我和他针锋相对地"干了一仗"。我毅然将稿子投向了另一家报纸，不久就发表了。

几千个日夜就这样在和编辑的交往中过去了，我和一些编辑的沟通在不断增加，我的稿子采用率也在不断上升，其中有些编辑我根本不认识。最近有位陌生的编辑，把我的多篇稿子很快修改后，发给我征求意见，而且及时采用了，这令我非常感动。

现在的业余时间，我仍然以"爬格子"为乐，我的思想发生着深刻的变化。我尽量以一种平和的心态对待编辑、理解编辑。他们也是普通人，也有苦恼和忙得不可开交的时候（他们不可能时刻让每位作者满意，他们面对的是很多作者）。有时向他们问候，不理就不理吧，一笑置之就是了。我的原则是不要向编辑阿谀奉承、奴颜媚骨、卑躬屈膝。稿子发表了当然高兴，没发表也不气馁，有时并不是稿子质量差，而是不适合。"荤菜素菜，各有所爱。"只有善于学习，不断找出自己的差距，才能写出好作品。要坚信，如果自己的稿子是佳作，不但能采用，而且能获奖呢。

"冷静写稿给编辑，看您无情到几时。"我坚信"牛奶会有的，面包会有的，一切都会有的"。编辑老师，您相信吗？

（写于 2012 年）

拥有生命是最好的幸福

从湖南省益阳市抵达云南省楚雄彝族自治州，只要一天多时间，我却走了三十年。三十年前在那里讨论的问题，我现在才知道正确答案。

20世纪80年代的第三个春天，我还不到二十岁。那时，父亲因病丧失了劳动能力。为了养家糊口，矮小的我被迫远离家乡，到云南省楚雄彝族自治州担土赚钱。记得走的那天凌晨，没有钟表的我起来了几次，胆颤心惊地摸黑到大哥家问时间，才及时赶上船到达沅江县城。和好友鲁光明等人抵达目的地后，我们就在野外搭棚子安身，开始了艰辛的劳动。

每天从早到晚，瘦弱的我担着一百多斤的泥土气喘吁吁地爬上陡峭的大堤，感觉急促跳动的心随时会蹦出来。被汗水浸湿的衣服干了又湿了，肩膀上的血泡磨破了又长出来了。那时，在痛苦的煎熬中，我和鲁光明等朋友经常讨论什么是最好的幸福。有人说最好的幸福是当大官，有人说是有用不完的钱，有人说是有很多物质，有人说是不要做事……大家各执一词，莫衷一是。

就这样劳作了两个月，终于临近了竣工的日程。回家的前夕，我们很早就起床了。那时正是春天，我和朋友们登上了鹿城东山的最高处。站在空旷的山顶，想着曾是明代古塔的地方早已被夷为平地，一种遗憾在心中涌动。

突然，鲁光明叫道："快看，太阳出来了。"这时，只见一轮红日从东方的云中冉冉升起，不一会，整个天空呈现出姹紫嫣红的景象。霎时，山坡上、树顶上、草上的露水晶莹欲滴，每一滴露水中都躲藏着一轮太阳。山间的白雾在阳光的照射下若隐若现，宛如一根巨大的飘带不时将我们环绕。在湖南洞庭湖平原长大的我们，从没有看到过如此奇美的太阳，我们像小孩子一样欢呼雀跃，我们像小孩子一样手舞足蹈。

"多好的福地啊！"徜徉在山巅上，我们仿佛都成了最幸福的仙人。是啊，平时只在电影、图画中看到的瑰丽仙境，此时就在我们周围。我们久久不愿离开，此次回家了，何时才能再踏上异乡的土地呢？最后，我们约定：以后一定要再登鹿城东山。

岁月的长河汩汩流淌了数十年，当年豆蔻年华的小青年，转眼就是年近半百的中年人了。听说云南省楚雄彝族自治州鹿城东山上已建好了一座福塔。虽然在那里的许多往事已经淡忘，但和鲁光明等人讨论幸福的场景却镌刻在记忆中。多少次梦中回到了那片土地，醒来时却还是在湖南省益阳市，不免备感怅然。

2007年春节，大家好不容易相聚后，又一次提到了云南楚雄州的福塔，又一次讨论什么是幸福。大家仍然争得面红耳赤，谁也说服不了谁。最后，我们都同意了鲁光明的提议："这正确的答案以后应会达成共识的，我们'五·一'先去那里看福塔吧。"

可是，就在这时死神摧残了我。2007年4月9日，我瞬间罹患了脑梗塞，在益阳市中心医院躺过了一周的危险期后才起来。让我痛不欲生的是，我的左手指既握不拢也展不开，左脚也趔趄着走不稳，眼睛也开始模糊不清。住了四十天院以后，我不想去报社上班，不想以残疾的形象出现在任何人面前。每天，从早晨到夜晚，我在资江风貌带上行走，渴望早日恢复健康。

突然飞来的灭顶之灾，让我啜泣过几次。我想到过自杀，可是没有勇气结束生命，幸好一些朋友的问候慰藉了我的心。奇怪的是，好友鲁光明却一直杳无音信。我清楚地记得，就在2006年冬天，我接到他的邀请后，赶到了常德市的一家高档酒店，参加了他的婚礼，大家都称赞在电视台工作的他和在卫生防疫站工作的妻子是郎才女貌。最后，我还参观了他在江边的电梯房。没料到他竟这样不重情谊，将我忘记得一干二净。

2008 年，我的手、脚稍微恢复了一些功能，我才逐步从阴霾中走出来。我忍不住拨打了鲁光明的手机号码，结果回复是空号，再一次重拨仍然显示空号。难道他没用这号码了吗？我只得打通了他单位的号码，而得到的消息却让我目瞪口呆。早在去年，他妻子在医院生小孩。从外地急匆匆开车赶回的他撞在路边的一辆车上……此时，我的心一阵阵发紧。难怪他没有联系我，原来他早就不在人世了！

2013 年的"五·一劳动节"姗姗来迟了。在几位朋友的盛情邀请下，我们再一次踏上了云南省楚雄彝族自治州鹿城东山。年少时的诺言，没想到是在阔别整整三十年后才实现。原来空旷的山巅上，映入眼帘的是一座八角九层的福塔，宛如春天中拔地而起的硕大春笋。

我们经过红岩石广场，进入了福塔中。第一层大厅内，两个青铜铸成的送财童子举着 3.6 吨的铜铸古钱币"万福通宝"，好像是迎接我们；墨色大理石的墙上，孙中山、毛泽东、周恩来、刘少奇、朱德、邓小平等领导人手书的鎏金"福"字龙飞凤舞；红岩的外壁上，唐太宗、宋徽宗、清高宗、清宣宗的手书"福"字熠熠生辉。从第一层到第九层的过道上，都站着一尊形态各异的铜铸乐施弥勒，犹如礼仪人员向我们领首欢笑。福塔的第九层悬挂着高 1.48 米、重 1.2 吨的百福铜钟……看到巧夺天工的建筑，欣赏着彩画木雕石刻铜铸的艺术作品，我仿佛进入了艺术的宫殿，简直不敢相信。经过三十年的岁月，这片土地发生了翻天覆地的变化；经过三十年的岁月，这片土地还原了古人的梦想；经过三十年的岁月，这片土地焕发着幸福的魅力。

我们流连忘返，从第一层走向第九层，又从第九层走向第一层。经过第六层的"平安吉祥"时，我们放慢了脚步。一位朋友忽然小声念叨道："要是鲁光明在世多好啊，我们可以再讨论什么是最好的幸福了。"

一句话，把大家的思绪带到了远逝的朋友身上。我们不约而同地站在这里，遥望着当年担土的地方，神色凝重地点燃了一炷香，低下了头。为健在的自己祈祷，为早逝的朋友默哀，为大难不死的我祝福。可惜，睹物思人，鲁光明去了另外一个世界。此时，我百感交集：如果当初我像鲁光明一样死了，早就不在人世了，我是不可能再次回到这里的。

伫立在中国第一座五十九米高的中华福文化景观古塔上，朋友们搀扶着我，看着我凝视着八层的"生命永驻"潸然泪下的模样，他们的泪水也涌出了眼眶。一位朋友蓦地对我说："我现在明白了，其实只有拥有生命才是最幸福的。"几位朋友不约而同地喃喃自语："对，对，拥有生命才是最好的幸福。"

朋友们的话，让我顿时幡然醒悟。是啊，虽然我由健康人变成了残疾人，毕竟我还拥有生命。和英年早逝的鲁光明相比，和突然非正常死亡的人相比，我是不幸中的万幸，毕竟我还能工作，毕竟我还能行走（有些健康人还赶不上我），毕竟我的眼睛还有视力。虽然我不可能恢复，但是我的心理早已痊愈。只要我还能看书写作，只要我还能行走，我就心满意足了。每个人都有痛苦，有一点后遗症又有什么要紧呢？就当作是和死神拼搏时留下的特别"纪念"吧。

"大难不死，必有后福。"得病以后，我重新拾起了文学创作，不但发表了许多作品，荣获了全国征文的许多奖励，还加入了湖南省作家协会和中国散文学会，作品被编入多本书籍。

我想：世界上最好的幸福，不是权力至高无上，不是财产富可敌国，不是妻子有倾国姿色。倘若没有了生命，这一切都是无源之水、无本之木，这一切都是空谈。只有经历过死神的摧残，才能真正深刻感受到：拥有生命才是最好的幸福。

（写于 2013 年）

找不到三十七年多前的自己

2017 年 3 月 2 日夜晚，居住在沅江市文化小区的钟艳玲突然在微信上问我："你在原来的华田公社五七中学是哪班的？哪一年哪一月毕业的？"我听后，立即脱口而出："我是 1979 年 7 月从五七中学中四班毕业的。"随后，她发过来一张照片："我找到了你们当时的毕业照。"这张照片立即吸引了我，我无比高兴。

这是一张黑白照片。虽然上面有些斑点，但人的基本轮廓还是能大致看清。我睁大眼睛，仔细地看着每一人。上面共有五排。第一排（最前面）是女同学，第二排是老师，第三、四、五排是男女同学。遗憾的是，我已认不全每一个同学了。而对于老师，我却记忆犹新。如第二排从右数起的第四位留短发的中年女子，就是我们的班主任兼语文老师黄紫云，和她同一排的那些老师我也能认出来。这照片的背景是两栋教室中间的空地，前面几棵树拔地而起。左上角赫然写着"华田公社五七中学中四班毕业纪念，1979 年 6 月 20 日"。

我在哪里？我努力搜寻着自己，可始终找不到。这时，钟艳玲提醒我："从前数起的第四排左边，第二个戴帽子的就是你。"可是我怎么看都不像。照片上写的是 6 月 20 日，那时正是夏天，记忆中我是不戴帽子的。我到底在哪里呢？难道我没照相吗？应当是不可能的。我只得把照片发到了近四十年没见面的初中同学的微信群中，让他们辨认。没想到几分钟后，有一个叫陈禾香的女同学就认出了我："你是第四排左边第一个。"很快，邓春妮、余腊梅等同学也随声附和："是的，你是第四排左边第一个。"到这时，我仍半信半疑："这真的是我吗？""是的。当时你就这样子。"直到这时，我才确信，那头发稍长、身材不高的少年就是我。

我终于找到了三十七年以前的自己，真是百感交集，唏嘘不已。虽然当时照相的事我已遗忘，可我一直铭记着 1979 年上学期的毕业前夕，我因交不起每天两餐的搭餐费而辍学回家劳动，结果扭伤了腰。没料到几天后在华田学区的考试中，我的语文成绩居然获得了第一名。

一直以来，我就自诩善于珍藏物品。可在我的印象中，我从没有见到过这张照片，应当是漫长的岁月冲淡了我的记忆。我问钟艳玲："你怎么找到这张照片的？"她告诉我："去年，我妈妈病重，医生要我们准备后事。在清理妈妈的物品时，我发现了她的影集。她教了十八届毕业班的学生，共保存了十八届学生的毕业照。"

听着钟艳玲的话，凝视着眼前照片中的黄紫云老师，我的心一阵阵酸痛。黄老师啊，我和您分别已经三十七年了。三十七年的岁月，我已成长为一名作家，而您却不幸罹患了阿尔茨海默病和中风。您不能说话，只能走几步。在阔别三十七年后的今年正月初四，我才见到您。

照片可以永葆我们当时的青葱岁月，但不能留住黄老师的健康。敬爱的黄老师，您珍藏了我们三十七年前的照片，让我们看到了当年的自己。

敬爱的黄老师，学生在此真心感谢您。祝愿您早日战胜病魔，创造奇迹。

（写于 2017 年）

愧对雪梅

构思这篇文章的时候，雪梅就从二十六年多前的记忆中走来，伫立在我的面前。她梳着两根乌黑的长辫子，被风吹日晒的脸庞黑里透红，笑的时候露出洁白的牙齿。她的名字，让人自然联想起湘西白雪皑皑中的红梅。

1990 年春天，我从痴迷的文学梦中醒来后，计划在农闲中栽培平菇，作为发家致富的途径，便给国家科委主任宋健写了一封信，没想到不久后竟收到了回信，真是非常感动。我于是写了一篇言论稿，寄到了《湖南科技报》社。编辑刘爱民写信问我是否确有其事，我只得将宋健的信寄给了他验证。很快，《湖南科技报》第一版发表了我的作品《喜读宋健来信》。

一天，我突然收到了一封来自泸溪县长坪乡毛茂田村的信件，原来是一位叫雪梅的少女看到《湖南科技报》后寄来的，她表露了想学习栽培平菇的想法，我欣然应允。从此，在繁重的劳动中，我们的信件飞越横亘湘西、湘北的山水；从此，写信和盼信成了我在苦闷"围城"中的慰藉；从此，我们的感情随着鸿雁传书与日俱增。

1992 年端午节前夕，我放弃了责任田土，挈妇将雏，远赴一百多里外的沅江市，租住在石矶湖加禾村四组刘世才家，以收废品应付每天的房租、水电费、生活费，准备立秋后专业栽培平菇。

7 月 12 日，我向妻子谎称要到长沙市购菌需物资，特意穿上了三姐馈赠给我的工商制服，挎着从好友刘梦蛟处借来的旅行包，悄悄地揣着从沅江市科委买的一支佛罗里达平菇母种，在沅江市汽车站坐上了 6：20 的汽车，9 点多到达常德市，然后乘 11：30 的车，18 点多抵达沅陵县汽车站，当晚住宿在旅社。想到离雪梅近在咫尺了，我不由得念起了唐朝诗人李商隐的"相见时难别亦难"的名诗。13日早晨6点，我就起床了，登上6：40的车，9点多开进泸溪县汽车站后，我坐上了到浦市的公共汽车。不知是因为没座位和汽车颠簸，还是因为气温炎热，也可能是因为没吃饱，没多久，我就肚腹难受，将早晨吃的三个包子呕吐得一干二净，一直折腾了很久才稍微舒服些。到达浦市时已12点多。我在骄阳下步行了十里多，询问了好些人，直到汗水湿透了衣裤，才终于找到她家。

对于我的突然出现，雪梅惊诧中透着兴奋，但她父母和弟弟却很冷漠，这让我心中有些阴影。吃午饭时已是下午3点多了。风吹动厨房里挂的腊肉，仿佛在嘲笑我碗里只有几样青菜，我心中有一种说不出的滋味。当天夜晚，我和她在楼上就平菇栽培等一直谈到11点多。朦胧中，我感觉到她给我盖被子，多想拉住她表达情愫，可我没有胆量，我担心亵渎了纯真的情谊。

14日凌晨5点多，我起床时，雪梅已经外出做事。我基本上都待在楼上看书，偶尔到楼下走动。看到一群大羊带着小羊羔在门前走过时，我突然归心似箭了。我想起了远方盼望我的妻子，想起了活泼伶俐的女儿。我后悔不该冒昧来这里。我已为人父，而且年龄比雪梅大。雪梅待字闺中，她的父母和弟弟肯定会责怪她。睡觉时，雪梅吩咐我睡在她的房间。

15日的清晨，毛茂田村沉浸在静谧中，空气异常清新。我和雪梅起床了，来到二楼的平台上，我按照食用菌栽培书上介绍的"此时空气中比较干净，很少有杂菌，可以露天接种"的简单方法，指导她接完菌种，然后告诉她我要走了。雪梅塞给我两颗梨瓜，没有送我。当时，一种不祥的预感在心中涌现。梨瓜——离瓜，是分离的瓜啊！她这里也有这风俗吗？是有心还是无意？她看着我，眼中像是燃起了火苗，但瞬间又熄

灭了："对不起，我不能送你，好走吧！"我只得在心酸中上路了，幸好
搭上了手扶拖拉机，7点到达浦市船码头。在机帆船上，看到蔚蓝色的
沅江被犁出白色浪花，我这才心旷神怡。

9点多，我抵达沅陵县城。步行到汽车站，又坐出租车至辰溪火车
站。下午6点多登上怀化—上海的火车，凌晨2点在湘潭市下车。在候
车室挨到天亮后，我走到汽车站，9点多进入长沙市。

16日上午，我到湖南省食用菌研究所购了三支母种及甲醛，又寻到
长沙市塑料三厂买了一筒塑料袋，坐上1：30的汽车，回到沅江市已是
下午6点多了。妻子问我为什么去了五天。我如实告诉了她，没想到她
大发雷霆，破口大骂……随后，她把雪梅当作了出气筒，写信对她"狂
轰滥炸"。雪梅每次来信都小心翼翼地解释，可妻子仍是不为所动，最后
还给她父亲写信骂她。

至今，我清楚地记得从雪梅家回来后，给她写过几次信，每次都请
她理解我，她也每次都回信。应当是从1993年夏天我漂泊到益阳市起，
她就没回我的信了。记得最后一次，是我2000年左右在长沙市从事媒体
经营的时候，给她发过一次特快专递，但这次仍是泥牛入海。我曾多次
通过114查询她村的电话号码，同样毫无结果。我估计雪梅之所以不愿
回信，是妻子给她父亲写信刺痛了她的心。

雪梅，时光如沅江水汩汩流淌，将我们两年多的感情冲得荡然无
存。雪梅，你应当早就结婚了吧？丈夫对你好吗？有几个儿女呢？生活
得好吧？你现在做什么事呢？你也早就没有栽培平菇了吧？雪梅，你是
否还记得我呢？是否还在怨恨我们呢？雪梅，对不起，请原谅我当初唐
突到你家。雪梅，对不起，请原谅我妻子给你们造成的伤害。如你愿意，
我想向你赔礼道歉。雪梅，你会欢迎吗？

（写于2018年）

圆梦书柜

　　2018 年春天，一个阳光和煦的日子。正在梳妆台的下面和上面壁柜中找书的我，突然听到妻子说："你应当买一个书柜了，这太不方便了。"这句话说出了我多年的心声。它如同重锤，敲在我的心坎上，振聋发聩。顿时，我下定了迅速购买书柜的决心。我走遍了周围三家家具店，都未遇到心仪的书柜，直到妻子把网上书柜的图样发给我。我来到银城大市场的家具店，这是马良村三组倪跃华和妻子贾玲芳开的。5 月 2 日上午，当他将一只黄色书柜组装在我家卧室时，我真是"初闻涕泪满衣裳，漫卷诗书喜欲狂"。

　　确切地说，我的书柜梦想源于我上小学时。那时，我省吃俭用，将积攒的钱买了很多连环画，吸引了周围的小孩子。他们蜂拥而至，向我借连环画。为了不让他们拿走，我打起了家中"书柜"的主意。

　　说是书柜，其实是一张祖传的简陋旧书桌，从磨出来的纹理估计，应该有很多年了。它只有一米多高，几十厘米宽，有三个抽屉。我把那些连环画，收藏在中间的大抽屉内。为了防止他人偷走，我还在外面装了一把小铁锁，把连环画牢牢锁在"书柜"中。正当我为此"发明"暗自窃喜时，有一天我突然发现，连环画居然不翼而飞了。我大惊失色。是谁偷走了？经过"破案"，我才得知，原来是比我小几岁的大侄子把我的连环画据为己有了，原来他看出了我"书柜"的秘密破绽——它与旁边的两个小抽屉中间有很大的间隙。聪明的他从这里将小手伸进去，就可偷到我的连环画。自以为做得高明的我，万万没有想到"道高一尺，魔高一丈"。我只得气急败坏地对他嚎叫："老子要在'书柜'咯里装个黄竹筒（黄鼠狼）夹子，夹脱你的手。"可狡猾的侄子知道我是吓唬他。

那么狭窄的缝隙怎么能装夹子呢？这纯粹是自欺欺人了，他照偷不误。

有一次，他自恃有长辈的袒护，认为我不敢打他，在"书柜"中偷了我的连环画还得意扬扬。我气得拿出一盒火柴，抽出一根立在磷皮上，想吓唬他。未料到火柴真被我弹燃了，粘在他的鼻涕上，烫得他龇牙咧嘴。我又闩好门，从"书柜"中转移连环画，可他又在门缝中偷窥。我只得掏出芦苇筒做的注射器，从尿桶中吸了一管尿，对准他的眼睛"开枪"，涩得他"哇哇"大叫。

应当是在此时，年幼的我第一次有了买书柜的想法。其实我那时并不知道书柜是什么样子，只知道要是有个能专门装连环画的东西，别人偷不到，那我就是世上最快乐的人了。只可惜现在任凭我冥思苦想，总回忆不起那些连环画是什么时间失散的。它们到哪里去了？那只"书柜"是什么时间被父亲和继母收回去的呢？

1979年7月，我从华田公社五七中学初中毕业了，回到了莫愁湖大队十五队，从此开始了繁重的劳动。我先是萌发了当画家的理想，订了《美术》杂志。不管白天或夜晚，我总是见缝插针地绘画。后来自认为从事美术必须眼睛好，于是我忍痛割爱，自学文学创作。那时，我挨尽了父亲、继母的打骂，我的笔墨纸张经常被他们损毁。那时的我，多想拥有自己的书柜啊！有了书柜，我就不会遭受厄运了。

机会终于来了。二哥结婚分家后搬到了不远处，留下一间空茅屋，我如获至宝，自作主张地搬了进去。我买来白纸，将刘禹锡的《陋室铭》用毛笔抄写在墙壁上。虽然有了书房的气氛，但还是没有书柜。我原来装连环画的那只"书柜"，父亲和继母是绝对不会让我抬进来的。我只得架了一块木板充当"书柜"，上面码着文学书籍。

第一次见到书柜，是在八队的文友黄智辉家。他比我大几岁，父亲逝世了，母亲已改嫁。看到那比我还高的大柜子开着几张小门，里面装着琳琅满目的文学书籍，我像哥伦布发现了新大陆，心花怒放，像中了

"定身法"一样不想离开。"你咯装书的家伙叫么子啊？"我问他。"蠢包，这是书柜，你不认得吗？"他露出轻蔑的哂笑。至此，我才首次知道了书柜的形状。

"这就是书柜啊！"我喃喃自语。自从发现这个宝贝后，我就魂牵梦绕，经常光顾他家。我记得从他书柜中借回的书籍有萧殷的《创作谈》和泰戈尔的《新月集》《飞鸟集》等。从那时起，买书柜的种子就正式埋藏在我心中。

应当是从 20 世纪 80 年代的第四年起，我连续三年参加了广西壮族自治区柳州市文联主办的《柳絮》文学杂志函授学习。

我从文学梦中清醒过来时，已是 1988 年。彼时，我爱情的小苗已开始钻出地面。为了改变困境，我自学了栽培平菇。记得远赴沅江市郊当专业户的前夕，我把《诗刊》《星星》《新华字典》《漫谈诗的技巧》和样报样刊及手稿等装入一只纤维袋，放到了大哥家的猪牢屋顶上。后来每回来一次，我都会去察看，担心人家拿走。我想，等我有了房子后，我也要添置书柜，让它们拥有自己的家园。谁知"天有不测风云"，1996年夏天，一场罕见的特大洪水将大哥家的房屋浸泡了一个多月，等洪水退去后它们已化为乌有。现在回想起来，我的心仍隐隐作痛。

20 世纪 90 年代的第三个冬天，我"逼上梁山"，带着妻子和女儿漂泊到了益阳市，租住在长春镇马良村三组李建平的一间小房子中。我到了几家商贸公司应聘，可无钱交押金。于是我又去贩荸荠，因为质量差卖不出去而亏本。妻子大发雷霆，将我的几本文学书摔在地上，还狠狠地踩了几脚，我只得噙着泪将它擦净污泥。当时我就想：如我有书柜，如我上了锁，她绝对不会得逞。

当新世纪的曙光照暖寒冷的冬天时，我们结束了九年的租房生活，终于住进了益阳市资江风貌带畔的三室两厅。早几天，妻子把我在益阳市购买的汉语言文学教材等运到了新居。也许是卧室梳妆台下面和上面的壁柜中空空如也，她把这里视为了书柜。谁知这一放，我购买书柜的梦想束之高阁了十六载。

2006年夏天，我终止了在长沙市的奋斗，将八年来购置的书籍运回了益阳市。看到壁柜里还有一些空间，于是又将这些书籍塞了进去。时间像资江水一样汩汩流淌，我竟然在大难不死后重新拾起了文学创作，仍不断将买回的书籍放在这里。

每次在昏暗的光线下从那些挤压在一起的书籍中找书时，我可谓上蹿下跳，直找得心力交瘁。这时的我也有过买书柜的想法，但转念一想：反正家中空柜子比比皆是，何必要破费呢？还是节约为好。有时，我又会突然想起那"书似青山常乱叠，灯如红豆最相思"的对联。上联是非常贴切，这些杂乱无章的书籍耸起犹如一座座青山。而下联呢？相思什么？应当是书柜。我的灯在相思书柜，我还能无动于衷吗？不行！绝对不行！

最让人懊悔的是有一次，无论怎样寻找，我都找不到那本重要书籍。我于是怀疑一位关系和我很好的朋友，因为他早几天睡在我家，我甚至打电话问他了，他当然矢口否认。我想：如果有书柜，如果锁好，绝对不会出现如此荒唐的事。买书柜固然需要钱，但每次在昏暗中找一本书却耽误不少时间。吝啬钱而将书柜忍痛割爱，其实是对时间的浪费、对书籍的亵渎、对眼睛的残害。痴迷文学而经济充裕的我，爱书而不买书柜与叶公好龙无异，和葛朗台有异曲同工之妙。

现在的每天，我总喜欢伫立在高大的黄色书柜前，开启六扇玻璃门，感觉是阿里巴巴看到了藏金银珠宝的山洞。凝视那五层书架中一沓沓样报、样刊、全国征文的获奖证书等，我觉得自己是"夕雨红榴拆，新秋绿芋肥"的田园诗人，是在欣赏丰收的场面；凝视着那一本本书籍，我每次都有一种君临天下，"沙场秋点兵"的感觉；锁紧书柜门，我又是最高统师，大有"一夫当关，万夫莫开"的豪情。我一直以为：在明亮的光线中，在分门别类的书柜中轻而易举地查找到书籍，是对时间的珍惜，是对书籍的敬畏，是对眼睛的珍爱。浸淫在书柜的气氛中，纵使遇到烦恼的事情，顷刻间也会荡然无存。我以为：家庭可以没有鲜花，但必须要有书柜。阅读不但能增加人生的长度和宽度，而且能提高生命的厚度和深度。书柜可以让灵魂憩息，可以洋溢经典的辉煌，洋溢文雅和高尚。可以说，没有书柜的人生，就是拥有富可敌国的财富、至高无上的权力、倾国倾城的美女，也是残缺不全的。

"悟已往之不谏，知来者之可追。实迷途其未远，觉今是而昨非。"我想：如果到生命的最后一天，如把棺材做成书柜的形状，让书柜和骨灰融为一体，那将是一种无与伦比的幸福，因为那样可以弥补昔日痛失的时光！

（写于 2019 年）

天问台上我问天

一丛丛不知名的野草、野藤攀缘生长，葳蕤的绿叶和枯死的枝蔓互相纠缠，凌驾在灰色水泥砌成的石壁上。"天问台"三个字被压在一块大石板下，在几米高的山顶发出哀伤的呼唤。

我简直不敢相信自己的眼睛。这就是两千多年前因伟大的爱国诗人屈原创作《天问》诗篇而得名的天问台吗？这就是在中国文学史上有着重要地位的中国浪漫主义文学的滥觞之地吗？"没错，这确实是天问台。"陪同我采风的当地一位历史老师肯定地告诉我。我在网络上查到的天问台石碑呢？在来之前，我多次想象过它巍峨的模样。它难道就是如此模样吗？它建于何年何月？到底是真是假？如果是真的，为何如此衰败呢？

此刻，我伫立在天问台的上面。我的脚下，是杂草、树叶陈腐交错的地面。虽然我猜想其中可能有害虫、毒蛇、碎玻璃等，但我无所畏惧。我是从凤凰山下宽阔的柏油路坐轿车上来的，我是从平坦的柏油路下来的。我要进入天问台的中心，我要到达天问台的边缘，我要将天问台的全貌扫描，我要把天问台的景象看遍。久负盛名的天问台，我今天来看你了！伟大的爱国诗人屈原，我今天来拜谒您！

我在天问台上从东踱躞到西，又从西踟蹰到东；我从北踯躅到南，又从南踌躇到北，视野中只有两栋修葺一新的大楼。东边是桃江县桃花江镇环境卫生管理所，南边的三层大楼是桃江县经济合作局。那传说中巍峨的凤凰山呢？那传说中美丽的凤凰庙呢？那传说中遮天蔽日的古树呢？山，在我的概念中，至少应当有几百米高吧？然而，现在的凤凰山，充其量只不过比平地高了十米。从几棵树的树皮褶皱程度来判断，我根本看不出它们是古树，最多只有几十年树龄。

正是周末，阒无一人。我环顾四周，俯瞰天问台，四周寂静得可怕。我大声询问，但没有任何人理睬我，只有风吹过树叶回复我窸窸窣窣的响声，只有资江水的呜咽声，仿佛在反思屈原当年创作《天问》时的肃杀情景。

深秋的资江中，清澈的江水越过裸露的礁石，化成白色的波浪，潺潺作响，奔向远方……神思恍惚中，我仿佛看到屈原正从汨罗江中溯流而上；看到清代康熙年间的《益阳县志》正缓缓在天地间展开，那些"屈原放逐，彷徨山泽，见楚有先王之庙及公卿祠堂，图画山川神灵，琦玮僪佹及古贤圣怪物行事，因书其壁，呵而问之……此地乃屈原作《天问》处，山下旧有庙曰凤凰庙。祀原与夫人，俗称凤凰神，每端阳竞渡辄祀之，清道光年间庙毁，今存遗址"的文字在闪烁幽光。

相传，公元前290年，楚国三闾大夫屈原因主张彰明法度、举贤授能、改革政治而遭子兰、靳尚等人打击，被削职放逐湘江、沅水之间。他路过桃江县凤凰山时，看到资江水从上游逶迤而来，在这里转了一个弯。江边数丈高的石壁如斧砍刀削，山上古树参天，环境幽静。"好福地，真像一只凤凰。"在诗作中多次歌颂过凤凰的屈原一见钟情。他在山上的一座神庙住了下来，此后还经常到资江中钓鱼。他每天站在凤凰山绝壁上，面对脚下的滔滔资江感物伤怀。

有一天，他仰望苍天，天地自然、社会历史、人生追求又一次涌上心中。顿时，他在庙壁上一气呵成，创作了187行、1500多字的《天问》长诗。相传，屈原在离凤凰山仅10里远的花园洞村，度过了10年左右的世外桃源时光。在这里，他栽花、读书，还出资修了三间桥。至今，花园洞村留下了多处遗迹，留下了动人的传说。

"那天问台石碑被桃江县文物部门收藏了。"见我追根究底，这位历史老师遗憾地告诉我。当时民众得知屈原在汨罗江以身殉国的消息后，非常悲恸，为他在凤凰山上建造了一间简陋的风雨亭，作为屈原的安魂之所。至清代道光年间，已建成为5层、高18米的天问阁。它飞檐流阁，雕梁画栋，里面有彩塑、木雕的屈原像，镌刻了屈原创作的《天问》诗篇。不幸的是，后来天问阁同凤凰庙毁于清代道光年间的一场大火。

"天问阁建成后，成为历代文人墨客凭吊吟咏屈原的最佳去处。清代大学者魏源为它作了对联：击剑长吟，遥想贾生对策；落帆小憩，闲寻屈子书台。清代道光两江总督陶澍也创作了对联：天问无声，屈子当年留石鼓；舟行有幸，鲰生今日访渔矶。清代时，天问阁从历史、文化、规模而言，都可以与黄鹤楼、滕王阁、岳阳楼这江南三大名楼相媲美，当时被并称为'江南四大名楼'。清代陶澍等曾提议重修天问阁。当地曾氏族谱中收录了《天问阁图》。"

回味着这些介绍，我怅惘地离开了天问台。在离它几十米远的东北角龟裂的水泥路边，竖立着一块小石碑。这是桃江县人民政府1984年5月设立的"屈子钓鱼台"，上面赫然刻着"桃江县县级文物保护单位"（我蓦地想起天问台石墙可能和它同时建成）。只可惜经过三十五年多的岁月侵袭，石碑上的红漆已经剥落，想看清必须走近。蜿蜒的资江畔，耸立着一块约四平方米的嶙峋怪石，相传这是屈原经常垂钓的地方。钓鱼台上有酷似人体后背的痕迹，据传这是屈原钓鱼休息时留下的。旁边石壁上依稀可见一组壁画，左刻屈原彷徨山泽的形象，右刻有八角亭，亭中有神像，虽久经岁月，仍依稀可辨；相传为姜太公托梦给屈原后所刻，至于何人何年所为，无从查证（据《桃江县志》载）。抚摸中华大地"三大"古钓鱼台之一的钓鱼台，我感叹自然和人文竟然创作出如此鬼斧神工的作品。

忽然，屈子钓鱼台东南方的凤凰山上，一座花岗石建筑的跃龙塔吸引了我。沿着一级级石阶，我们走到了塔下。它的近处是一块大石牌，左边写着它7层8面，高28.73米；右边是湖南省人民政府、桃江县人民政府 2011 年设立的"湖南省省级文物保护单位"。注视此塔，仰望苍天，我心中涌起块垒：天问阁和跃龙塔都在凤凰山，相距不过咫尺，却是大相径庭的命运。呜呼！真是厚此薄彼，真是"长太息以掩涕兮"！

众所周知，早在 1953 年，世界和平理事会就将屈原列为"世界四大文化名人"，号召全世界人民隆重纪念他。桃江县有关部门可以在 2014 年 9 月修缮清代道光十四年（1834 年）邹化良、周代炳、刘铖、夏德森、潘时倜、徐庚兵等捐资建造的跃龙塔，为何却对重修天问阁无动于衷呢？一位世界名人遭如此境遇！是缺少财力还是对伟大的爱国诗人屈原不敬重呢？我想：只要他们将外地成功的经验奉为圭臬，只要他们群策群力，只要他们具备愚公移山的精神，无论多大的困难，终究都能迎刃而解。

"你不知道吧？ 2012 年 4 月至 7 月，我们桃江县政协组成了专题调研组，采取多种形式，掌握了大量的资料，开展了多次研讨，形成了比较科学的调研成果，建议桃江县委、县政府尽快重建怀念屈原的天问阁；2017 年 2 月 17 日，原桃江县文化体育广电新闻出版局启动了'湖南桃江凤凰山天问阁屈原文化园建设项目'，目前已完成了选址、规划设计等，正开展招商工作。"这位历史老师的讲解，如阳光般扫除了盘桓我心中的阴霾。

"九州安错？川谷何洿？"伟大的爱国诗人屈原，请您安息吧。您看到凤凰山对面桃花江镇牛潭河的白墙红瓦民居了吧？您看到蓝天白云下凌空飞架的牛潭河大桥了吧？如今的桃江县人民生活在美如图画的景色中，享受着幸福的生活。

"悟过改更，我又何言？"遐想不久的未来，桃江县必定会实现人民的夙愿，在凤凰山重修一座天问阁。可以这样憧憬，建成后的天问阁，将与屈子钓鱼台、跃龙塔一起成为桃江县凤凰山的景点。桃江县的凤凰山将会是一只翱翔的凤凰，展翅全世界。凤凰山上的天问阁将顶天立地，成为中国和世界的文化、文学、历史、旅游的新地标。这应当不是遥遥无期的奢望，而是指日可待的美景。

夕阳洒在天问台上。云蒸霞蔚间，伟大的爱国诗人屈原听到了我的仰天长啸，正向着我和天问台姗姗而来。他目光如炬，脸上正露出欣慰的微笑。

（写于 2019 年）

在最美的资江风貌带畔歌唱

　　第一次见到资江，是那年夏天。塑料袋夹杂着纸屑、菜叶等，在浑浊的水中翻卷。江边的菜地上，一些人正在泼洒大粪，刺鼻的气味让人窒息。江堤如两条田埂，蜷曲在资江边。这就是资江吗？尽管如此，我还是在益阳市扬起了奋斗的风帆。

　　1996年秋天，我毛遂自荐到益阳广播电视报社，从事广告业务。1998年4月18日，经广告部主任傅国锋提醒，我远赴长沙市开拓市场。白天在火车站电话亭联系客户，夜晚就借宿在一位做销售的朋友李胜明那里。就在第五天我准备"打退堂鼓"时，幸运降临了。长沙政治军官学院解放军医院肾病科杨贤德医生和我谈好了几次广告。从此，我的业务像掘开的井水般源源不断。不久，我又代理了长沙军分区门诊部林开雄主任在益阳、常德、邵阳、怀化、永州市五个电视报的二十多万元的广告。

　　像是鱼归大海，我纵横游弋在长沙市的大街小巷。我成立了广告公司，将广告代理扩展到全省各地、市、州电视报、日报及晚报等。

　　长沙市的捷报频传，我淘到了第一桶金，便将购买商品房作为头等大事。在哪里买房好呢？虽然长沙市是省城，是政治、文化、经济、商业中心，人流量大，发展机会也多，但在益阳市的长期生活，与媒体朋友的合作，我已将益阳市视为第二故乡，我觉得在这里同样可以发展。

　　那一段时间，总有一首歌在耳边唱响："天边飘过故乡的云，它不停地向我呼唤……归来吧，归来哟，浪迹天涯的游子……"犹如母亲呼唤的声音，每次我都潸然泪下。

　　2000年5月1日，我们来到了益阳市汽车路的华中小区看房。它是资阳区最早、最好的江景房。只可惜东边的农贸市场内买卖声震耳欲聋，宰鸡杀鸭的臭味难闻。此时正是雨后，资江变成了黄河，江堤上泥泞不堪，许多来看房的人都嗤之以鼻。对水情有独钟的我，在靠江的位置，选择了五楼的一套三室两厅，我坚信资江很快会破茧化蝶。

果然，再一次回来时，益阳市已规划了资江风貌带。这时的资江杂物荡然无存，江水异常清澈，两岸已建成了高大的水泥石堤，菜土改为了绿化草地。瓷砖镶嵌堤面，姹紫嫣红的花卉沁人心脾。

党的第十八次全国代表大会召开以后，益阳市将生态环境治理作为首要大事，资江风貌带再次改造升级。临近水边修建了宽阔的石板路，护坡全部植上了草皮。拓宽的堤面上，十二生肖雕塑栩栩如生，儿童游乐场欢笑喧天。特别是两岸高楼大厦上的景观灯将房屋照耀得金碧辉煌。五彩斑斓的灯光倒映在资江中，浮光跃金的水波随风荡漾。

2020 年 1 月 18 日，110 多米长、30 米高的仿古建筑文昌阁开放，顿时成为资江风貌带万众瞩目的焦点。抚摸着古城墙、关羽石像、大禹广场，益阳市两千多年的历史就在指间流淌。瞻仰古代名人广场，人们不禁慨叹益阳市人杰地灵。

白驹过隙，翻天覆地。资江风貌带两岸已成为益阳市最负盛名的风景区。每晚，四面八方的游人川流不息，这里是网红竞相直播的集中地。那盏盏在天空中闪烁的彩灯，像是神仙画出的七色彩虹。风筝线上百鸟鸣叫的声音，仿佛来自天宫。许多人围在一起吹、拉、弹、唱，嘹亮的歌声响彻夜空。一群群女子，随着音乐在广场上翩翩起舞。

只要在益阳市，我每天都要去资江风貌带散步，每次都是恋恋不舍。俯瞰会龙山上绿树掩映的红塔、橙庙、碧江、银桥，谛听资江风貌带畔鸟语、蛙叫、蝉鸣、虫唧的四季变奏曲，我心旷神怡，深感乡村的幽静和城市的繁华结合得美妙绝伦。纵使有巨大的痛苦，顷刻间也会烟消云散。

　　每次只要自豪地说起资江风貌带，人们都称赞我有超前的眼力。最耐人寻味的是，小区东边早就建起了 32 层高的电梯房。当年那些来华中小区看房而没有买的人，都责怪自己鼠目寸光。

　　碧波荡漾的资江，每天在我家前面流淌，那是它在欢乐地歌唱，歌唱共产党擘画的生态环保华章。

（写于 2021 年）

瞟学对手去"淘金"

一

1998年春天，是我的又一个"倒春寒"。天空像妻子用烂了的锅，不停地下着雨，我每天只能龟缩在资阳区长春镇马良村三组郭腾芳家长吁短叹。今年以来，我仅仅只有300元收入，而女儿在益阳市汽车路小学就交了500元钱学费，生活早就拉响了警报。益阳市的单位都不愿意在《益阳广播电视报》刊登广告了，我也不想再找他们费口舌了。下一步怎么走？走向哪里？真是"秦皇岛外打鱼船，一片汪洋都不见，知向谁边"！

我依然看每周的《益阳广播电视报》。为什么会有那么多的长沙市医疗广告，我陷入了迷雾中。长沙市离益阳市将近两百里，这是报社人员联系的还是他们主动找来的？没想到广告部主任傅国锋一句话，泄露了天机。

"这是卜曙光在长沙市搞的广告，你也应该去长沙市搞啊。"穿越二十四载岁月，这句话依然在我耳畔回响，我依然铭刻在心。它犹如雷霆万钧，振聋发聩。

卜曙光？原来是他哦。他真厉害，怎么想到要联系长沙市的广告呢？我为什么就想不到呢？思绪的闸门立刻启开，往事如洪水般涌来。

1993年夏天，平菇采收季节将近尾声，我掏出500元钱，学习了一种自动补自行车轮胎的所谓新技术，被迫到益阳市销售。当时看到《益阳广播电视报》上面有一则启事，我写了一封信到报社，回信的是卜曙光。当年冬天，在资阳区三益街街政协的办公室，我到了新创办的银城晚报社，和他不期而遇了。他稍比我高，但比我壮实，也戴着眼镜，看样子比我大几岁。当时，他正在谈论益阳市竹胶板厂的广告。从他眉飞色舞的神态里，我就知道做广告赚钱，尽管当时我根本不懂广告是什么。

想不到自己和广告结缘，竟是在 1996 年的洪灾过后，我毛遂自荐打电话到益阳广播电视报社，但是报社只招广告业务人员，我就这样被聘用了，撞进了广告的大门。幸好开张大吉，应该不到一星期，我就做成了在益阳市塑料总厂旁边的一个几百元钱的业务。

不久后的一天，我刚联系广告回家，听到邻居罗爱英在叫我："小李，快来接电话，有人找你。"她家开了代销店，安装了电话。我和她早就有"君子协定"，我的名片上印刷她家的电话号码，我每次接电话都给她 1 元钱。是谁找我啊？是做广告的吗？真是好事！我兴冲冲地跑过去拿起话筒，里面却传来了卜曙光的声音。他指责我抢了他的业务，说要搞得我在益阳市站不住脚。原来市委宣传部不许办《银城晚报》了，他又回来了。我拼命向他解释：早几天，我经过益阳麻纺厂时，看到墙壁上有广告，于是就联系，对方很快同意，他并没有说你联系过。我赌咒发誓："真不知道这业务是你的，否则就不会搞，保证以后再不会这样了。"就是从这时开始，我们心存芥蒂。

二

和妻子商量后，我决定也去长沙市。4 月 18 日上午，我带着妻子的舅舅遗留的烂毯子，乘车到达了目的地。平心而论，我已经厌烦了广告，于是先到了湖南省图书馆旁边的人才市场，看是否有轻松赚钱的岗位，结果都是招聘推销员，我兴趣索然。下午，我又去了长沙市广播电视信息台，负责人李浩希望我能和他大展宏图，但桎梏太多，我不愿意。与其在这里，还不如像原来一样。最后，我到湖南日报社外的售报亭买了一份《三湘都市报》。这上面几乎全是医疗广告，我看到了一些希望。我白天在长沙市火车站公用电话亭用磁卡电话联系客户，夜晚就睡在河西菲达集团做销售的朋友曹妙清、李胜明的宿舍。可是联系了几天，竟然没有一个成功。

真是怪事，为什么卜曙光行，我就不行呢？难道就这样铩羽而归吗？我要以他为榜样，不能半途而废，我不断地给自己鼓劲。就在第四天，奇迹出现了。长沙政治军官学院解放军医院肾病科的杨贤德医生，和我谈好了在《益阳日报》每次一条中缝作四次广告的合作意向。其实，我原本是想去益阳日报社工作，但因没有勇气进门，被接电话的吴宏辉虚与委蛇，最终失之交臂。不过，我熟悉了《益阳日报》的广告价格。这四次广告，我可以赚1000元。首战告捷，我如同吃了定心丸。从此，我的业务像大庆铁人王进喜掘出的井，石油源源不断。

不久，我联系了长沙政治军官学院解放军医院乙肝科的林国富医生，他想在《益阳日报》做半个版的广告。因为没有钱垫付，我找到广告部主任陈建春。我和他都是沅江市老乡，原来并不认识。他听我嗫嚅地说完困境后，半信半疑地问："你会讲话算数吗？广告出来以后会付钱吗？""请绝对放心。"我毫不迟疑地回答。第二天，广告刊登以后，我找林国富收了钱，很快给了他。

盛夏的一个中午，我在湖南省儿童医院的院里，用自来水洗净汗迹斑斑的衬衣。等到上班，我用矿泉水瓶装满自来水，找到附近的湖南省慢性病防治研究所，谈成了《益阳广播电视报》的广告。每次四分之一版，一个星期一次，共刊登四次。只是收钱时，客户面对报纸，满腹怀疑：看样子，不像伪造的，为什么没有效果？等于将钱扔在水里。我只得拼命解释。

8月17日上午，我和傅国锋正式签订了合同，每周在第二版给我四分之一的版面，开辟"信息窗"，每次1000元钱。我这是模仿卜曙光的做法，他早在报纸的第三版承包了四分之一版的"消费指南"。其实在

7月28日，我在长沙市的第一个医疗广告客户就在这里粉墨登场了。从此，每周一下午，我都会准时坐在益阳日报社出版部，审视版面的大小，调整字体，认真校对。从此，我和卜曙光的两个通栏像两个阵地，虎视眈眈地对峙，弥漫着浓厚的竞争气氛。让人意外的是，我在这里从来没有遇到过他。他为什么可以不来而运作自如呢？真是咄咄怪事。

三

11月4日上午，我又来到了长沙市。第二天上午，我再次到了二马路的中西结合门诊部，找到了负责人林开雄。他是福建莆田人，长得高大魁梧，非常幽默风趣。记得我6月10日第一次到这里时，和他谈成了每次在《益阳日报》刊登四十平方厘米，共八次的广告合作。当时，我拿出尺在报纸上比画大小，他笑我如卖布的模样。林主任告诉我，我们报社有一个叫卜曙光的跟他联系过了，但他没做。现在他想做益阳市、怀化市、永州市广播电视报的广告，每次二分之一版，每次3000元钱，而且是刊登后付款。

我到长沙市的初衷本是只联系《益阳广播电视报》的广告，现在他问我这些报纸广告是否可做，我当机立断，答应可以。我不能拘泥于自己的报纸，而是要高瞻远瞩，将全省的十四个地、市、州的广播电视报当作一张大报统一经营。因为是第一次遇到这样的客户，我没有这些报社的联系方式，更不清楚价格。我赶快到旁边的湘天宾馆，用卡式电话通过114找到报社负责人，商谈价格。下午，我要林开雄写了字条给我，作为合同。随后，我赶到长沙市火车站，将广告稿传真给《怀化广播电视报》总编陈镜非、《永州广播电视报》宋兵前，并在电话中安排妻子马上到邮局汇款。

为了避免他们怀疑我的身份，我舍近求远，要对方每周将特快专递寄到益阳市电视台传达室，我再坐几里的8路车去拿。直到遭到一位姓卓的门卫呵斥后，我才要他们寄到租住地。为了节省路费，我都是第二天凌晨到附近的桥北广场坐零担车，先到长沙市中西医结合门诊部收款，然后再联系其他医疗广告。林开雄每次都按时付钱。后来，他还追加了常德、邵阳市的广播电视报和其他报纸的广告。这些业务一直做了几个月，总共数十万元钱，让我淘到了第一桶金。

这业务之所以成功，除了他定的价格低廉，还和我的慷慨大度有一定的关系。有一次，我收了他的广告费以后，马上去银行存款。原来是放进防盗短裤内，虽然鼓鼓囊囊，但是安全。每次回家，小女儿总是欢天喜地来摸钱。因为客户说钱有尿骚气，我才改为存银行。营业员没收了几张100元钱的假币。我给他打电话，他开玩笑地回复："不要紧啊，你晚上给小姐吧。"他这样说，等于是承认了。损失几百元钱微不足道，做成业务才是本事。假如我一定坚持要那几百元钱，我的业务可能会到此为止。

那时，我曾认为，当面检验钱的真假是对别人的不信任，担心人家有意见。第一次是在长沙市第四医院的白内障复明中心，林文坤给了我钱，回家后我才发现假币，等我再告诉他时，他却不承认。从此以后，我吸取了教训，每次收钱都仔细检查，再没有收到过假币。

四

那一段时间，我像织布的梭子，来回穿梭在益阳市、长沙市。我先以长沙市火车站公用电话亭为中心，只要客户有意向，就马上放下话筒，在旁边的广场上坐公共汽车赶到目的地。不料有一次，我低头打电话时，公文包被偷了。

不知是到湖南省政府机关医院还是芙蓉区性病防治研究所商谈广告时，我意外地看到了湖南省通信指挥中心。这里安装了空调，一楼大厅不但有多个电话间，而且配有凳子，非常安全舒适，犹如特意为我准备的"世外桃源"。特别是这里紧靠湖南省政府，门前是五一路主干道，有多条公共汽车线路，坐车非常方便。我像哥伦布发现了新大陆一样暗自窃喜，真是天助我也。从此以后，只要到长沙市，我就固定在这里联系业务，吃饭就到附近的快餐店。

终于等到了1999年5月17日世界电信日，我从银行取出1万元钱，在益阳市一中对面购买了一台折叠式摩托罗拉手机。但我联系业务时，还是用磁卡电话机，因为舍不得消耗昂贵的话费。只要在长沙市谈成了业务，我就到汽车西站花10元钱坐车回益阳市。当天倘若没有谈好，就寄宿在妻子的朋友龚树红家的地板上。后来，通过朋友李宽军，我在树木岭租了一间房。当年冬天，我还搬到了湖南省肿瘤医院旁边。

真不愿意每周一次来回赶车，真不愿意在外食宿。为了全力以赴增加效益，第二年正月初八后，我要妻子来长沙市。在妻子的朋友家住了几个月，我终究不喜欢她恒大花园的楼层和坐车地点。有一天，我画了一张位置图，要妻子到湖南省政府的北边租房子。可她去了半天，只找到半间。我不相信，知道她是跑马观花，就自己去寻找，最后选择了长沙市民政局的两间办公室。一年后，我又在湖南省政府斜对面的粮贸大厦租了一间，而住房是租的民政局宿舍高丽飞的一室一厅。

都在长沙市从事广告，竞争难以避免。有一次，我在河西的家用电器维修技术培训学校刚签好合同，就听到卜曙光给校长杨明辉打来了电话。还有一次，我刚和长沙政治军官学院解放军医院肾病科的杨贤德医生谈好广告，卜曙光进来了。他和杨医生联系过，但是价格很高，杨医生不愿意。杨医生是长沙市最诚信的客户，也是价格最低的客户。有时候，我没有去收广告费，他还打电话催我，我愿意和这样的客户合作。我宁可降低价格少赚钱，也不愿意以虚高价格"乞讨"。卜曙光夸赞我做业务厉害，我有些难为情地笑道："我还做得不行，要向你学习呢。"

有一次，我和一个客户谈好了在《湘西广播电视报》的广告，广告部主任彭文要我找卜曙光。原来他跑到吉首市，签订了总代理的协议，在长沙市的广告必须要经过他同意才能刊登。最终，因卜曙光嫌弃价格低，这广告"胎死腹中"。

有时和客户谈广告，很多客户就会说你们报社卜曙光来了，他的价格比你低。其实我知道这是客户蒙骗我。他的价格比我高很多，众多的事实已经验证。只要有意向的客户，我就能手到擒来，从不待价而沽。有些客户生动形象地给我们作了比喻："李君剑只要沾点灰就可以了，可卜曙光却想吞下一条牛。"

五

长沙市的医疗广告是长沙市众多媒体争抢的唐僧肉。与其折戟沉沙，不如开辟另外的通道。根据市场需求，我成立了金剑广告有限公司。我不再将医疗广告作为重点，而是根据季节的变化将不同的行业作为主攻目标，并根据客户的反馈，将地、市、州的日报作为重点推广。记得我和长沙百花女性人才市场的总经理丁楠、长沙市医药中等专业学校的校长彭毅合作过多次。每年暑假前，我先和他们谈好广告价格，再签好合同，然后按照他们的需求，在每个地、市、州的日报刊登广告，每年暑假总有好几批。全部是刊完以后再凭样报收款，从来没有发生过差错。他们是并蒂花朵，在我的广告生涯中辉煌了几年时光。另外，我还代理了长沙市竞男女子学校、长沙市前进医药学校的招生广告。毫不讳言地讲，教育广告收入是我的第二桶金。

除专业代理地、市、州的日报广告以外，我还将长沙市的广告做到了《湖南日报》等。长沙交通学院继续教育学院陈道军经手的广告，我在《湖南广播电电视报》代理了好几年，而且价格还比较理想；湘潭建春肿瘤医院委托我在《大众卫生报》代理了很长时间的广告。

六

就像一匹马驹找到了水草丰美的草原，我在长沙市的广告市场纵横驰骋。这时，给卜曙光打工的曹翔主动跳槽，慕名到我这里做事。受他的启发，我也招聘了人员，并且免费安排他们食宿。有一年国庆节前，从益阳电脑美术学校毕业（来自湘西）的吴平佳处了解到，世界之窗想在几个地、市、州投入电视广告，我于是立即和他们签订了合同。寄特快专递已来不及了，我安排小舅子赶到常德市、岳阳市电视台，自己赴郴州市、衡阳市、邵阳市电视台，把宣传片送到负责人手中。广告播完以后，我和世界之窗广告总监李延东结账时，他高度称赞："我收看了你们经办的广告，真的是按时按次播完了，不简单。"

我和卜曙光专业代理地、市、州报纸的广告，在长沙市闻名遐迩。一时间，长沙市内的一些广告公司纷纷效仿，都宣称自己能代理地、市、州的媒体广告。地、市、州报社的一些广告人员也嗅到了商机，来到长沙市掠夺广告资源。除长沙市以外的十三家电视台，还在长沙市成立了联合体承揽广告，十四家地、市、州的广播电视报，以《长沙广播电视报》为龙头，在长沙市发号施令，抢夺广告资源，操纵价格，但最后都因利益分配不均而夭折。

有一天，我突然接到了长沙市红雨广告公司业务经理刘茵的电话。她要我在十三个地、市、州日报刊登中国信达资产管理公司的广告。"你们不是说也能代理地、市、州的报纸广告吗？怎么这样的小事还找我呢？"我有意将她的军。"客户要求我们在同一天的日报报眼刊登广告，而且报社要求先付款，我们做不到。"她这样解释。"好吧，既然你相信我，我就给你办好。"我胸有成竹地回答。我们签订了合同，但是她对我的承诺怀疑，表示只能看到样报以后再付款，最低也要看到传真件。我当然乐不可支：这真是小菜一碟，你就见识我的本事吧。我马上给各地、市、州的广告负责人打电话、发传真，预定明天的报眼。翌日上午，各地的样报像雪片一样从传真机里面飞出来。我赶到这家公司，他们大为惊奇地确认无疑以后，才给了我广告费，我创收纯利将近五位数。可以自豪地讲，我代理地、市、州的报纸广告不久，报社就不要求我先汇款了，我以诚信赢得了信任。如我将脑白金的广告投放到《益阳广播电视报》，社长邓文新允许我做完一年再付款；益阳日报社的张毅力也同意我隔很久才结账。

<h2 style="text-align:center">七</h2>

在代理长沙华夏试验学校在地、市、州日报的广告的同时，我还代理了该校在《中国教育报》的几次招聘广告，还多次将长沙政治军官学院解放军医院肾病科的广告刊登在江西省各地的日报上，也将河西一家酿酒公司的广告刊发在武汉市的一家科技杂志上，把一家人才市场的招生广告刊登到《羊城晚报》上。有趣的是，宁乡县泽勋前列腺病医院的曾泽勋想通过我将一篇新闻稿刊发到《香港商报》，但是他妻子横竖不同意，最后曾医生大动肝火，她才被迫就范。

在本地代理广告，客户见报付款可以接受，但代理外地广告就容易出麻烦，可我还是照样运作，我相信不诚信的客户毕竟只是少数。有一次，我将南宁市十里亭空军医院的广告刊登在湖北省武汉市的《现代健康报》上。我是这家报纸的湖南省广告总代理，这无疑也是向卜曙光学的。我先和对方通过传真签好了合同，再垫钱给报社。可是广告刊登出来寄给对方样报以后，他却迟迟不愿意付款。我给他打了几次电话催账，他才把钱付给我。

长沙市河西荣湾镇要新办一家美发学校。我去联系广告时，一个姓钟的人向我承诺：广告登出来后再付钱。后来他不办学校了，而当我每次问他要广告费的时候，他总是说没钱，我只得找到他望月湖的家里。

他要我提供当初承诺付款的原件，但是被他当场撕毁了。幸好我做了防备，又亮明了复印件，他这才乖乖地付款。

一言以蔽之，我既然有胆量先垫钱代理广告，就想好了万一收不到钱怎么解决的方法。只要客户有意向找我刊登广告，只要是通用汉语的媒体，我都可以如愿以偿。

八

为了及时掌握卜曙光的动态，我想深入他的办公室"取经"，但又担心尴尬。在长沙市从事媒体工作的桃江老乡夏石福知道后，答应陪我去。卜曙光的办公室开始在火车站旁边的晓园酒店，后来搬到紫东阁大酒店西边宾馆的楼上。办公室布置得小巧精致，墙壁上贴着代理地、市、州报纸广告的资料和招聘人员的姓名，桌上放着一台笔记本电脑。原来他代理的广告都是自己设计、排好版后再发给对方，而我还是把要求写在纸上发传真，要报社制作。当时我就想也要像他一样买电脑，掌握排版技术。

我最后在湖南省政府管理科的办公室，可以和卜曙光的媲美。置身红色的地毯上，报夹和饮水机簇拥在我的周围。宽大的办公桌上是电话机和一台笔记本电脑。坐在皮质的老板椅上，空调的气息拂动蓝色的窗帘，如同大海的波涛，让人遐想联翩。这一比较标准的装饰，是受卜曙光的影响，我原来的办公室都比较简陋，只有电话机和传真机。

长沙市的广告蛋糕本来就有限，随着瓜分的人越来越多，我们深感压力巨大。特别是号称"覆盖全省"的《潇湘晨报》横空出世后，所有客户都一窝蜂地争相追逐。他们片面地将十三个地、市、州的报纸广告总价格与《潇湘晨报》相比，只要我们的高，他们就不合作。就这样，"千里冰封，万里雪飘"的广告寒冬以不可逆转之势，颠覆着长沙市的广告格局。

卜曙光是何时离开长沙市的，我并不清楚。后来听说他在武汉市从事旧闻报纸，自己编稿、自己刊登广告、自己印刷、自己发行。有一次遇到，他竟要我给他联系广告。

最后一次和卜曙光见面，是 2010 年左右。他想出钱给益阳日报社，借用刊号，创办旧闻报。出生在益阳市、在益阳市生活了几十年的他，却要我带他到报社找领导陈正清，但是最后没有谈成。那次，他请我在资阳区五一东路的酒店吃饭后，就驾驶小轿车消失在夜色中。这时，有一种恋恋不舍的情愫从我心中升起。

时间如大浪淘沙，闪烁着往事的光芒。蓦然回首间，我和他中断联系已有十多年了。我换了几次手机，早就没有他的号码了。我原来有他的 QQ 号，不知为什么，现在也找不到了。

"农村是一片广阔天地，在那里是大有作为的。"当年，毛泽东号召知识青年上山下乡，激发青年发奋图强。现在，我想说：城市是一个广告的天地，在那里是大有可为的。我是瞟学了卜曙光才到长沙市从事广告的，从而拓展了自己的才能，在城市开花、结果。直白地说，我能从食用菌专业栽培户破茧化蝶为媒体经营者，和他密不可分，我应该感谢他。

假如不遇到他，我应该不会去长沙市从事广告，他虽然没有对我言传身教，但我是复制了他成功的方法，踏着他的足迹前进的；假如没有遇到他，20 世纪 90 年代末我肯定没有资金，不会在益阳市资阳区最美丽的资江风貌带畔购买商品房，添置家具和电器；假如没有遇到他，我的人生道路没有这么平坦；假如没有遇到他，我可能会改弦易辙；假如没有遇到他，我还会在黑夜中摸索更长的时间。

"度尽劫波兄弟在，相逢一笑泯恩仇。"坦率地说，我和卜曙光是竞争对手。虽然我们有过争吵，但早已释怀了。是的，竞争是正常的。它可以导致朋友成为仇人，也可以化干戈为玉帛。当然，最关键的是它能产生巨大的动力，使人跨越艰难险阻，到达理想的彼岸。

卜曙光，你现在哪里？你还好吗？你应该定居在长沙市吧？应该早就买房了吧？女儿也应该大学毕业了吧？你想不到我会写你吧？假如你能看到这篇散文，你有什么想法呢？你应该又在开发新的项目吧？你是否经常记起我呢？未来的道路上，我应该还是会继续向你学习，学习你的超前思维，学习你的大胆开拓。我经常想：如果我们不是竞争对手，我们应该是好朋友，因为我们都曾经是文学女神的信徒。

（写于 2022 年）

四十二年后才读懂老师

去年 7 月 7 日夜晚，我和妻子将走下资江风貌带时，她接到了她妹妹的电话："妈妈刚才 8 点过 8 分走了。"听到噩耗，我心中一紧，马上和妻子坐上出租车，赶往沅江市。

七八十里的路程，三四十分钟就到了。岳父家的客厅里，灯火通明。三姐妹把妈妈的遗体抬出来放在客厅里，然后在头和脚端点了蜡烛。我们依次跪下来，焚烧纸钱，作了三个揖，磕了三个头。

三对夫妻守护在旁边。妻子事先准备了妈妈的简历，我要她发给我，这是追悼会要用的。一棵树就这样倒了，我的眼光在她七十八载多的年轮上游移。

一直到午夜，我才洗了冷水澡上床。这是黄老师午睡的房间。电风扇的凉风从身上拂过，如同黄老师给我扇风。我翻来覆去，怎么能睡着呢？黄老师就在旁边。往事越过虚掩的门，在脑海卷起巨浪……

一

1977 年 9 月 1 日，我进入了华田公社五七中学高四班。1978 年下学期，根据国家政策，高中班都改为了初中班。黄紫云老师就是在这时教中四班的语文，还当班主任。她三十多岁，留着齐耳短发，身高大约 1.6 米。后来听其他班的学生议论：她喜欢骂学生。果然不久，我就"领教"了她的厉害。

当黄老师上课时，只要遇到我认为她读错了的字，我总会毫不留情地指出来，这让黄老师很难堪。我至今还记得她紧盯着我，大声质问我："我又犯了么子错误？你又'检举揭发'我！"每到这时，我只能嗫嚅着小声辩解。现在想来，我说的那些字，是一位文化程度不高的老师教的，不一定对。

1979年春天，父亲已病入膏肓，彻底丧失了劳动能力，家中断了经济来源。学校估计为了提高学生成绩，规定学生都要在学校吃早餐、中餐，以便腾出时间搞好学习，让每人交大米和搭餐费。可是我哪里交得起呢？父亲要我去找大哥。我至今记得，在大哥门前的大堤边，我吞吞吐吐地说了。不记得大哥是否给了我（也可能给少了，达不到学校要求）。总之，我还是只能在家里吃早饭，还是只能带饭菜到学校，结果总是挨黄老师的责骂。我一气之下，干脆辍学了，回家担潮泥，最终扭伤了腰。父亲知道后，气得拿牛鞭子把我赶去了学校。没想到在几天后的考试中，我的语文成绩居然荣获了华田学区第一名。

时间像白驹过隙，冲散了许多往事，但黄老师讲解北魏时期郦道元的《水经注·三峡》、明朝魏学洢《核舟记》时，我如沐春风；她给我们分析句子成分"定主状谓补定宾"时，我听得津津有味，记忆犹新。

1979年7月15日，我毕业回到了家乡，从此开始了农民生涯。因为数学差，我从来没想过要通过复读考上大学，离开农村。记不清有多少个日日夜夜，我翻开了自学美术、新闻、文学的篇章，受尽了父亲和继母的打骂。虽然离黄老师家只有十来里，我却从没有去过，心中只有黄老师留下的烙印。

1992年五月初三，我毅然挈妇将雏，远赴一百多里外的沅江市团山乡杨泗桥村群星组皮冬超家，专业栽培平菇。在和故乡的人们见面时，我已拥有女儿，深知教育不易的我，总要问起黄老师。有人告诉我：她早就调到沅江市内的学校了。这时，我萌发了联系黄老师的想法。

记得是21世纪初，我费尽周折，终于找到了黄老师的电话号码。当我紧张地打通电话时，当听到二十多年前熟悉的声音在耳边响起时，我百感交集。我汇报了当年的班级和姓名及近况，她也将自己和三个女儿的情况告诉了我。最后，我说起了搭餐挨骂的事，不敢置信的事发生了。"学生，我对不起你。"这句话如骄阳，彻底驱散了残留在我心中的阴影，我对黄老师的怨艾顿时荡然无存。我还能说什么呢？我连忙检讨自己。"黄老师，我会来看你的。""好，我等着你。"在爽朗的笑声中，我们挂了电话。

不知过了多久，我再打黄老师的电话时，却打不通了。我曾找到在沅江市教书的老师凌放萍，请她带我去看黄老师，但她却以打牌为借口推托了。就这样到了 2007 年 4 月 9 日，一直身体很健康的我，突然间得了脑梗塞，差点被死神夺去了生命。当我从悲痛欲绝中走出来、主动联系她的时候，还是得不到消息。

2008 年教师节前夕，思念黄老师的情愫再一次在心中翻滚，黄老师的那句话时刻让我感动。于是，我写了一篇散文《老师，请不要说"对不起"》，发表在 9 月 10 日的《三湘都市报》上。我要以这种特殊的方式纪念黄老师，我要把这张样报珍藏好，作为馈赠给黄老师的见面礼。

时间很快又过了几年。沅江市东方军校的周铁清要我在益阳市寻找办学场地。同行的是一位老师，我再次问起了她。他告诉我：黄老师得了阿尔茨海默病。我心中一怔，时时不得安宁。我们中断联系才只几年，想不到她竟罹患了如此严重的疾病。

2016 年腊月，我们分别三十七年多的初中同学建立了微信群。在沅江市一中教书的女同学余腊梅的帮助下，我得到了黄老师二女儿的电话。当听到黄老师的现状时，我无比心酸。我毫不犹豫地承诺："春节期间，我一定来看望黄老师。"

2017 年正月初四的下午，在同学胡一君的引导下，我在沅江市凌云塔小学外等到了钟艳玲。当她带着我往里走时，喜悦和愧疚交织在我的心中，脚像灌了铅一样沉重。看到黄老师的瞬间，我惊呆了。她躺在睡椅上，形容枯槁，眼睛呆滞地深陷在眼窝中。我蹲在旁边，凝视她的脸庞。"黄老师，我是您的学生，我来看您来了。您还记得我吗？"一连大声问了几次，黄老师才答应了一声，不知是真的还是巧合。我拿出那张样报，一字一句地读给她听，可黄老师仍然没有任何反应。我潸然泪下，眼泪洒落在样报上。

"年挥忽而莫反，时瞬睒其如电。"黄老师啊，三十七年多以前我离开学校时，您是那样风华正茂。黄老师啊，三十七年多后和您见面时，您却命悬一线，和我差点阴阳两隔。黄老师啊，正是三十七年多以前您的严厉教育，才让学生掌握了一定的知识，能够在文学的丛林中穿行。黄老师啊，现在请您骂学生的姗姗来迟吧！黄老师啊，请您原谅学生的不孝吧！

此时的黄老师依然石刻木雕般毫无表情。她的丈夫长叹了一口气："她三十七年多以前骂你，你却还来看她。如果她能够说话，该有多么高兴啊。"

二

就是这一次看望黄老师时，我认识了她的二女儿。除了她不喜欢文学以外，我和她在其他方面的观点基本吻合。像是在茫茫人海中遇到了知音，我们很快走到了一起。

她为人真诚，没有城府。父母、姐妹、女儿的过去与现在，她都像竹筒倒豆子一样，对我毫不隐瞒。说得最多的当然是她的妈妈，最舍不得的仍然是她妈妈。她说："妈妈是独生女儿，免不了受别人的欺负，从小就自立、自强。妈妈很聪慧，会读书，只可惜外公去世早，断了经济来源。眼看差一年就毕业了，妈妈也只得辍学，回家教书，以减轻外婆的负担。结婚以后，爸爸因为工作原因不能经常回家，妈妈只能做男劳动力的事。她自己做泥砖，在芦苇秆外面绞上稻草，用牛屎和烂泥巴糊成墙壁。暴风来时，妈妈带我们扑在屋顶上，不让稻草吹跑。退休后，妈妈本来可以安度晚年，可还做床罩、绣花，以贴补家用……妈妈吃了很多苦，没享过一天福。"

早几年，我到沅江市赤山镇采访。得知我现在的妻子是黄紫云老师的女儿后，原莫愁湖村九组的刘文辉告诉我，当年黄老师在华田中学时，骂了华田大队两个上课不听话的学生。没想到他们从窗口丢进砖头、瓦块报复，砸烂家具和电视机、录音机，惊动了派出所，民警抓了学生，闹得沸沸扬扬。我问妻子："咯是真的吗？为么子有些学生说你妈妈骂人呢？"妻子毫不讳言："是的，比如邹宝林老师的儿子邹移山，和我还是同学。多年以后，已是老师的他歉疚地告诉我，他当年不能背诵课文，妈妈骂了他以后，他气得跑到教室里，向我家的水缸中屙尿。如果不是他主动说，我们至今还蒙在鼓里。"

原鲜鱼塘大队一队的邓正坤也是黄老师的学生。他数、理、化成绩好，可语文不行。据他说，黄老师骂过他多次，这导致他有逆反心理，非常不喜欢语文。后来他意识到黄老师的好心，努力学习，考上了高中。他参军以后，进入了南京市的军事学院，在计算机编程方面有很高的造诣。

黄老师是刀子嘴豆腐心。她喜欢学生，对学生有深厚的感情。担任班主任以来，她保存了很多年的毕业照片，没事时就翻出来仔细地看。沅江市一中百年校庆时，她还踊跃捐款了。

妻子说："1982冬天的一个星期天，大约下午3点。我听到教室里传来敲桌椅的声音，原来是鲜鱼塘大队的同学徐正喜。我问他何解咯样早就来了学校，他讲不想在家看到父母和哥哥辛苦劳动，他要发奋读书，考上大学，做伟大的事业。但是他不喜欢现在的名字，不知怎么改为好，还担心挨他妈妈的骂。我告诉了妈妈，她很快在他的作文本上写下了'徐业伟'。徐正喜看到后，非常喜欢。后来妈妈还告诉其他任课老师，要叫他的新名字。现在，他是株洲市交通运输局局长。"

话题很自然地说到我当年搭餐的事。妻子说："我妈妈当时应该不知道，否则她不会骂你。"几十年的岁月流逝，许多记忆都淡忘了。也许当初我没说明，也许说了。说实在的，黄老师已经道歉了，我没必要再耿耿于怀了。

结婚以后，按洞庭湖平原的风俗习惯，我应该喊黄老师"妈妈"。因为她不能说话，我一直羞于改口，还是沿用学生时的称呼。每年的春节、端午节、中秋节和岳父岳母生日时，我和妻子都会去看望他们。煮饭、炒菜被三姐妹包干了，岳父则负责给黄老师喂饭。每次看到黄老师被绳子套在睡椅上，我都十分心酸。岳父抱起黄老师活动时，我们扶着她，在客厅里机械地走动。

最后一次看她是去年端午节。当我握住她的手时，感觉它是那样瘦小，仿佛只要用力就能捏断。我努力平衡她羸弱的身体，感觉到她随时都会倒下来。我感觉生命之神正在远离她，她只有眼睛还残留着一线生机。

果不其然，一个多月以后，黄老师就撒手人寰了。

三

8日上午，一辆灵车很早就来接黄老师了。她躺进了沅江市殡仪馆黄山厅的棺材里，鲜花簇拥在周围。工作人员很快在门楣上打出了"沉痛哀悼黄紫云老孺人"的文字。妻子看到后，说不要这样写，妈妈会有意见，她生前最喜欢的是人们叫她老师，于是"老孺人"换成了"老师"。哀乐婉转、低沉，不停地回响，透出悲凉的气氛。黄老师在照片里微笑，这是她六十岁时留下的纪念。头发乌黑，面容慈祥，和临终时判若两人。妻子说，这照片是妈妈特意选定的。她说在自己走了以后，要把笑靥留给学生，留给女儿。

得到消息的人们来了。他们都在黄老师的灵柩前跪下来、作揖、磕头，然后再登记礼金。很快，写满姓名的纸条挂在两边的白色花圈上，随空调的凉风摇曳哀思。

这些人我几乎都不认识。妻子告诉我，他们是姐姐、姐夫、妹妹、妹夫和她的同事，还有爸爸妈妈的亲戚。妻子的一些同学也来了，都是黄老师的学生。

刘凤端不是黄老师的学生，她在广东省深圳市教书，通过同学带来了 500 元钱。她原来看过黄老师，也给了钱。特别是张斌，他在广东省云浮市办企业，通过小姨子的微信，转来了 1000 元钱。2016 年冬天，他来看黄老师时，送了 1000 元钱，还有香烟、茶叶，扶住她叫"娘"。其实，他读书早恋时，黄老师还骂过他。还有一位叫陈干成，是黄老师的学生，在岳阳市做螺丝生意，也来看过黄老师。

大约六点钟，门外进来一个身材高大的男人，主动问候我。他是妻子的同学，叫李汉文，单位是沅江市法院，我和他见过几次。我原来听妻子讲过，他和妻子是邻居，更是同学。因为排行最小，父母亲和姐姐很溺爱他。他读书的时候，成绩虽然好，但不是很发奋。黄老师批评他不要滋生小资产阶级思想，否则难成大器。

有一个风姿绰约的女子，五十多岁，我是在妻子叫她"龚菊红"时才注意的。妻子说："她是妈妈的学生，也是鲜鱼塘大队的。有一年，她完成了妈妈布置的作文《我的理想》。妈妈看到她想当沅江县妇联主席以后，特别高兴，在全班同学面前朗读。妈妈的'激将法'果真有作用。后来，龚菊红真的当了沅江市妇联主席。"

灵堂的东边有一位六十多岁的男人，皮肤黝黑。他有时坐起来，有时躺下去，有时走到黄老师旁边，默默地发呆。

我有些好奇，问妻子："他是何只个呀？""咯是涂领先。"这名字我听妻子讲过多次，想不到在这里和他不期而遇。我主动问起他和黄老师的故事。

"我那时确实很调皮，很多老师都不要我。黄老师调到五七中学时，把我也带来了。我在她家住了半年，她帮我出书杂费，像对自己的崽一样好。2009年，我堂客得了宫颈癌，黄老师给了我2000元钱。黄老师是好人，就是脾气大一点。"他像背书一样，彻底打消了我的疑虑。说实在的，第一次听妻子讲过后，我就一直半信半疑。2000元钱，不用说过去，就是现在也是不菲啊。2000元钱，诠释了一位老师对学生的博爱，这是难能可贵的善心。记得1989年4月27日夜晚，前妻生了女儿才一个星期，我的茅屋几乎被龙卷风摧毁了。我到沅江市民政局才申请到200元钱。当时，我还以为自己看错了，不可能会有这么多。

吃饭时，坐在我旁边的一位六旬男子同样引起了我的注意。他告诉我："我叫周德奇，原在五七中学高三班读书，是黄老师的学生。黄老师那时对我好，从不骂我。我脚受伤以后，她还到家里来看我，我后来也到沅江市看过她两次。记得我还和你妻子讲过，黄老师走的时候，一定要告诉我，我要送她。"

想不到有这么多学生吊唁黄老师，我心中顿时涌上暖流。

10日早晨，人们很早就挤满了灵堂。追悼会召开了，黄老师最后任教的凌云塔学校校长王清华，代表全校师生给黄老师鞠躬，高度称赞她："忠于党的教育事业，荣获了许多奖励，是优秀的人民教师。"告别仪式开始了，我们围着她的灵柩走了三圈。黄老师面容安详，好像睡着了一样。

哀乐在火化间外面戛然而止。黄老师从车上被推了出来，进入了大门。瞬间，妻子和姐姐、妹妹的哭泣声达到了高潮。眼泪模糊了我的眼镜，我不断地擦拭。我多想拖住车，让黄老师下来。

半小时左右，骨灰盒递了出来，哭泣声再次响起。三女婿王建强抱起骨灰盒，缓慢走向灵车。黄老师的照片在第一辆灵车顶上，我蓦地想起了当年她带领我们春游的情景。我仿佛听到她在说："感谢各位学生在百忙中来送我。辛苦了，我真的很欣慰。"

我们很快就到了赤山岛。这是中国最大的内陆湖岛，据说范蠡和西施曾在此隐居。蠡园公墓位于向阳山坡，青翠的柏树井然有序，好像正在排队恭候。沅水在旁边哗哗作响，俨然鼓掌欢迎。这里风景非常优美，我想起了海子"面朝大海，春暖花开"的诗句。我在心里默念：黄老师，您在世时为女儿、外孙操碎了心，从此可以享福了。骨灰盒放进了 17 排 2 号的墓龛中。陵墓顶部隆起，向两边伸开，是一本书的造型。

是的，黄老师就是一本书。"教不严，师之惰"是中国的传统启蒙教材《三字经》中的名句。黄老师对屡教不改的学生确实是严厉。其实，作为学生，不应怨恨老师，这同父母教育儿女是一个道理。每一个家长都希望老师教育子女时严厉，都希望子女成才。毋庸讳言，骂能改变学生的缺点。学生只有在谙事以后，特别是在成为父母以后，才能感受到老师为自己好的良苦用心。作为学生，我们应该感恩。

我有意留到最后，再一次凝视黄老师的遗像。想不到读懂黄老师，是在她逝世以后。四十二年世事沉淀，我才彻底明白。黄老师，请您安息吧。今年过年时，我会来给您"送亮"；明年清明节时，我会来给您"挂山"；明年周年时，我会来给您"祝寿"。我每年都会来，直到生命的最后一天。

夏风呼啸，山谷回音，奏出呜咽的曲调，隐约传来黄老师的笑声：好的，我等着你，我的学生！

（写于 2022 年）

第一次栽培平菇

一

这是一间大房，中间砌了一道墙壁，被隔成了两间，每一间十多平方米，每一间都开了窗户。我一见钟情，当时就想：我们住外面，平菇住里面。这跟我租的小黑仓库相比真是天壤之别。我马上向临湘织布厂的李学全定了下来，担心他租给其他人了。这是 1988 年 9 月 14 日中午，我第一次到他家看房子。

当年 8 月 30 日，我和妻子正式离开了临湘县聂市镇，搬到了二十里外的县城五里牌。下午，三姐夫带着我们在最兰坡买了一张竹凉板，放在彭家的小黑仓库内，充当床铺。

早一个星期，我和妻子决定到县城谋生时，就穿过五里牌农贸市场东北边的铁路隧道，向北问了几户人家是否有房子出租，结果都没有。最后的户主姓彭，仅剩下一间装稻谷的仓库，狭小且昏暗，白天也要开电灯。但是房租不贵，一个月 5 元钱。黑就黑吧，反正白天不在家，先住下来再说。

9 月 1 日早晨，我和妻子在火车站广场进了几十斤辣椒。妻子到市场销售，我则在燃料公司买回几十斤蜂窝煤。下午三四点钟，我们将剩下的十斤多辣椒低价分给了同行，然后买了大米，再到旁边人家磨成米浆。第二天凌晨 5 点多钟，我担了桌子、凳子、碗筷、佐料等来到火车站广场，妻子开大煤火煮汤圆。可事不凑巧，天空一会儿就下起了雨，我们只得移到乡镇企业公司大门前，总算有几个顾客。估计本钱出来了后，我们就进了几十斤蔬菜销售，可是无人问津。

卖汤圆非常繁琐，而卖蔬菜只要一杆秤。从此，我们专心致志做蔬菜生意。每天我们很早就去农贸市场和火车站广场，只要看到菜农就讨价还价，以最低的批发价全部买下，然后向人说好话，插进卖菜的人群中，再零售出去。有时一天能赚几元钱，有时只能保本，有时还要亏。生活像大山一样压弯了我的脊梁，但栽培平菇的愿望一天比一天强烈。

有一天，妻子兴冲冲地告诉我，有合适的房子了，原来她在卖菜时也向人询问。有一个中年男顾客长得非常高大，一双斜眼色眯眯地瞟视着妻子。听说妻子要租房子，他马上答应了。

定好了房子，就等于吃了定心丸。9月23日，我们又是很早起床，到市场占好了摊位。结果因疏忽大意，第二次的藕中间烂了，到下午5：30还没有卖完。想到辛苦一天又是亏本，我和妻子都非常沮丧。不过，当听到李学全说朋友明天会从江南乡运棉壳来时，我们又立刻高兴起来。只要有了它，就可以栽培平菇赚钱了。

当年春天，是我"赌婚"成功后的第三年。当时妻子的母亲看到我仍然蜗居在茅屋中，仍然在田土中刨食，既不同意女儿结婚，又不退还彩礼。从文学梦中清醒的我，有了被歧视的切肤之痛，有了发家致富的梦想。可是学什么好呢？3月13日夜晚，在邻居聂正春家的电视中，我看到了栽培食用菌致富的消息，当时半信半疑。我随本队的刘跃进走了二十里，到茶盘洲农场六合七队刘雪梅家旁边，参观别人室外栽培平菇，我彻底动心了，计划到湖南省食用菌研究所学习。4月9日下午，组上的广播里通知沅江县食用菌开发中心有培训，我马上决定参加。我找到茶盘洲农场新华分场学校的诗友李国忠，没想到他爽快地借给了我20元钱。4月11日凌晨5：25，我要二侄子用自行车送我。可到五七电排时，轮船刚刚开走。我们只得拼命急追，幸好在乡电排轮船码头赶上了。11点多，我冒雨赶到了沅江县食用菌开发中心。领到资料后，我学习了大半天，沅江市科委的余少华讲授了平菇母种、原种、栽培种的相关知识。

夜晚，我就睡在生资公司的文友杨武波家里。第二天上午，余少华带领张介兵、冉大川，告诉我们怎样用棉壳拌料；下午带领我们参观了平菇栽培基地。第三天上午，学员们都购买了平菇栽培种，张介兵送了两瓶给我。

二

9月29日，因菜农的价格太高，我们没有采购蔬菜。来到李学全家，我询问棉壳是否运来了。看他支支吾吾的神态，我估计没有希望。下午，我拿了麻袋，坐了三十里的汽车，赶到了沅潭镇高桥村的三姐家。翌日上午，三姐夫带着我坐车到了江南乡的油脂化工厂。这里靠近长江，出产棉花，工厂榨棉籽油，可棉壳早就被栽培平菇的人买完了。怎么办呢？三姐夫安慰我：不急，我们再去其他地方。

10月1日是国庆节，估计这天买菜的比较多。天刚熹微，妻子就去了市场。昨天刚好是小黑仓屋租满一个月的截止日期，我便开始了"搬家"。这段路有二三里，我来回了五趟，才把所有家当搬到了李学全家的二楼。我长舒了一口气：10月终于到了，栽培平菇的黄金季节已经降临了。希望自己未来的路像这房子一样宽敞明亮，希望自己栽培平菇的事业如上楼一样步步高升。

10月3日的早晨非常阴沉，如同我的心情。我坐上公共汽车，又到了三姐家里，随姐夫到了陆城油脂厂，可这里却是空空如也，我们只得匆匆返回。看到市场里有个姓刘的卖活鱼赚的钱比我卖蔬菜赚得多，我也想卖活鱼。下午，我和几名蔬菜贩子坐车八十多里，6点多到达乘风乡的横河堤，晚上便睡在渔民家。午夜11点多，我们起床和渔民一起拖网捕鱼。担着六七十斤鲜鱼，我们又返回横河堤，终于乘上了货车。一路上，小雨和大雨也认出了我这外地人，对我轮番欺负，我淋成了落汤鸡。人在车中颠簸，秤杆被压断了。早晨6点多钟，车子终于冲出泥泞，到达五里牌。我把鱼交给妻子，回家换了一身干衣服后又赶到市场，和她一起销售。傍晚时分，鱼全部卖完，我们赚了 10 元钱。

买棉壳的计划落空了，下一步怎么办？我一边卖蔬菜，一边打听消息。可能是觉得做鱼生意赚了钱，只隔了一天，我坐车到了孙洲九组的谭忠舜家里。乡音是黏合剂。他是我在聂市镇坐顺路车到县城贩卖瓜果时认识的，同时认识的还有曾树卿。他们老家都是益阳的，对我很热情。

早晨 5 点多钟，我从他家出来，走了五六里，到横河堤收购活鱼后，马上赶回市场销售。有一次，我路过水塘时，水中突然传来很大的响声，如同被扔进了一块大石头。这会是什么呢？周围没有一个人，我不寒而栗。这以后，我就去横河堤的曾树卿家里住。这里紧靠大堤，早起捕鱼的人们回来以后，就把渔船停在旁边，出去收鱼非常方便。

五里牌农贸市场是临湘县的三个大市场之一，周围乡镇到这里做买卖的川流不息。自从想买棉壳以后，只要看到市场里卖平菇的，我就如同溺水的人盼到了救星，前去主动攀谈。一天，一个瘦高身材、满脸络腮胡须的中年男人引起了我的注意。他告诉我："我叫陈晓舟，是邻近的五里乡花桥村人，这是我自己种的菌子。""请问你知道哪里有棉壳卖吗？我也想种平菇。"我向他和盘托出了自己的情况。"有棉壳。这人是买来栽培平菇的，后来失败了，就不想搞了，想卖掉。"听到这句话，我燃起的火苗又熄灭了。栽培平菇会失败吗？有经验的人不干了，我从来没搞过，也会失败啊。这天夜晚，我的思想在激烈地交锋。家乡千疮百孔的茅屋、岳母那鄙夷的眼神再次出现在我的梦里。不，我不能听信道听途说，一定要勇敢栽培平菇。我打算先买些棉壳试种，掌握技术以后再扩大规模。

10 月 13 日上午，我到陈晓舟的租住地——县肉食公司再一次了解情况。第二天早晨，我再次来到这里。下午，我向租住在一起的老何借了板车，向山那边的人家买来 200 斤棉壳。白天，我在楼顶暴晒棉壳，夜晚就用塑料薄膜把它盖好。10 月 20 日下午，我在五里乡农技站买回 0.2 斤多菌灵。两天后的午夜，我乘坐 1：12 的列车，到达了岳阳火车站，随后找到了金鹗山。

在沅江市华田乡莫愁湖村十五组时，我就收集了《湖南科技报》。知道华容县原来教书的郑章华后来在这里成立了南湖食用菌研究所，当时就想以他为榜样，当食用菌专业户。我在这里购了二十多斤"荆州一号"平菇栽培种。下午两点左右到火车站，登上了 4 点的列车，抵达临湘县城时已是 5 点多了。第二天，我按照书上写的方法，在棉壳中加了多菌灵，再加自来水拌匀，然后放到两块塑料薄膜上，均匀撒上菌种，最后包好塑料薄膜。阳光看到我关闭门窗，马上跑出去了，它知道我这是要形成暗室，让菌丝生长。

那时，妻子已随三姐远赴邵阳市做干鱼生意，我白天照样在市场销售蔬菜，夜晚就钻进平菇房。第二天，我揭开塑料薄膜，看到菌种都有了毛茸茸的触角。我知道这是它开始生长了。果然，只一段时间，西边的那一块就长满了菌丝，如同白雪覆盖在原野。遗憾的是东边的那一块虽长了菌丝，却参差不齐。这是什么原因呢？我寝食不安。就这样熬到了 10 月 31 日，西边那一块却更严重了，还出现了黄水。真是一波未平，一波又起。这是什么病？第二天上午，我到了县食用菌开发公司，想向他们请教，可是那里门窗紧闭。回来后，我自作主张地揭了上面的旧报纸，换上了新报纸，并自以为是地用含多菌灵溶液的毛巾吸干水分。

11 月 4 日，忐忑不安的我总觉得黄水是感染了病毒，又揭开了塑料薄膜，对那些地方撒了石灰。六天后，针对这问题，我去了县食用菌开发公司几次，仍没有遇到人。很意外的是，他们的栽培床情况比我的还差。

有一次，我问市场里一位青年妇女。她说自己是中南几省食用菌研究会会员，哥哥在省有关部门工作。让人奇怪的是，她竟然说不知道原因。这根本不可能。我有些生气了，直言不讳地说："你不是不晓得，而是不愿意说。"幸好当天遇到了一位青年，他说自己栽培了两千斤棉壳的平菇。我与他说起这黄水的疑惑，他告诉我没问题，我这才有了一些安慰。

这一天上午，我又在市场遇到两位妇女销售平菇。我觉得有些面熟，一打听才知道原来我在她家买过棉壳。她告诉我，这是她在弟弟那里摘的。她弟弟的栽培场地，我和妻子都看到过，有的没长菌丝，有的长了一点点，上面都撒了石灰。

11月12日，我请了龙源乡的一个女青年来家里诊断，她告诉了我一系列平菇栽培的防治问题。匆匆吃了中饭以后，我到东风商场买了一本《家庭栽培食用菌》，用多菌灵溶液在栽培床上喷了一遍。

15日下午，我又邀请了一位青年来诊断。不料揭开东边的塑料薄膜后，我看到菌丝已经长好了，顿时很高兴，终于转危为安了。

书上说：菌丝长满以后，即将形成子实体。在这一阶段，房间里必须加大温度和湿度，加大温差刺激，而我以前是天黑就开窗通风了。另外一本资料上写道：只要在夜间气温最低时，打开门窗通风两小时就可以了。11月27日，凌晨近3点，我起床打开窗户，揭开塑料薄膜，又用多菌灵溶液在没有长菌丝的部位喷洒。我意外地发现西边那一块已经出现了很多菌蕾，如同一丛丛珊瑚，又像一粒粒桑葚。望眼欲穿的平菇终于崭露头角了，我欣喜若狂。

第二天上午，我又在市场遇到了一个姓夏的青年，便向他咨询西边栽培床上出现菌丝不紧的情况是什么原因，并且邀请他来家中指导，他说没问题。12月2日夜晚，我在房间喷水时，发现西边原来长有绿霉而且菌丝变黄了的地方，菌丝都已长好，并且也出现了菌蕾。东边那一块依然原封未动，不知什么原因。为什么同样播种、同样培养、同样管理，出菇情况却截然不同呢？是病虫害吗？自学栽培真难啊，我一定要采取措施。经过仔细观察，几只虫子跃入了眼帘，原来是它们在搞破坏。我怒不可遏，手持蜡烛，打死了几只虫子。第二天，东边的那块终于长出了平菇。一连几天，我和妻子打死了许多虫子。

三

12月8日凌晨，我走进菇房，看到菌柄上半圆形菌盖舒展，边缘微微下卷，重叠在一起，像一只只耳朵。平菇终于可以采摘了，我心里像吃了蜜一样甜。我们装了17斤平菇，刚到市场门口，一个年轻的女商贩就以每斤1.45元钱的价格全部买走了。这个人我认识，羊楼司镇的，长得蛮漂亮。第一篮子就卖出了将近25元，而且超过了我栽培平菇的本钱，真让人不敢相信，我赶紧又回家采了13斤。15日早晨，我们采购了红萝卜准备销售，本来是打算第二天采摘平菇的。到市场发现只有一个人卖平菇，于是我让妻子赶紧回家采了16斤，卖了20多元钱。

21日夜晚，我从农贸市场回家煮饭时，顺便揭开了西边的塑料薄膜，发现那一块又长出了菌蕾，这是第二批菌子了，另一块的第一批还没有采收完。1989年1月6日早晨，我们采集了西边菇床上的第二批平菇，共16.5斤。

现在已进入了深冬。我们每天五六点钟起床采购蔬菜，有时还要和人家争摊位。我们就像干涸车辙中的两条小鱼，努力挣扎，寻求生存的水分。风吹起单薄的衣裤，大雪融化在身上。我把稻草垫进靴子里，总算有些暖意，可冻疮还是在耳朵和手脚上盘踞。妻子怀孕七八个月了，行动越来越迟缓。腹中的孩子也来凑热闹，每天拳打脚踢，闹个不停。看着继母请人写来催我们回家的信，我做出了决定。我的婚姻已经结果了，想必岳母不会再肆意干涉了。

我是1月22日下午将写字台等搭车到三姐家的。这是妻子"私奔"到我家时，我请本村九组的木匠刘兵辉做的。其他东西可以丢在临湘，可这信物绝对不行。25日早晨，我到了李学全家，发现大门被他锁了。直到中午，他才回家。我清理了自己的衣服，采收了长出来的8斤平菇。离开时，我凝视着那幼小平菇上的一滴滴水珠，它们好像伤心的泪水。我是真舍不得离开，这可是我精心哺育的孩子。我以后可能永远不会再回来了，可是，我们必须马上回家过年。数着卖平菇的12.8元钱，我的眼泪像断线的珍珠，淋湿了钞票。

1993年春天，我在沅江县城郊区专业栽培平菇。在莲花塘市场销售时，我偶遇了团山乡太阳村一位罗姓女子，看到她卖的平菇叶片上有蓝墨水颜色。霎时，在临湘县栽培平菇时遇到相同问题的记忆在脑海中闪现。当时，我在书上找不到原因，请教陈晓舟的妻子。"你又不是跟我活（学）个，我告诉你搞么里。"她当时用临湘话这样回复我，呛得我无言以对，非常难堪。现在，我断定罗姓女子并不知道具体原因。"这是煤炭燃烧导致的。"栽培了几年平菇、已经熟练掌握了丰富经验的我一语中的。因为当时气温低，我想给菇房加温，以促进平菇的生长，便在12月25日、26日夜晚将煤炉提进去了。"是的，我确实烧了煤炭加热，你真是爱帮助人的好师傅。以后你到湖南省食用菌研究所买种时，请带我去！"

栽培平菇的资料上有这样的文字：培养料含水量要在60%～70%。怎么掌握这个标准呢？培训时说用手抓紧，以指缝里有水但不掉下为标准，这很简单易学。但真正要学会栽培平菇，必须要一个月左右，关键是看菌丝的生长过程。只要它长好了，就万事大吉。其实，栽培久了，经验自然有了：只要把培养料堆好，几小时后翻一次就可以了，培养料中多余的水分自然会沥去；在栽培床上加盖报纸会增加杂菌感染的风险，没必要多此一举；喷多菌灵溶液会增加湿度，不利于菌丝生长，同样可以放弃，况且在拌料时已经加过了；出黄水并不是感染病毒的症状，而是菌丝长好后要出菇的喜讯；根本不要浪费石灰，杂菌不能长进菌丝；

在自然条件下，栽培料可出几次菇，到第二年 5 月高温时为止。

我回家以后，不知李学全是否会将栽培料丢了，不知他是否会喷水，不知他是否会覆盖塑料薄膜，不知栽培料又长了几次平菇……我后来的实践证明，用覆土栽培，平菇非常肥大，生物转化率可达 150%。这就是说，100 斤棉壳可以产出 150 斤平菇，我那些棉壳还可以收获许多平菇。

34 年前的岁月是一场飓风。它刮落了我第一次栽培平菇的树叶，只留下几根光秃秃的枝干。仔细翻看那一页页日记，我才想起来许多细枝末节。回想起第一次栽培平菇的经历，我感觉自己当时多么幼稚可笑，明明是即将成功却误认为是失败，白白浪费了那么多时间和精力，可谓堂吉诃德大战风车。不过，有时我还是佩服自己敢于栽培平菇的勇气。假如当时临阵脱逃，我的人生就将改写。第一次栽培平菇，是我成为专业户的摇篮；第一次栽培平菇，是我到城市发展的跳板。

时代的飞速发展，给平菇栽培插上了翅膀，低温生料栽培成了历史。现在，人们用锅炉将棉壳高温杀菌以后，放进房间栽培，用空调控制温度，平菇一年四季都可以生长，再也不用担心病菌的危害。每一次品尝买回的平菇，那一段岁月总是在我的脑海中徜徉。平菇的孢子粉可以随风起飞，载着我飞到了益阳市。真想再一次随它回到几百里外的临湘市，翻读那栽培时光。

（写于 2022 年）

牵一根红线结成双

一

晚霞烧红天际的那天，是今年 1 月 18 日。当我照例散步到资江风貌带西流湾大桥时，一位七十多岁的老人伏在栏杆上，正和人讲述孙子找对象的事。他叫廖长生，比我大 19 岁，住在附近的湘中大厦，我认识他29 年多了。1993 年夏天，我在益阳市五一东路销售轮胎自补剂时，他是建筑包工头，正在建生产资料公司的楼房。他问我是哪里的，我告诉了他。想不到他妻子的堂姐徐瑞英、堂姐夫刘昌才和我是一个组，他们是我大嫂的老表，我叫他们"瑞姐""香哥"。

出于好奇，我停了下来。他告诉我：孙子是自己老大的大儿子，1991年 3 月出生，身高 1.75 米；在广西当了 12 年兵，有本科文凭；现已经转业到益阳市自然资源局，是正式编制，买了商品房，谈了几个女朋友都没有成功。咦，这真是"踏破铁鞋无觅处，得来全不费工夫"啊。我灵光一闪。他的各方面条件与朋友刘军的女儿很般配：他女儿从四川师范大学本科毕业后考取了益阳市赫山区的教师，在偏远的欧江岔中心学校教书。从任课老师成长为班主任，荣获了多项嘉奖。去年，在赫山区教育局的考试中，她获得第一名，调进了市区的箴龙中学，担任美术教师。

刘军曾拜托过我，有合适的就给他女儿介绍。我曾留意过，但是一直没有遇到。早两年，我还把益阳市全禧婚恋婚姻服务有限公司的电话给了他，他和妻子小汪带着女儿到那里，还交了 2000 多元钱。介绍的几个男青年虽然条件可以，可交往了几天就不了了之。刘军和妻子心急如焚，总是催促女儿早日解决婚姻问题。我向廖长生说了刘军女儿的情况，和他交换了手机号码。他随口答道："那好吧，到时候我打你电话。"

回家以后，我把这件事告诉了刘军。我跟他认识很偶然。在沅江市泗湖山区华田乡时，我住莫愁湖村十五组。1989年春天，听说本村二组的朱乐山也在栽培平菇，便去他家察看，邂逅了另一位青年。他说自己叫刘军，制作了平菇母种。就是这句话让我对他刮目相看。为了验证他的话是否属实，我去了四五里外的鲜红村三组，他家里果然有平菇母种，而且有栽培种。看来他确实没有说假话。他只读了小学，比我还小近八岁，却有这样大的勇气。我还读了初中呢，却不敢尝试。相同的爱好跨越了文化、年龄的鸿沟，架起了心灵的桥梁。当年"双抢"，我请他帮我打一天稻谷，他毫不推辞；1991年秋天，我租了村里的房间栽培平菇，又借他的大铁桶灭菌，他欣然答应；1992年秋天，我从沅江市回莫愁湖村运罐头瓶时，到了他家里；当年冬天，我们还在沅江市见了面；第二年夏天，我陪他到沅江市科委购买平菇种；1994年冬天，得到刘军结婚的喜讯时，我漂泊到了益阳市，栖身在长春镇马良村三组郭腾芳家，很想去参加他的婚礼，无奈囊中羞涩，只得请刘建军将企业送给我的年历转赠给他；1996年秋天，他家遭受了洪灾，带着妻子及八个多月的女儿，到益阳市的亲戚家避难，还来过我的租住房；看到墙上留下洪水肆虐的痕迹，互相黯然神伤。

时间不知不觉到了1998年4月。我进军长沙市，代理全省各地、市、州的报纸广告业务，淘到了第一桶金，在益阳市买了江景房。2004年春天，我对刘军的思念随着公共汽车的鸣笛声，再次飞向远方。我拨通了他的手机号码，才得知他们夫妻俩在广州车店里打工6年了，近两年只存了1000多元钱。我果断劝他："那你来益阳市开店吧，自己做老板赚钱。如果没钱，我借给你。"4月，他果然信了我的话，到了益阳市。看了多处地方，最后在龙光桥镇的319国道旁边开了一家修车店。我经常到那里看他，还帮他写报告，请求减免工商管理费等。他技术精湛，吃苦耐劳，没几年时间就买了商品房和轿车。

我是看着他女儿长大的。那时刘军和妻子来我家，她如温驯的小猫，总是坐在爸爸妈妈旁边。因为和唱歌的刘欢同名，我总是叫她"歌唱家"。读小学时，刘军把女儿的作文拿给我，看是否写得好。从小学到高中，她成绩一直都好。在益阳市一中读书时，她还到长沙市培训了几个月的美术。女儿到四川师范大学报到前，刘军还请了我和几个亲戚聚餐，为女儿祝贺。

过了一段时间，廖长生终于来了电话。我要他把孙子的介绍和照片发给我，我也把刘欢的资料发给了他。双方都觉得合乎要求，愿意见面。2月27日下午2点，我陪伴刘军和刘欢，廖长生领着孙子廖勇，双方在明珠茶楼见面了。八年多没见，刘欢已超过了1.6米，一副眼镜衬托着长发，显得文质彬彬。他们坐在南边，廖长生和廖勇坐在对面。我们围着一张桌子，互相了解对方的情况。廖勇是平头，满脸笑意。两位年轻人悄悄注视对方，只有问他们时才回话。5杯绿茶屏气凝神，悄悄地倾听。看得出来，他们彼此有好感。刘军说话直截了当："我晓得女儿是内向型的，男方应该主动追求。"我和廖长生忍不住发笑。一个多小时以后，我们要廖勇带刘欢去资江风貌带散步。很久以后，他们才回来。为了延长他们在一起的时间，在我的提议下，廖长生请我们在米汤味道饭店吃了晚餐。廖勇坐在刘欢旁边，给她端饭、夹菜。饭后，我和刘军上了资江风貌带，不知他们去了哪里。

正是春暖花开时节，廖勇载了刘欢，漫步秀峰公园，欣赏湖畔垂柳；攀登会龙山，俯瞰资江流向远方。廖勇经常请刘欢吃饭，总是要她多吃点，然后送她回家。廖勇还带着她去看望了外婆。外婆心花怒放，赶紧做了藜蒿粑粑招待。走的时候，外婆非要塞给刘欢800元钱不可。

二

两位年轻人划着小舟，在我的预期中，驶向爱情的港湾。按照洞庭湖区的风俗习惯，该"看人家"了。考虑到廖勇和刘欢只有周末才有时间，我们选择了5月8日。这天上午10点，廖勇开了车来到我家楼下，廖长生和妻子在车上等候。到益秀园后，我们等候刘军夫妇及女儿等亲属的到来。人都到齐后，只用20分钟左右，我们就到了长春镇丰堆仑村。这是一栋三层楼房，每一层都近200平方米。一楼是门面，二楼是四室两厅，客厅就有70平方米，装修得温馨舒适，茶几上放着许多水果。廖勇的爸爸在一家生猪屠宰场上班，负责开车送肉；妈妈在皇爷槟榔公司打工，昨天特意请假回家收拾。他们热情地招呼，给我们倒茶、剥水果等。廖勇的外公、外婆都来了，笑眯眯地看着刘欢，皱纹犹如绽开的菊花。廖勇的父母很大方，送给刘欢1万元钱作为见面礼。中午吃饭时，十多个人坐在加州酒店的大圆桌旁，其乐融融。当天下午，廖勇到刘欢家里，买了酒和茶叶等，刘军和妻子满心欢喜，很早就做好了饭菜，打发了4000元钱。

每次夜晚和廖长生在资江风貌带相遇时，他总是津津乐道于孙子和刘欢的交往：5月20日，孙子买了一条金项链给刘欢，她回赠了一大盆花和一个玩具熊……听到他们来往的消息，我有时会问刘军。他有时候补充，有时候说女儿没告诉自己。作为介绍人，我当然高兴。

前一段时间，刘军突然告诉我要在领御买房了。我大吃一惊，从来没有听说过他要买房。一问才知道，原来这是他女儿要买的。他女儿出了几万元钱，他出了十几万元钱，和廖勇在荣盛·中央御府的商品房只隔一条马路。不过，房产证上写的是刘欢的名字。"这是刘欢的想法，可能是她原来对象没找好，我堂客骂她不该叼精，要她搬出去吧。""你应该留一些钱，以后老了没钱了，问女儿要不好。""反正百年以后房子、钱都是女儿的。"我只能这样回复："是的，有道理。"

得知廖勇下班后要开车回桥北，刘军不顾劳累，提前关门，买来龙虾，宰了自养的兔子，精心烹调好饭菜，等廖勇来吃。确实，廖勇来这里几分钟就可以了，而刘军从店里回家，远远超过廖勇回家的路程。我多次和刘军开玩笑："岳母娘看见郎（女婿），屁股不挨床；岳老子看见郎，兔子杀得忙，还要送一套商品房。""岳母娘看见郎，屁股不挨床"是我们当地的俗语，意思是说岳母娘看见郎以后，非常高兴，不停地忙碌，用好食品招待，连坐的时间都没有。

"看人家"后不久，廖长生就计划为孙子订婚了。他说，那一天还要"分大小"。说实在的，在我们老家，这是在结婚的第二天上午举办的。男方和女方的亲戚坐在一起，介绍人带着新郎、新娘，按配偶的辈分称呼各位亲戚（哪个为大，哪个是小）。本是想告诉他老家的风俗习惯，但是想到这是加快了进度，是好事，完全可以，没必要拘泥。

我又通过刘军问了刘欢，她表示同意。选择哪一天呢？综合廖勇爸爸妈妈的工作时间，想到刘欢的姑姑要从广州过来，最好选择星期六，我们便选定了中秋节。全国放假三天，有充足的时间。按风俗习惯，女方必须要来一些亲属。我和刘军商量，他说只要刘欢的叔叔、姑姑、舅舅全家来就可以了，其他的没有必要。

9月3日夜晚散步时，廖长生就准备的礼物征求我的意见："'分大小'时，爷爷、奶奶、外公、外婆给刘欢4000元钱；廖勇的爸爸妈妈给刘欢1万元钱；给刘欢10万元钱订婚；廖勇原来送过戒指给她了，这次就不买了；家里原来有个金手镯，现在给刘欢；给刘欢的外婆、爷爷每家2000元钱；她的来宾每家2000元钱、一条芙蓉王香烟、两斤糖果、每个小孩500元钱。请你问问刘军，要得吗？"我告诉刘军后，没想到刘军讲得有理有据："其他都可以，但戒指不能抵，我女儿买了礼品给廖勇。"

第二天上午，我将刘军的意思转告了廖长生，而且要他通知廖勇，趁今天带刘欢去购买金首饰，选择她喜欢的式样，因为再不买就没有时间了。他应该觉得我说得有理，大声地回答："好的，好的。"当天夜晚，刘军告诉我："我堂客今天没有去果天下水果超市上班，和他们逛了万达广场金器店。廖勇给刘欢买了4万多元钱的金器，她自己花了2万多元钱为廖勇买了金项链和金戒指。""真的很意外，你们其实可以不买，没听说订婚女方还给男方买东西，看来你们是蛮喜欢咯只郎鼓子（女婿）。"我直言不讳，又和刘军开玩笑。"是的，我堂客其实很惜墨（节俭），至今冇一样金器。她一年四季说我悭，舍不得为她买。她是看到廖勇喜欢，就给他买了。"

中秋节上午10点多钟，我乘坐老曹（男方的介绍人）的车，廖勇和刘军载了来宾，三辆车很快就到了廖勇的家里。廖长生和儿子、媳妇等早就在那里迎接我们。走进二楼，他们连忙敬烟、酾茶，还给每人煮了两个鸡蛋和桂圆。不一会，客厅中间放了八条凳子。廖长生向我示意："介绍人，准备好了，开始吧。"我站了起来，心潮澎湃，这是我第一次以介绍人的身份主持："今天是中秋节，是中国的团圆佳节；今天又是教师节，是刘欢的节日；今天更是刘欢和廖勇的订婚日，祝愿他们幸福。现在'分大小'。"我领着刘欢，依次走到廖勇的爷爷、奶奶、外公、外婆、爸爸、妈妈面前。看到未来的孙媳妇、外孙媳妇学着孙子的口吻叫自己，两对耄耋夫妻连忙把红包递给她；听到未来的儿媳妇学着儿子的口吻叫自己，年过五旬的公公、婆婆同样如此。接着，我又要廖勇喊刘军夫妻"爸爸""妈妈"，他们也赶紧给廖勇红包。从此以后，刘欢和廖勇必须这样叫他们了。我们成了人们目光的焦点，笑声在这里荡漾。廖长生把500元红包、一条芙蓉王香烟、两斤糖果塞给我。午饭仍然是在加州酒店的二楼吃的。三张大圆桌是三只大月饼，三只大月饼上的珍馐美馔交相辉映。订婚的喜悦洋溢在每人脸上。

走过了订婚仪式，下一站就是"报日"（确定结婚的日子）了。来年7月，廖勇的电梯房就可以装修了。如果不行，就先装修刘欢的房子。

农历 2023 年十二月十八日，我将以介绍人的身份，看着廖勇和刘欢走进婚姻殿堂，向来宾叙说这茫茫人海中缔结的姻缘。

三

其实，我还成功地做过一次红娘。那是 1993 年秋天。我在沅江市郊区，率领三名学徒栽培平菇。有一名学徒是我村八组的文健康，比我小七八岁。那时，他的同伴大建总来这里玩，租住在邻居家的两个男青年都喜欢她，他们是黄茅洲区的，一个叫郭龙辉，一个叫小肖（不知道名字），在沅江市搞装修。郭龙辉绰名"捏白佬"，长得粗壮。坦率地说，他没有小肖高挑和英俊，但听说他的伯伯是沅江市农机局的局长，家里有关系，家境比小肖好。大建请我们做参谋，到底选择哪一个为好。大建大名刘建君，住在本村九组。她家和我家相隔大约两里，我们称呼她爸爸刘明生、妈妈卢芝兰为"哥哥、姐姐"，早几年还经常去她家打米。因喜爱文学而嫁给我的妻子饱尝了贫困的滋味，建议大建选择郭龙辉，她听了我们的话。当年冬天的某天夜晚，郭龙辉送了一些干蚌壳肉给我们，作为感谢介绍人的礼物。虽然有些人喜欢这些美食，但是我们不敢吃，送给了房东；他后来还送给我一件穿过的深蓝色的西装，因为偏大，我斠回了卢波的一件灰色夹克，穿了几年。卢波是沅江市复兴人，也在附近栽培平菇，年龄比我小，身材不会比我高大，但是他喜欢西装。

第二年正月初三，我乘坐一百多里的轮船，夜晚在大建家住宿。初四的上午 9：30，我和刘明生及另一个介绍人谭翠英等九人，骑了三十里的自行车，去了志成乡加红村五组，到郭龙辉家"看人家"，晚上就睡在那里。第二天上午 9 点，我们返回的时候，他家给了我一段布。不料后来他们想第二年正月初四结婚，找介绍人时，我却"失踪"了。他们怎么知道，我当年夏天就逃离了沅江市，此时正蜗居在益阳市长春镇马良村三组的杨兵家，正擘画当年招商信息工作的蓝图。我们都没有电话号码，他们怎么能找到我呢？我怎么知道他们什么时间结婚呢？

令人欣慰的是，早几年大建通过别人加了我的微信。他们夫妻恩爱，在长沙市买了商品房，她现在是一家幼儿园的生活老师。她的儿子郭靖从长沙航空职业技术学院毕业以后，在中石化工作，今年"五·一劳动节"已经喜结良缘。大建很快就要当奶奶了，郭龙辉也要升为爷爷。巧合的是，他们的儿子也像我一样，喜欢文学。我觉得，这可能是沾染了我这介绍人的气息，真是有趣。

"天上无云不下雨，地下无媒不成亲。"是的，纵使自由恋爱，最终也要请介绍人。这是中国的传统，以表示对男女的尊重，同时解决从相亲到结婚中可能出现的问题。在民间传说中，月下老人以红线系住男女，确定姻缘。我也是月老，但我只将红线牵住外在条件适合的男女。先介绍他们相识，协助他们发展。绝不将"三观"迥异的人牵在一起，绝不乱点鸳鸯谱。俗话说：会做介绍两头瞒。所谓"瞒"，不是颠倒黑白。所谓"瞒"，只是艺术地不将小事告诉对方，大事还是要开诚布公。会做介绍，就是扬对方的长、避对方的短。只有这样，月老的红线才能牵稳双方，他们才能婚姻幸福、白头偕老。

"赠人玫瑰，手留余香"，他们会铭记我。是我的介绍，他们才"众里寻他千百度，蓦然回首，那人却在灯火阑珊处"。

"花开堪折直须折，莫待无花空折枝。"现在，我又做了介绍人：为一位在北京做保安的大龄文友介绍了一位大龄女子。他们都是益阳人，都是未婚，都希望有自己的儿女。虽然两人文化有差异，但是只要双方理解，完全可以水到渠成。目前，文友正计划邀请女友去北京……在未来的岁月里，我还会一如既往，我会这样告诫那些挑剔的男女，切莫出现"一朝春尽红颜老，花落人亡两不知"的悲惨局面。

（写于 2022 年）

曾经是土法上马的专业户

一

8月27日10点多钟,我把女儿抱到自行车前杠,妻子跳上了衣架。自行车像离弦之箭,再一次到了团山乡杨泗桥村群兴组。皮冬超家坐北朝南,靠近沅江市西郊。我再一次看了看自己将租的房间,再一次看了看门前的湖水,再一次看了看屋后的橘树林,这些都合乎栽培平菇的要求,可惜没有水泥坪。不过,阶基可以代替。这里和我到过多次的石矶湖电排边的养猪场、湖心路旁停飞机的地方相比,简直是天壤之别,我便当即付了定金。第二天早晨,我和邻居陈世忠又来了这里。上午,我租了一辆手扶拖拉机,把东西搬到了这里。下午,我又借了板车,拖回十几袋罐头瓶、棉壳等,正式吹响了做专业户的序曲。

30日上午,我开始制作栽培种。我买回10斤米糠、1斤白糖,倒进48斤棉壳中,加水、拌好,下午再和妻子装进罐头瓶,一直忙到晚上9点多钟才装了196瓶。

附近的人从来没有看到过栽培平菇,都跑来看稀奇,有的还说要来学习。我心里喜滋滋的,祈祷能够顺利栽培,迅速实现致富的梦想。

第二天上午,我在沅江市乡镇企业经济委员会前面喊来一名司机,把手扶拖拉机开到了沅江市木衣夹厂,装了一满车木柴,一共1200斤,花费了40元钱。中午11点多到家后开始点火灭菌。不一会,大锅就上了蒸汽,一直到夜晚9点。

制作原种的情景,我记忆犹新。7月20日上午,考虑到将有两千斤培养料,我将6.4斤棉壳、1斤米糠、糖和石膏各7钱、3片维生素拌好,装了 14 只广口瓶。下午，又到农机公司仓库运回一些木柴等。第二天早晨，我开始灭菌。先在地坪里放几块红砖，再在灭菌桶中垫几块红砖，加入水，上面铺几块小木板，然后码好广口瓶，盖上塑料薄膜，用绳子扎紧。

我的灭菌桶实际上是一只"油鼓子"。它直径有六七十厘米，一米多高，外面有些突出的波纹，是一只装机械油的铁桶。它易于搬动，不需要多少钱，而且效果好。这只铁桶是我 7 月 19 日下午，花费 20 元钱在废品店买的，我请人凿除了铁顶。在外地租房，流动性很大，条件有限，只能小打小闹，只能土法上马，取代砌水泥灶、安装铁锅。

23 日凌晨 3 点多钟，我起床了。先将煤炭炉提到外面，在开水散发的蒸汽中，用 4 支母种接了 18 瓶原种。其中 3 支母种，是我 7 月 16 日上午在湖南省食用菌研究所购买的，1 支仙杂 8804、1 支亚光 1 号、1 支佛罗里达；另一支是沅江市科委余少华送的湘平 1 号。那一天，我在那里还买了甲醛，又到长沙市塑料三厂买了 19.4 斤筒膜，用来制作塑料袋。第二天早晨，菌种萌发了白茸茸的菌丝，很是可爱。7 月 25 日早晨，我检查菌种时，却发现湘平 1 号的原种全部感染。到 28 日夜晚，只剩下 5 瓶好的原种。虽然立秋了，但是秋老虎还是很厉害。为了保存好母种，8 月 22 日晚上，我将自己的 F46 放到沅江市科委余少华家的冰箱，还订购了 1 支佛杂 3 号母种。

9 月 2 日上午，我和妻子点燃煤炉火，关闭门窗，在锅中的蒸汽之间接种，每瓶原种接了 110 多瓶栽培种。第二天凌晨 2 点多，我们又起床了，这一次是在室外，直到 5 点多才接完 215 瓶。只隔了一天，我们又在室外接了 205 瓶。土法接种虽然方便、简单、快捷，但是容易感染。看着不断清理出来的杂菌瓶，我心急火燎，觉得还是应该采用接种箱。我离开家乡时，请本村九组的木匠刘兵辉按照食用菌书籍上的图样做了接种箱，但是还没有完善。下午，我找到余少华，跟他商量借用他们的接种箱，他同意了。

第二天上午，我带着 20 瓶原种及药品赶到那里时，只有关闭的大门在等我，不过我还是购买了 1 瓶佛杂 3 号原种。下午，我到沅江市农机局仓库拖回了接种箱。

第三天，我又开始清查，发现佛罗里达原种中有一些已感染，可几百瓶仙杂 8804 却没有坏。我仍抱着侥幸心理，在同样的时间，采用同样的方法，又用 3 支母种接了 20 瓶原种，上午到沅江市科委拿回 1 瓶佛杂3 号原种。后来，我又清查了十几遍原种，不断发现有杂菌。我非常焦急，看来开放式接种还是不行，非得在接种箱中不可。

中秋节那天上午，我到地下商场买回刷子和白漆。第二天上午，我又到杨泗桥买回刮灰刀，将熟石膏粉与白漆调和，涂抹在接种箱的缝隙中。9 月 17 日，又是一个晴天。我去了几个地方购买玻璃，都没有买到。下午，我在凌云塔旁边的玻璃店花 11.7 元钱买了 4 块玻璃。

为了减少成本，在家乡时，我就计划采用书上的"用棉壳和稻草栽培"这一方法。9 月 16 日上午，我去沅江纸厂家属区找到曾明华，向他借了一把铡刀。认识他纯属偶然。他和我属同一镇，但他属于光复乡，年龄比我稍微小，也租了一块场地，也是栽培平菇。中午 12 点多，我骑自行车来到马公铺乡丁家坝组。前段时间，我就交代侄女去联系组上的乡亲，我要收购稻草栽培平菇。我很快就收购了 860 斤，并请侄女婿开车拖了回来。17 日上午，我跑了多个地方都没买到酒精灯，最后找西区栽培平菇的同乡张建军帮忙，才如愿以偿。后来我又从沅江市科委购买了 1 支佛杂 3 号、2 支金针菇 19 号母种。我先揭开斜面的玻璃盖，把它们和将接的栽培瓶放进去，再点燃甲醛，盖上玻璃熏几分钟，然后从两只圆洞里伸进手，把它们接了原种。

二

因为前一夜洗了冷水澡，9月19日早晨起来时，我的头昏昏沉沉，肚子里不停地响，浑浑噩噩睡了半天。下午，我正式开始铡草。我称了38斤稻草，在湖水中浸湿以后，倒入近8斤锯木屑、8斤玉米粉、0.5斤多菌灵、1斤石灰、0.5斤过磷酸钙，然后将它们拌匀，装了21袋。这些袋子有30厘米长，每袋能拌1斤稻草。幸好中晚餐合并成一餐，而且吃的是香干子，我才有些胃口。

第二天上午，我把栽培袋放进了灭菌桶，共有24袋。烧火上大气以后，我还保持了5个小时，做到彻底灭菌。凌晨4点多钟，我们在室外解开这些袋口，在每袋的两端放入栽培种，套上包装带做的环，将袋口翻转来，盖上报纸，扎紧自行车内胎做的箍，放到另一间堂屋，关好门，静等它们长菌丝。

9月21日7：30，学习平菇栽培的文健康来了。下午，孙志成又来了。我安排他们一个握草、一个按铡刀，我负责配料、灭菌。看到堆满地的稻草，我觉得要加快播种速度了。我跑了4个地方，最后才在石矶湖大桥旁的水产渔网厂旁边购买了一只大油桶。这次和上次的一模一样，但是便宜了6元钱。从此以后，两只灭菌桶在皮冬超家的地坪上，有时并驾齐驱，有时金鸡独立。

火焰贪婪地舔着灭菌桶底，蒸汽鼓起塑料薄膜，在顶上袅袅。我突然想起了原来养的那头母牛，它给牛仔喂奶前，乳房正是这样丰满。我看得入了迷，顾不上减火。不料，蒸汽好奇地挤了出来，"牛奶"险些溅了我一脸，我大惊失色。邻居石新武拿来了透明胶布，我赶紧把裂缝处粘贴好。一会儿，它又如一只蒸好的大包子。阳光又跑来凑热闹，真是五彩斑斓，堪比仙境。其实，我想象的是灭菌桶的顶部。它从下到上最贴切的比喻应是烧窑，但烧窑怎么能比呢？它没有我的浪漫，没有我的诗情画意。烧窑不可能烧出牛奶，更不可能烧出包子，只能烧出红砖。我的牛奶、包子能够填饱心灵的饥馑，更能变成钱。

别看稻草松软，可截断后，底部这段却有棱有角。放进袋子时，它们相互交错，可以撑起大间隙，既占空间又不利于菌丝萌发，必须用拳头压紧。只一个星期，我的右手指就刺得鲜血淋漓，但是我全然不顾。鲜血是人的精华，应该对菌丝有益。我只有一个梦想：我要早日发家致富，保证妻子和女儿过上幸福生活。

10月1日凌晨4点多钟，我又起床接种，接完两桶时还不到7点。不久，我将铡好的草浸到水里。可能老天也知道今天是国庆节，想让我休息吧，把我淋得透湿。我想：老天哪，我哪有你这闲心呢？你如果真关心我，就白天出太阳，温度要不冷不热，我可以24小时做事。老天似乎听到了我的心声，果然停止了恶作剧。到夜晚9点多，我接种了68斤，然后在湖中洗了脚，回屋休息。

虽然劳累，但这天接过文健康的50元钱学费，我还是很高兴。可是孙志成不愿意交学费，他是妻子的堂哥，早就和妻子说好了，我不好意思问他要钱。那些说过要拜师学习的人都没有来，是开玩笑而已。

10月7日下午，我又到侄女那里购回来1200多斤稻草。10月16日上午，文健康带了同伴冯孟贤来学习。下午，我看到菌丝长满栽培袋两天了，为了加快出菇速度，便让妻子将袋口卷开，开始催菇。过了两天，我又安排学徒把塑料袋全部脱下来。下午，我在丁和钦那里拿来自己的喷雾器，对它们喷水，催促平菇生长；我还打开房间的门，夜晚也不关门，加强通风，加强温差刺激。

10月25日是难忘的一天。下午，我在划菌筒刺激出菇时，意外地看到了菌蕾，顿时喜笑颜开。尽管只出现了一筒，但它是报春的花朵，喻示百花盛开的季节马上到来。果不其然，未来的几天，我又陆陆续续发现了一些菌蕾。特别是10月29日上午，我和文健康看到30多袋都有了菌蕾。我们把它们搬出来，和没有长菌蕾的分开，进行不同的管理。

　　11 月 3 日早晨，我和学徒傅长青播完一桶种。上午，我吩咐文健康和冯孟贤拌完 30 斤稻草后再装袋、清菌蕾，自己陪傅长青到沅江市科委购买菌种。下午，我又拌了 26 斤稻草。这一天，我和妻子都闷闷不乐。平菇终于长出来了，但是长柄小盖，而且菇上开叉，是典型的畸形菇。按道理，通风、喷水都做得很好，为什么出现这情况呢？这样的平菇体形小，形态丑，又有谁会要呢？从理论上来说，2 斤栽培料至少可以出 2 斤平菇，这样子的平菇可没多少重量。两个月来，我们一直在投入，一直是吃老本。现在甚至已经借了一些钱了，真是到了山穷水尽的地步。万一失败了，成本都收不回啊。

　　10 月 17 日下午，我去鱼米香酒家两次，终于找刘建君，借回 50 元钱。学徒给我做事，我当然要安排他们的午饭，借的钱很快用完了。11 月 4 日（农历十月初十）是我的生日。但是想到临近而立之年却如此贫穷，我不禁悲从中来。我要妻子向她的两个叔叔、一个姑姑借钱，可是她不愿意。我只得麻起胆子，找到沅江市跑马岭的米兰化妆品店，嗫嚅着向刚认识的刘建军借 20 元钱，他和我好友刘军也是朋友。没想到，他居然大方地塞给我 50 元钱，还买了一根甘蔗给我，真是让我感激涕零。中午，妻子买回了我喜欢吃的猪肠、包子、豆腐。下午，我和附近栽培平菇的卢波到第一机械厂参观安乡人栽培平菇。吃晚饭时，租住在邹家的小郭、小肖、小蔡买来鱼和肉，给我庆祝生日。他们是黄茅洲镇的，在沅江市搞装修业务。笑声充满了房间，让人总算有了一些慰藉。

　　第二天下午，我找曾明华借罐头瓶时，谈到稻草栽培的平菇盖凸起等问题，他说是温度过低引起的，我将信将疑；沅江市科委余少华说，那是稻草营养差引起的。虽然添加了营养物质，但还是比不上棉壳。

三

11月7日上午，望眼欲穿的平菇终于可以采收了，妻子到杨泗桥卖出了几斤。但是望着这些畸形菇，我们还是一筹莫展。

就这样挨到了第三天早晨，妻子突然对我说，应该对菌袋覆土栽培。我一听，觉得非常有理，我原来这样栽培，平菇长得很粗壮。我马上将已出菇的和没有出的700多袋，担到了房东家的橘树林中。我脱了塑料袋，把菌筒放在地上，做成一块菜土的样子，每一块宽一米多，然后盖上细土，浇上水，再蒙上塑料薄膜。虽然只有一间房子，房租的压力减轻了，但我担心平菇一旦长出来后会被人偷，这让我寝食难安。

幸好覆土栽培这一招立竿见影，平菇很快就从土里钻了出来，果然肥硕。我插好竹弓，盖上塑料薄膜，再用泥巴压住边沿。通风时，只要揭开两端就可以了。从两端往里看，那些竹弓下的空间，犹如一条条秀美的平菇隧道。从此以后，我们一早采摘平菇，妻子步行约3里路，到附近的莲花塘农贸市场销售。笑意刚刚爬上脸庞，现实却给我们当头一棒，那里平菇的价格竟然是每斤8角钱（相当于家乡的一半）。这低廉的价格竟要"归功"于暖冬，"归功"于一些安乡人在沅江市栽培平菇。尽管妻子每天早出晚归，销售能力也很强，有时候还是只能剩很多回来，第二天再降价处理，收入屈指可数。

记得过年这天，我兴致勃勃地到农贸市场卖平菇。原以为节日价格会高点，可因为天气寒冷，出来的人寥若晨星。我只卖了两斤多，就匆匆回家吃面条了。下午四五点钟以后，我将4瓶佛罗里达原种接了35袋栽培种。初一上午，我又到农业学校晒棉壳。回家以后，我搬出桌子和原种，在太阳底下接了60多袋栽培种，一直忙到5点才吃中饭。栽培种终于全部制出来了，我要迅速加温，争取让它们早日长满菌丝。

元宵节这天早晨，我和妻子在土里采摘了将近40斤平菇后，我担水泼洒菌床，妻子去卖平菇。我一边灭菌，一边装了 30 多袋栽培料。她到黄昏时才回家，卖了 28 元钱。

1993 年 3 月 4 日早晨，我照例到橘树林中采收平菇，结果发现 3 块菌床的塑料薄膜和平菇不翼而飞了，当时差点号啕大哭。我们历尽千辛万苦，好不容易才熬出了一点效益。其中的辛酸，其中的艰难，观音菩萨看了都会掉眼泪。这恶毒的贼牯子怎么能下手啊？这简直是在割菩萨肉啊。是附近的人没有钱买吗？应该不会，这里紧靠县城，有橘子等其他收入，经济条件可以，每家都是楼房。如确实想吃又不愿意出钱，可以问我要，我会给。是同行吗？应该不是。他们不知道我具体的栽培位置，就是知道了，也没有这么大的胆量。退一万步讲，贼牯子可以偷平菇，但是不能偷塑料薄膜啊。它是平菇的保护神。没有它，菌床不能保温、保湿；没有它，菌床不能挡风、光、雨、雪、霜；没有它，平菇就不能生长好。我没有报案，想着报了也是徒劳。我来到朋友卢波、郭瑞兰、曾明华家，想借塑料薄膜用，可他们都没有。我只好挑了 30 担水，浇在菌床上，插好竹弓，盖好新购的 3.2 斤塑料薄膜，渴望能早日出菇。但愿这被盗是第一次，也是最后一次。

栽培完所有的菌床后我无事可做，便想到了贩卖平菇赚钱。3 月 6 日 5：30，天空还是灰黑色，只有大街上的路灯陪伴自己。我骑了 20 多分钟自行车，到达安乡人李辉平的栽培场地，从她那里采购了 25 斤平菇，第一个赶到莲花塘农贸市场。这一天，我赚了 6 元钱。我还到石矶湖村凌云塔附近的张元喜家贩过平菇。

4 月 5 日早晨，两块菌床的塑料薄膜、竹弓又被偷了。9 日早晨，北方东边的塑料薄膜又遭厄运。由此可以判断，这应该是附近的人作案，知道我这外地人老实巴交，不能奈何他们，所以敢随意欺凌。可恶的贼牯子共偷了 4 次，偷得我不寒而栗，偷得我心如刀绞，偷得我心如死灰。刚出菇不久，附近的地痞未经我同意，就来采平菇，我只能把气愤忍在心里，担心他更加为非作歹；邻居老姚指责我踩紧了他的橘地，突然押了我的物资，最后给钱才放行。如此种种都让我深感"在家千日好，出门一日难"的俗话很有道理。

5月的高温辐射大地，终止了我们对平菇的遐想。我和妻子仔细核对了数目：从家乡出来了一年，积蓄还是在原地徘徊。从去年开始卖平菇到今年3月10日，共收获了1739元钱。加上后来的零星收入，最多2000多元钱。我取出蚊子聚血般的500元钱，毅然学习了一种轮胎自补剂技术。6月25日上午，我拖了四板车家具寄存到丁和钦处。下午6点多，我带着锅和碗等，在相隔23天以后，第二次踏进益阳市，跟随我组嫁到马良村三组的刘桃珍，在李建平家租了一间房，从此每天早出晚归，坚守在大街边，忍受烈日的炙烤，用汗水冲开销售道路。

四

30多年前的往事，在日记本中浮现。当初急于摆脱困难，我选择了栽培平菇；当初想获得更大发展，我到县城成为专业户。如不是栽培平菇，我无法想象怎样在城市安身立命；如不是栽培平菇，我应当还是在农村从事笨重的体力劳动。确实，和稼穑相比，栽培平菇时间短，见效快，劳动强度低，收益更大。

每次在农贸市场邂逅平菇，我总像遇到了久别的情人，总禁不住购买，还会和那些人津津乐道我过去栽培平菇的经历。人们常说的"山珍海味"中的山珍就包括了平菇。每次品尝平菇，我都能回味起那近五年的生活。

大约20年前，我和妻子去看望过去的房东。皮冬超告诉我，当年寄存在他家的接种箱、灭菌桶、喷雾器等被1996年的那场大洪水冲走了。我没有去查找，只觉得悲从心来。它们现在何处呢？不知它们是否还记得我，是否在埋怨我抛弃它们30多载？是否在责怪我的半途而废？

有时，我总是这样遐想：真想找到这些昔日的伙伴，再和它们并肩作战，重温收获平菇的喜悦。

"假如生活欺骗了你／不要悲伤／不要心急／忧郁的日子里须要镇静／相信吧／快乐的日子将会来临／心儿永远向往着未来／现在却常是忧郁／一切都是瞬息／一切都将会过去／而那过去了的／就会成为亲切的怀恋。"

这是俄国诗人普希金的诗《假如生活欺骗了你》。我确实在忧郁的日子里镇静，坚信快乐的日子将要来临，但现在回忆却满是心酸。"塞翁失马，焉知非福。"感谢那年过分温暖的太阳，让杂菌、平菇一窝蜂生长；感谢那年安乡县的专业户，让我尝够了压价抛售的痛楚；感谢那年的贼牯子，彻底埋葬了我的梦想。如果没有气温和专业户的"珠联璧合"，如果没有贼牯子的"锦上添花"，我那年的效益应该会突飞猛进；当我翌年秋天在益阳市的泥潭里挣扎时，我可能还会返回沅江市，继续踏破铁鞋，在房屋、树林中寻觅栖身场地，筹措菌需物资，和杂菌博弈，重振平菇专业户的旗鼓。当然，真正要感谢的是生活这位魔术师，它逼我意外地闯进了媒体行业，俨然阿里巴巴发现了宝洞。

（写于 2022 年）

拂开第十一兵工厂的雾霾

2020年6月15日下午，我们应邀到"第八批国家重点文物保护单位"采访时，被右边一只硕大的"眼睛"逼停了。走了约5米长的水泥路，我们才发现原来这是一平方米左右的窗口，长在一间小房子的墙壁上。东边是一扇约3米高、1米宽的木门，旁边的牌子上写着"民国政府第十一兵工厂三分厂门卫亭遗址"，后面是约8米高、面积400平方米的尹家祠堂。屋顶的黑瓦和浅红色的砖墙相互映衬，显得古朴灵动。

"当时三分厂约两千人，有装填火药的一百多个车间。想从这里经过，必须要有上级的批示，门卫才会同意。这是原来的子弟学校，共有五十多个班，几千名学生。后来改建了尹家祠堂和其他建筑，现在只剩这一栋了。"安化县烟溪镇双烟村支书尹志锋告诉我们，"1914年，北洋政府在河南省巩县孝义建造了中国第一个兵工厂。1937年7月，日本发动侵华战争后，兵工厂因遭日军轰炸而被迫南迁，经汉阳兵工厂迁往长沙市，又惨遭两次爆炸。1938年7月，厂长李待琛到湖南安化县烟溪镇考察新址。历时半年，共建成423栋厂房，建造162个山洞。"

我们走到附近，果然见到三个山洞，都是岩石平整砌成的洞口，有2米多高、3米多宽，可惜已经塌陷。荒草从上面散落下来，像蓬头垢面的落魄女子。

我们的心情非常沉重，随尹支书往东，来到了2里远的下木溪，这是四分厂遗址。两个高约2.2米、宽约1.5米的洞，其中一个约30多米深，一个约7米深，都隐藏在山体里。另外一个是约8米高、8米宽的特大山洞。我们从陡坡小心翼翼地走进洞中。洞进深不长，里面空空如也，只有小沟里的水汩汩作响。右边有个漆黑的小山洞，约有一人多高。

"这是当时生产子弹的地方。原建有 10 多栋厂房，现仅存一处库房、一个生产车间。"山洞外面是约 3 米长、3 米宽的六边形烟囱底座，据说有二三十米高。

二分厂的遗址外面同样有一个和四分厂遗址外大小相同的烟囱底座，据说也有二三十米高。它们是什么材料建造的？这么大的工程，要建造多长时间？可惜在 1961 年时，安化县修建柘溪水库需要钢材，县政府派出爆破队，将它们炸毁了。我们只能想象它们高耸入云的气势，品味"双烟村"地名的来历。

通往黄土冲的小路杂草丛生。进去 300 多米，跨过左边几根杉木绑成的简便桥后，再行五六十米，就上了陡坡，10 多个洞有序地排列在山中，俨然恭候我们光临。它们是机枪机修厂，据说当时有 2000 多人，在这里生产手榴弹、机关枪。

最引人注目的是 3 个约 3 米高、3 米宽的山洞。走进第一个洞，外面是 4 排浅红色的砖砌成的穹窿形，里面全部用岩石衬托，显得错落有致，非常整齐，如同佩戴的项链。洞口的两边是一层灰色的涂料。洞的上方还别出心裁地镶嵌了一个"库"字，令人叹为观止。灰色的是水泥吗？这是怎么写的？"那时还没有水泥，这是'三合土'做的。"尹支书如数家珍。"第十一兵工厂的人真聪明。"我由衷地说道，仿佛看到他们忙中偷闲，将稻草砍断，把黄土捶烂，加入石灰，放水搅拌成糊状，再一点点地粘在山洞上。这是画龙点睛的文字，这是艺术的创造，它昭示着抗日的决心。它们历经岁月沧桑，还是完好如初。可惜的是，另外两个山洞被垮塌的石头堵住了，洞前长满了荒草和杂树，但能看到台阶。

距离二分厂的北方 400 多米是铜锣溪，走进去 50 米左右就看到 10 多个山洞，这是一分厂遗址。这些洞高约 4 米，宽约 3 米，深约 8 米，呈半弧形。"一分厂为动力厂，当时有 2000 余人、100 多处厂房和 10 多个山洞，生产弹头、火药、引信。"尹支书介绍说。

五分厂的遗址位于东南方向。在盘山公路行驶大概 10 里，尹支书将车停在一片浩瀚的水域前："这就是新码头，原烟溪镇的地址。原五分厂在这里西边的竹根田区，为步枪厂，生产各种枪支和炮弹。当时兴建了医院、食堂、宿舍楼，约有 5000 人。1939 年 12 月，日军炸毁过两次。20 世纪 60 年代，因安化县修建柘溪水库，原烟溪镇的人都迁走了，这里全部被淹了。"

据史料记载：第十一兵工厂是当时全国最大规模的兵工厂，其机器、设备、技术、人才皆属一流。第十一兵工厂共生产了 37500 支步枪、410 挺捷克式轻机枪、154162 发山野炮弹、2295215 颗木柄手榴弹。中国军队在湖南境内与日军决战长达 6 年多，重大会战 8 次，猛烈战斗达 280 个昼夜。第十一兵工厂为湖南境内八大战役、280 多场战斗提供了充足的武器弹药，消灭了 40 万左右的日军。湖南的胜利，粉碎了日军的嚣张气焰，保卫了我国西南大后方的安全，这里成为支持全国长期抗战的重要基地，有力地支援了世界反法西斯阵营。第十一兵工厂的突出贡献被美国前总统罗斯福高度称赞为"最前线的兵工厂，创造了二战中的奇迹"。

穷凶极恶的日军在付出惨重代价后，派遣特务想方设法窃取了第十一兵工厂第五分厂的位置。1939 年 12 月 11 日上午，日军的一架侦察机、九架轰炸机飞到马辔市上空时，潜伏在对面姚家山山顶的特务晾晒白布、鸣放信号。日机顿时实施轰炸，五分厂当即被炸毁，有两处防空洞被炸塌。随后，日机又对原烟溪镇进行轰炸，房屋全被夷为平地，上百名群众被炸死，其中一个粮仓烧了三天三夜。此次轰炸炸死工人 230 余人、群众 115 人，炸毁民房 800 余间。

12 月 13 日上午 10 时许，九架日机又对五分厂等再次狂轰滥炸，厂房前的棺材、尸体等被炸得粉碎，70 多栋民房及一所学校被炸成灰烬。这两次轰炸共造成近万人流离失所。万幸的是，日军只轰炸了五分厂和四分厂的一大部分，而不知道其他分厂的位置，否则它们都将遭受灭顶之灾。

1940 年，因抗战形势的发展，原留在安化县烟溪镇的工厂一部分迁往重庆鹅公岩，与第一兵工厂合并，在迁往重庆的途中，部分工人因战况被迫折回辰溪县的南庄坪、孝坪继续生产。直到 1942 年，第十一兵工厂全部迁出。留守在原烟溪镇的全体工人从未因被炸和搬迁耽误生产，他们化悲痛为力量，更坚定了同仇敌忾的意志。

第十一兵工厂先后被吴佩孚、冯玉祥、张学良、韩复榘、蒋介石等人掌管，4 次更换名称，18 次更换主官。第十一兵工厂迁至原烟溪镇期间，蒋介石 4 次到厂视察。1950 年 3 月，他看到海南岛即将失守，命令第十一兵工厂的部分人员乘坐两艘登陆舰撤往台湾地区台北市信义区，加入原为中央修械所的第四十四兵工厂，最后转迁到高雄，并入第六十兵工厂。至此，第十一兵工厂彻底退出了历史的舞台。

听着尹支书的讲述，我眼前顿时涌现了一幅气势恢宏的景象。太阳照耀着柘溪水库，江水显得通红。风吹起水浪拍打库岸，发出响声，那是被炸死的军人和工人的冤魂在控诉日军的暴行。在辽阔的蓝天下，一朵朵白云低垂，那是在向为国捐躯的烈士默哀。

车缓慢往回开，行驶在烟江公路上。1938 年 3 月，国民政府为筹建第十一兵工厂，命令湖南省修筑了烟（溪）江（溆浦大江口）公路，仅用时一年三个月。它 50 里长，连接资江、沅水，为第十一兵工厂的原料运进和军火输出发挥了巨大的作用。"车辚辚，马萧萧，行人弓箭各在腰。"我仿佛看到第十一兵工厂辎重部队的身影：一批批轻型武器通过公路，先到怀化，再运到其他地方；大型武器在这里装上木船，欸乃一声，木船启动了，它们顺资江而下，避开暗礁、险滩、漩涡、惊涛、骇浪，就这样送到益阳，送到长沙，送到武汉。返回时，逆江水撑船，遇到难以行进的水域，他们就背纤，演绎了一场和自然博弈的斗争。

回溯八十多年前的历史，在烟溪镇这样的山沟内，在短暂的时间中，第十一兵工厂就实现了从勘测、设计、征地、建房、凿洞到生产、运输。建设规模之大、投产速度之快、生产数量之巨，堪称中国兵工史上的奇迹。除了得益于兵工厂厂长李待琛科学的管理，同样得益于安化人民和政府竭尽全力的支持，得益于他们的无私奉献。烟溪人民、安化人民表现了高尚的爱国主义情怀。

只要提到第十一兵工厂，就不能忽略厂长李待琛。我们应该缅怀这位英雄，他功不可没。请让我循着他的简历，描摹他的人生道路：

1891年8月26日，他出生于湖南省衡山县既字第十二区（今衡东县大桥镇和平村李冲）。1906年年初，他赴日求学，考入弘文学院，两年后毕业回国。

1912年，他又东渡日本，入第一高等学校攻读。1915年7月毕业以后，他被保送进入东京帝国大学深造。1919年7月，他在日本东京帝国大学造兵科毕业，被授予工学学士学位。1921年，他受聘为湖南铁工厂总工程师，由省政府派赴美国调研钢铁及兵工事宜。

1926年2月1日，他首任湖南大学校长。1927年4月，他担任国民革命军第四十军政治部主任，同时兼任上海兵工厂工程师兼炼钢部主任。他参加了讨伐北洋军阀的鲁南、临城、韩庄等战役。

1928年12月，他任南京政府兵工署设计科少将科长兼兵工研究委员会专任委员，主管全国兵工厂制造枪炮弹药之规划及考核，将全国步枪口径统一为7.9毫米，对全国兵工厂实施了产品检验制度，提高了产品质量和生产水平。

1933年7月，他被推荐担任兵工署资源司四级司长。9月，他被调任南京政府军政部兵工专门学校校长。1935年6月15日，李待琛荣获南京国民政府颁发的云麾勋章。

1938年1月，他将在兵工专门学校编写的教材整理成《枪炮构造及理论》书籍，由兵工专门学校印行。该书被专家教授公认为我国兵器设计制造的权威著作，几十年来数度被翻印出版。

1945 年 8 月 15 日，他赴重庆参加国共两党谈判，将著作《枪炮构造及理论》赠予毛泽东；他获得国民党政府授予的"海陆空甲种一等奖"，晋升为中将，被誉为"兵工战线的国宝、功臣"。

1946 年 1 月，他参加盟国赴日代表团，任驻日委员会中国代表团副团长。9 月，他任联勤总部兵工署副署长。1947 年 2 月 10 日，他任中国驻日接收赔偿总代表，处理日本投降善后事宜，深得盟军统帅道格拉斯·麦克阿瑟之赏识，被称为"左右手，中、美、日通"。晚年，他呕心沥血，根据国外最新研究成果，写出了 12 万多字的《原子兵器》，对我国发展原子能的应用具有重要意义。1958 年，他在再次回味和毛泽东的谈话以后，决定返回大陆。他定好了坐船日期，但台湾安全人员知道后，担心他一去不复返，将他先"护送"至东京羽田机场，再飞往台北。1959 年，他因心脏病发作，溘然长逝，骨灰至今寄存在台北中和区圆通寺忠灵塔，未能在故乡安葬。李待琛诲人不倦，著作等身，被人们称赞为"中国近代军工和教育的创新者"。

日军在烟溪镇犯下的滔天罪行罄竹难书。虽然第十一兵工厂的建筑大部分已千疮百孔，但透过它们，我看到了第十一兵工厂的军人和工人不畏日军、誓死保卫国家的决心。他们利用山体开凿山洞，巧妙地将建筑与自然融为一体，达到了完美统一的效果。他们舍弃小家，不惜生命，制造枪炮子弹，唱响了抗日凯歌。

八十多年前的硝烟早已消散，我在第十一兵工厂的五个分厂遗址上空凝望。资江如玉带，环绕着一座座青山；橘子、茶叶交相辉映，房屋点缀，构成一幅恬静的图画。我觉得，那巍然屹立的青山，是一只只铁拳向世界宣誓：牢记历史，勿忘国耻。资江奔涌，是人民嘹亮的呼声：

提高警惕，捍卫和平。

历史从来不会被遗忘，历史将永远被人民铭记。饱经蹂躏的中国人民，已经从中国人民抗日战争暨世界反法西斯战争的胜利中崛起，完全有足够的实力保卫英雄用生命换来的果实，粉碎一切入侵之敌。

"山不在高，有仙则名。水不在深，有龙则灵。"安化县高山众多，可这里的山只有一两百米到四五百米高。为什么当时李待琛独具慧眼，选择烟溪镇呢？究其原因，是这里扼守湘中、湘西位置，离长沙不远，容易向大西南挺进。修公路不是很难；通过资江运输，也不算特别惊险，具有得天独厚的优势。

青山叠翠，山花烂漫。山洞荟萃了日月精华，将兵工厂的历史收藏；资江浩荡，日夜流淌。它流走了无数往事，把兵工厂的故事传向远方。第十一兵工厂的厂长李待琛率领军民扎根山村，饱蘸资江水，铺展青山，写作了抗击日军的史诗，向中国军工史奉献了鸿篇巨制。假如缺少这些笔墨，中国抗日的诗卷就将重新改写，就将黯然失色。作为华夏儿女，我们应该传颂。

如今，随着政府的重视，第十一兵工厂正在修缮。它已冲破历史迷雾，走向了世人面前。这新创立的爱国主义教育基地必将焕发迷人的光彩，必将享誉全球。

（写于2022年）

二十元钱是首诗

　　和国忠结缘，得益于茶盘洲农场新华分场学校的廖树民老师。至于我是怎样认识比我大 23 岁的廖老师的，回忆中已寻觅不到任何痕迹。我隶属于华田公社莫愁湖大队十五队。从行政区域和年龄来说，我和他是两条平行线，不可能有交点。我应该是听人说廖老师会写剧本以后，主动找他请教的。

　　1987 年 3 月 19 日上午，我第二次到这里拜访时，廖老师介绍我认识了国忠、彭志军。那时，我正痴迷诗歌，订了《诗歌报》《诗刊》等，还参加了《柳絮》杂志社的文学函授学习，每天都将写诗、看诗穿插进繁重的劳动中。那时，我的梦想是成为诗人，建几间红砖瓦屋，加入湖南省作家协会。那时，他们也在写诗。国忠对我的《夜未央》等几首诗评价很高。他比我小 5 岁，身材比我高大。尽管相识时间不长，但我们非常投机。

　　4 月 28 日下午，他和彭志军走了二三公里，到了我家。我放下农事，招待他们。他们文化程度比我高，经济条件比我好，对我并不歧视。我想到自己只有初中文化，只有茅屋栖身，和继母相依为命，真是羞赧。分别时，作为纪念，他们诗兴大发。国忠先在我的日记本上写下了一首诗：

　　赠君剑友

　　为了寻找一个童话
　　你在古老的烟雾中踟蹰
　　跋涉

为你干杯

这是远方的朋友唯一的祝愿

但愿这个杯中也盛着一个童话

然后

你郁郁生长

生长一个并不是痛苦

的童话

我相信许多女人会来读你

也包括你的朋友

我

夜晚，我送他们，渡过了鲜鱼塘大队四队和新华分场的河才到学校。我踩了约三公里的自行车，睡在畜牧分场四队的熊国斌家，他妻子龚秋元是我和女朋友的介绍人。其实，他家旁边就是我女朋友家，可是我不敢去。第二天早晨，我匆忙赶回家做事。

1986年冬天，通过与女朋友大姑"赌婚"，我侥幸订婚成功。但每次去女朋友家，她母亲还是冷若冰霜。1988年春天，她母亲既不同意女儿结婚，又不愿意退还彩礼，还狮子大开口，索要1000元钱彩礼。这天文数字，无异于架在我脖子上的一把大刀。我订婚时给女朋友亲戚的布匹都是赊账，哪里还能榨出油来呢？为了改变困境，赚到金钱，我想到沅江县食用菌开发中心学习。可没有学费，怎么办？我不想去找住得很远的大姐二姐，也不想找附近的大哥，而是向二哥开了口，应该是听说他有1万多元钱吧。可他居然拒绝了，还骂我没用。伤了自尊心的我，打算找国忠借钱，但是不知他会不会同意。不过，我还是去了学校，想不到他看到我吞吞吐吐，马上掏出20元钱塞给我，我才梦想成真。

1988年过年前几天，在临湘县"逃婚"大半年的我和妻子回到了家乡。不久，我收到国忠来信，他已到湖南省教育学院读书。我马上铺开信纸，尽量写得文采飞扬，不想让他同学笑话。听到我想要食用菌资料，他及时买了寄给我。当年秋天，我在家里的堂屋试种平菇，收获了几百元钱。我将钱还他，他坚决不要。第二年秋天，我在莫愁湖村部扩大规模，平菇获得了丰收。从此，只要经过茶盘洲农场六合分场学校，我总是送平菇到他家，他和父母亲总是很热情地留我吃饭，还要给我钱，我怎么会要呢？没有他的帮助，我不可能有今天。我记得他们还托付我买菜油，我在本地农家挑选了正宗的好菜油，再骑了约 8 公里的自行车给他们送去。

国忠是什么时间结婚的，我不知道，他没有通知我。他可能是不好意思让我破费，也可能是找不到我。那时，我早就远离了家乡，本是想到沅江市专业栽培平菇，但后来阴差阳错学了轮胎自补剂技术，被逼到益阳市销售。动荡生活的累累重担，彻底切断了我和他的联系。后来社会飞速发展，手机成了快捷的选择。可惜我囊中羞涩，无钱购买。在城市的夹缝中奔波，我心里时时想起他，他肯定比我过得好。不料在 1996 年冬天，我听说国忠的妻子生小孩难产，命丧黄泉。我非常难过。他失去了两位亲人，该是多么痛苦啊！

第二年正月初四，我带着妻子和女儿回到了家乡。初七下午，我和妻子寻到茶盘洲农场职工医院。他已在这里成家，估计妻子是医护人员。我询问了几个人，才找到他的房间，可是大门紧闭，叫了多声也没有人回应。我将 5 斤苹果放在门边，给他写了一张字条，留下了姓名。想必他回家后能透过只言片语，读出我的情愫。

一年多以后，我远赴长沙市，从事湖南省报纸广告代理，终于实现了致富的梦想。1999 年 5 月 17 日，我耗费近万元钱买了一台摩托罗拉手机。我通过别人问到了国忠的手机号码。和他经常联系，有一种特别的温馨。

已记不起具体日期了，我又打通了他的手机，他正在湖南省教育学院读研究生，我请他来五一中路湖南省政府斜对面的办公室。不久后，他真的到了粮贸大厦，他夸赞我的奋斗有了成果。我有些不好意思，这不算成功，只是有了一些成绩。"你现在有什么困难吗？我可以帮助你。"他笑着回复没有。我问起他的婚姻，他告诉我已经和衡山县的一位老师结为伴侣。我非常高兴，留他吃饭后再走，可他不愿意麻烦我。我未想到，这竟然是我们最后一次见面。

按理说，有了手机，通话非常方便。但是他几乎从不主动打给我，可能是教学繁忙吧，我安慰自己。有时我想联系他，但因担心打扰他而放弃。就这样，又过了几年。有时，我实在忍不住了，给他打电话，但他似乎不愿意讲话，而是偏重打字。记得是在 2017 年春天，他在微信中向我解释：他和妻子应聘到广东省中山市的贵族学校几年了，每月工资两万多，女儿正在读书；现在买了商品房，还购置了门面；他每天很早就要起来，夜晚还要辅导毕业班的学生，周末也不能休息。"我对你没意见。不是不想联系你，而是确实很忙。"听到他苦尽甘来的喜讯，我以自己 2007 年突遭脑梗、差点一命呜呼的沉痛教训提醒他，一定要保重，注意休息。只有拥有生命才是真正的幸福。

转眼到了 2019 年夏天，国忠的样子时时在我脑海中浮现，我真想给他打电话，但想他可能在上课，不喜欢用文字的我，还是发了微信。不一会，他的文字就来了，我才知道他已经患了肝癌，正用先进的药物治疗。不过他表哥是从美国进修归来的医生，医术高超，估计会很快痊愈。这消息不亚于晴天霹雳。想不到刚刚品尝生活琼浆的他，正遭受病魔的袭击。我潸然泪下，不断地安慰他，祝愿他早日战胜病魔。他遗憾地告诉我，不能多聊了，以后再联系吧。

国忠原来讲过，治病需要安静，而且手机有辐射。尽管对他挂念，我仍努力克制自己，希望他尽快好起来。谁想不久以后，我给他发消息时都没有回应，一连几天都是如此。我无奈地拨打他的手机号码，却发现关机了，直觉告诉我他的情况可能不妙。原来听国忠讲过，他姐姐李国华在茶盘洲农场职工医院。我请朋友龚立平打听李国华的手机号码。龚立平是从茶盘洲农场嫁到长沙的，完全可以找得到。不出所料，她很快发来了李国华的手机号码，我立即拨过去了。他姐姐长叹一声："弟弟去世了。"我非常不解："怎么这样快呢？他不是说表哥医术好吗？为什么没有妙手回春呢？""那是我们安慰他的，他发病时是晚期了。"对着屏幕，我痛哭失声：国忠啊，你真是命运多舛，你的车轮刚过 51 岁就突然停止。你走得太匆忙了，你走得太早了。你的妻子怎么办？你的女儿怎么办？她们需要你呀。

可能是冥冥之中的巧合，当初我离开家乡时，将文学书籍、样报、样刊、手稿寄存在大哥家，唯独带走了日记本。岁月的手指胡乱翻弄，不知何时剥去了 1987 年那本的封面。国忠的诗突兀在第一页，我看到之后犹如和他重逢在锦瑟年华。我猛地想起了"一语成谶"的成语，国忠是"一诗成谶"。国忠啊，当时你题诗的时候，应该像彭志军一样，写在我当天的日记位置：

赠友人

一群

漫无目的的萤火虫

扇动夜色

沉重的翅膀

交替的空寂和茫然中

是谁

点燃了那盏撩人的灯

国忠和彭志军的风格截然不同。其实，他当时也可以写在最后或者另外的本子上。他为什么要写自己是"远方的朋友"呢？他难道会料想到这一天吗？这是否暗示他第一个离开人世呢？倘若生命是一张纸，谁都想写锦绣文章，谁都不愿意第一个撕碎它，可惜我只能在他走后才意识到。时间改变了大家当初的爱好，我们在喜爱的行业发展。多年前，我听国忠讲，彭志军考上了大学，是广东某银行的行长。遗憾的是，我和他早就没有了来往。虽然我们最终远离了诗歌，但我在遭遇脑梗塞以后，又重新点燃了文学的圣火，而且把散文作为主攻目标。36 年多的日月磨去了许多记忆，连自己的诗《夜未央》都忘记得一干二净，可我还铭记他那 20 元钱。当时的 20 元钱，确实不菲。1989 年 4 月 29 日，我为女儿满"九朝"办酒席时，队上人来贺喜都是送的是两元钱，大侄子的岳父刘昌林礼金最多，也只是 20 元钱。

2022 年的冬天又将到来，它知道这是国忠的三周年。我把这篇散文打印出来，点燃，祈愿能为他御寒保暖。"借问瘟君欲何往，纸船明烛照天烧。"熊熊火焰中，我看到它吞噬了癌魔；熊熊火焰中，国忠正在创作诗歌。

不知国忠是否投过稿，不知国忠是否发表过作品。其实，投稿和发表并不重要。最宝贵的是，我在编辑自己的作品集时，收录了他的诗歌。他饱蘸同情的墨水，慷慨地创作的这首诗，我会永远背诵。国忠是优秀的老师，是乐于助人的诗友。不，这些都不够准确，他是一位真正的友情诗人。哦，差点忘了他的姓，他是我的家门兄弟。

（写于 2022 年）

终会敲开这扇门

红底金字的封面，内页是 4 个圆形公章：《中国作家》杂志社、中国残疾人联合会宣传文化部、中国残疾人事业新闻宣传促进会、浙江省残疾人联合会。这是今年 4 月 9 日我收到的"献礼新时代征文"优秀奖的荣誉证书。凝视着殷红色的封面，我总觉得它如同自己的心血，染红了文学的大海。

2020 年正月初一 7 点，我拿出 2017 年第 1 期的《散文选刊》杂志。其实，我早就买了前三年的杂志。因为工作缠身，一直无暇阅读。趁春节长假时间，我可以心无旁骛地遨游书海了。从这天起，我每天中午只休息半小时，直到文字躲藏在朦胧夜色中，才恋恋不舍地放下杂志。说来也怪，竟然头不晕、目不眩。

其实，我文学理想的"起死回生"缘于罹犯脑梗塞。2012 年 4 月 9 日，是我患脑梗第 5 年"纪念日"。当年我在益阳市中心医院住了 40 天后，左手和左脚仍然没有恢复，从此留下了残疾。2012 年，从痛苦中挣扎出来的我，开始了文学创作。当年，湘潭市发生了一对情侣绑架母子、勒索 500 万元钱的特大案件，湘潭公安局在一周内就破案了。当时，很多媒体都是发的简讯。我联系湘潭市公安局，然后远赴当地采访，创作了 5000 字的纪实文学，发表在《知音》杂志上。不久，湖南省农业厅原厅长程海波被情人敲诈 285 万元钱，该案在桃江县法院审理。我又深入采访，完成了 5000 字，刊登在《知音》杂志。这两篇文章各获得了 7200 元钱稿费。同时，我还在《散文选刊》等杂志发表了作品。

申请加入中国作家协会，发轫于 2018 年。一直等到 2 月底，我才将发表的作品和几十本获奖证书复印成册，在贺家桥社区盖章，寄到了湖南省作家协会。直到收到中国作家协会创联部的作品入库信息，我才如释重负。望穿了几月的秋水，可当年的新会员名单中竟然没有我，这无疑是巨大打击。我只得安慰自己：别着急，明年还有机会。我还是一如既往地阅读杂志，偶尔写篇散文，参加全国征文，向报刊投稿则几乎没有。

2019 年的最后期限到了。我吸取了上次的教训，请了两名中国作家协会会员推荐。其中一位儿童文学作家卓列兵，给予了我很高的评价，还郑重地盖了章。我想：这次应该是稳操胜券了，可最终仍榜上无名。

两年申报，两年名落孙山，我陷入了沉思。2012 年，我荣获《散文选刊》杂志等主办的"中国年度散文二等奖"、中国法制文学研究会和第三届中国法制文学原创作品大赛组委会主办的"中国法制文学原创作品大赛奖"三等奖；2015 年，荣获河北省残联主办的"超越梦想一起飞"河北省首届诗文二等奖；2016 年，荣获《光明日报》主办的"濠江杯""逐梦中国·我的读书故事"全民阅读征文二等奖；2017 年，荣获教育部关工委社区教育中心和《课堂内外》杂志社及重庆市科普作家协会举办的"寻找我身边的好老师"全国大型征文三等奖、国家旅游局和中国旅游报社及国家旅游局信息中心承办的"砥砺奋进·旅游惠民"全国美文大赛优秀奖；2020 年，荣获中国盲人协会和《中国残疾人》杂志社主办的征文三等奖。十年来，我荣膺全国文学征文数十次奖励，作品被收录进《全国百家百篇散文精品集》《光阴味道》《意林励志书》《踮起脚尖，靠近梦想》《超越梦想一起飞》《我的读书故事征文获奖作品选》等书籍。我早已加入了湖南省作家协会和中国散文学会，为什么中国作家协会竟然没有批准呢？通过了解我才得知，原来是我在有公开刊号的省级以上的报刊发表作品不多。这是短板，我必须补齐。

2020 年，我看完了 2017 年、2018 年、2019 年和当年的《散文选刊》杂志。遇到不认识的字或不懂的成语，我还查找《现代汉语词典》《中华成语多功能词典》等。同时，我还邮购了《观天下·新世纪散文精品文存》《人民日报 70 年散文选》《散文海外版》年选共 19 本散文年选集，而且全部读完。另外，我还在网上看了《人民日报》每周一、三、六的副刊。

从 2020 年起，我新订了《散文海外版》杂志。从这年开始，我没有申报加入中国作家协会。我放弃了工作，只处理人家主动找我写的稿子。有一家网站负责人给我寄来了工作证和文件，要我在益阳市负责业务，我拒绝了。我只有一个夙愿，要多学习，多发表作品、多获奖，争取早日加入中国作家协会。我给自己定了一个目标，每隔一段时间完成一篇 5000 字左右的散文；每隔一段时间投一次稿，遇到合适的征文就参加。

除此以外，我每天都要阅读《人民日报》《湖南日报》《潇湘晨报》《益阳日报》等；每天黄昏散步之前，我还要完成日记；每天午夜，我还坚持聆听中央人民广播电台《经济之声》中一小时的文学作品。

见到我每天阅读或创作，妻子不厌其烦地劝我："赶快悬崖勒马吧！如果瞎了，看你怎么办？"这时，我总是无奈地苦笑。我能放弃吗？那除非是杀了我。没有文学的滋润，那我将是行尸走肉，生活索然无味。我不吸烟、不打牌、不喝酒、不嚼槟榔、不炒股、不信佛、不信教，唯一信仰文学。只有追求文学才能有乐趣。文学是我精神大厦的支柱。从生活中提炼一篇文章，是莫大的喜悦。一篇作品几百元钱的稿费或者奖金，在别人看来轻于鸿毛，在我却重如泰山。

应该是 2012 年前后，玻璃体混浊就侵袭了我的左眼，先是如蚊子和树枝的黑影一样的散兵游勇，很快成群结队般"围剿"，盘踞了我的右眼，大有"黑云压城城欲摧"之势，让我遭受无可名状的痛苦。从得病起，我用过日本的沃丽汀眼药水、德国的施图伦眼药水，还吃过湖南中医学院附属一医院研制的中药粉等，结果只是耗费了许多金钱，毫无益处。

医生曾多次叮嘱我："尽量少读书和写作，最好是不用电脑、手机。"我违心地点了头，知道难做到。痛定思痛，我只能强迫自己每天夜晚离开书和电脑。

2017 年 5 月 12 日，我再次来到湖南省中南大学湘雅医院，对眼睛作了全面检查。许慧卓医生给我的眼镜增加了散光和 2400 度镜片，视力仍然只能到 0.3。这位教授、硕士导师给我下了"最后通牒"："你仍只能戴眼镜，即使是白内障成熟以后植入人工晶体也无济于事，不但不能看远，而且不能看近。"

朋友曾鹏辉知道后困惑不解。他想不到我居然还如此痴迷文学，他提醒我这是付出多而收益少，我从没想到作为红网记者的他竟然如此现实。但我决心已定，十头牛也拉不回来。多年来，我通过自己的奋斗，在益阳市最美丽的资江风貌带畔购买了三室两厅的商品房，生活有了保障。我可以不再为金钱而拼搏了，文学追求不能只用金钱来衡量。虽然金钱必不可少，但文学追求至高无上。我不能再沦为金钱的奴隶，我没必要让它束缚理想，我要展翅翱翔。

顾城有句名诗："黑夜给了我黑色的眼睛，我却用它寻找光明。"而今，我要坦率地说："文学给了我高度近视的眼睛，我却用它寻找缪斯女神。"完全可以这样断定，假如不痴迷文学，我就不会近视。就算真的近视，至少不会如此严重。我这样的视力在全国文学工作者中也十分罕见。最近，我创作了用四个成语组成的一首诗《自画像》："飞蛾扑火，饮鸩止渴。死不悔改，自得其乐。"我认为：它入木三分地刻画了自己，非常生动形象。

夜阑人静的时候，有时我也扪心自问：我高度近视，却执迷不悟，真是孤注一掷。我这么做为什么？值得吗？自己初中毕业当农民 10 多年，因为痴迷文学，挨尽了父亲和继母等的打骂。说实在的，视力越来越差，我真想就此不干了。难道真要等到失去了光明才清醒吗？想到这里，我真是不寒而栗。可是，只要到了白天，我就如打了鸡血一样亢奋，控制不住自己。

偶尔，我也会规劝自己，大可不必非要加入中国作家协会。成为会员，只能说明在文学的高山上又攀登了一级台阶。只有在尊重文学的人心目中，我们才能找到自己的位置，才能有被尊重的感觉。

2021年6月18日，获悉英雄汤洪波的航天故事以后，我驱车几百里，抵达了他父母家，连夜进行了几个小时的采访，创作了纪实文学。《知音》杂志社将它和我及汤洪波父母的合影发在头条。这一年，我又在《知音》杂志的头条位置，发表了两篇文章，还在《湖南散文》杂志、《中国国家历史》等发表了作品。

目光探索书刊，笔耕开花结果。去年，《奔流》杂志第1期采用了我的散文；《思维与智慧》杂志5月、10月上半月刊发表了我的散文；《三角洲》杂志5月上半月刊登了我6000多字的散文；还有一篇5000多字的散文发表在《三峡文学》杂志第12期。今年，我在《中国妇女报》《北极光》《佛山文艺》《金田》杂志发表了散文，而且荣获了"中华魂 长城主题全国征文大赛"三等奖。这一年还剩几个月，我应该还会有作品发表和获奖。同时，我完成了《城市梦中是故乡》这本散文集，共67篇、18万多字。散文名家梁瑞郴欣然作序，鲁迅文学奖获得者陈仓、江子、庞余亮做了推荐。明年，我文学的天平上必将增加一块含金量极高的砝码。

"亦余心之所善兮，虽九死其犹未悔。"我在高度近视的桎梏中穿行，突破玻璃体混浊的圈圈翳障。我全力以赴阅读和创作，全然不顾眼睛的后果。

"人生能有几回搏？此时不搏待何时。"岁月的流逝时刻提醒我，我已不再年轻。"不经一番寒彻骨，怎得梅花扑鼻香？"我鞭策自己，唯有奋斗，再无捷径。"黄沙百战穿金甲，不破楼兰终不还。"我只要有视力，只要有生命，就绝不放弃。

我知道：来年夏天，稻花飘香的时候，中国作家协会又将审阅许多想进来的作者。我坚信：那一天，我会敲开那扇大门！

（写于 2023 年）

光阴从生日流过

去年，距我的生日还有两三个月的时候，三姐的话就从微信中钻出来："你 60 岁生日，祝不祝？ 祝的话，我们都来。"我一怔，自己还没有满 59 岁呢，难道就 60 岁了吗？ 60 岁可是分水岭啊，60 岁意味着进入老年，难道我这就老了吗？ 50 岁生日时的场景还犹如在昨天。

一

2012 年十月初十，是我的 49 岁生日。"男祝进，女祝满。"很早我就知道南洞庭湖平原的风俗：生日都是算农历出生的时间。男的是在满整 10 岁前一年生日庆祝（虚岁），女的是在满整 10 岁生日那天庆祝（周岁）。祝生日，一般不祝"散生"，而且一般不祝 10 岁、20 岁。可能是因为太小，没有成家。祝生日，一定要"男不祝 3，女不祝 4"（男的不能祝 30 岁，女的不能祝 40 岁）。为什么有这些讲究，我没有深入了解，可能是一代代人流传的避凶趋吉的习惯。

十月初九的上午，大哥带了曝辣椒、酱豆等，随二哥从沅江市华田乡莫愁湖村来了；二姐夫背着自己种植的 20 斤黄豆，从茶盘洲农场来了；三姐从岳阳临湘市沅潭镇来了。他们都准备为我这小弟祝福。按三姐的吩咐，我都在电话中邀请了他们。大嫂告诉我，大哥不能独自来，会走丢。但我们在一起的时候，并没有感觉到他的异常。

已记不起具体时间了，只听说大哥头痛，睡不着，吃了很多药没作用。沅江市泗湖山镇卫生院的医生诊断后，说是中风。不知是认为不严重还是其他原因，大嫂及侄子、侄女并没有告诉我。

上次见到他们是 2007 年 4 月 10 日。得到我前一天上午突然罹患脑梗塞的消息后，他们赶到益阳市中心医院来看望我。我似懂非懂，才走到中年驿站，为什么得了老年人的病？后来才知道，这是我喜欢吃动物内脏，很少吃蔬菜、喝茶，加上患上高血压还没有吃药，忽视了运动，光阴才敲响了警钟。

我与他们相隔几百里，平时都是电话联系。他们拿出自己和儿女们的礼金给我，我登记在本子上。妻子买来荤菜、蔬菜，热情地招待。我们叙述着各自的情况，笑意洋溢在脸上。夜晚，妻子给他们倒洗脸水、洗脚水，并准备好铺盖，厚重的被子热得他们汗流浃背。

按习俗，生日这天的中餐是正餐。我选择了附近的二嫂饭庄。我给他们和朋友敬葡萄酒、香烟、槟榔，要他们喝好、吃好。人们喜笑颜开，都祝福我生日快乐。下午，我领着大哥、二姐夫、二哥、三姐逛了附近的几个超市。可惜是雨天，将我带他们去公园的计划淋灭了。不过，妻子给二哥买的帽子，他至今还津津乐道。

二

应该是在我生日以后没有多久，大哥得了疝气病，到了益阳市中心医院治疗。医生说他老了，担心做手术危及生命，让他住了十来天院就回去了。大哥最终忍不住疼痛，坚决要求再来这里做手术，幸好这次痊愈了。我到医院探望过两次，拿了钱和水果，强行塞给他。后来，每一次打电话到他家问候，都是大嫂接的。

2018年6月30日，我趁原鲜鱼塘大队初中班同学聚会的机会到了大哥家，这时他的思维还挺清晰。吃中饭时，大哥的手不停抖动，碗犹如在荡秋千，我真担心会摔烂。我知道这是帕金森病，是不治之症。饭后，大哥带我和妻子去父亲、继母和生母的坟墓。大哥站在大堤上，没有下来，远远地看着妻子点燃鞭炮，看着我们作揖。望着父母长眠的地方，他是否想到，我们终有一天也将同双亲一样葬于大地？

　　大哥身材高大，比我大 22 岁。农村分田到户以后，父亲得肝腹水病入膏肓，我只能跟着大哥。只要不下雨，他就每天带着我起早贪黑，在田土里劳作。说实话，大哥力气足，矮小瘦弱的我使出浑身解数也赶不上他。不仅如此，我还做不赢比我小 1 岁多的大侄女李月娥（除了担东西）。1989 年前后，大哥还放牧了几年"湖鸭子"。不管什么天，他每天都撞破黎明，赶着几百只鸭子，走上好几里，去啄食田土中遗漏的稻谷、沟渠中残存的鱼虾等，夜色关紧了才回家。这种劳苦不是一般人能承受的。因为大哥的勤劳，鸭蛋卖了很多钱，他家是当地的第一个万元户。他第一个买了电视机，第一个买了手扶拖拉机。

　　大哥的二儿子李明才结婚时，应该是 2000 年正月初。我看到有一个人戴着烂斗笠，穿着蓑衣，拿了一把烧火叉，站在大门外面。我以为是乞丐，这可是雨天出门的装扮，今天是个太阳天，他怎么像雕塑一样？我仔细一看，发现这人竟然是大哥。原来是组上来帮忙的人说大哥娶媳妇应该秉承传统习俗，让他扮演"烧（骚）火佬"，他没有推辞。因为大家都知道，结婚三天不分大小，即使是晚辈无礼，长辈也不能生气。夜晚，堂屋里灯火通明，人们围在旁边。曾经参过军的刘跃进在神龛下当"县官"。他比大哥小了十几岁，按辈分要喊大哥"叔叔"。他要人把大哥押上台后，勒令他坦白交代，否则会被棍棒打屁股。大哥慌忙装出害怕的样子，承认已经给儿媳妇烧火。不到 11 岁的女儿和男孩一样，胆子大。她从来没有看过这样的场面，应该觉得很新鲜、刺激，趁人不注意，学刘跃进的样，跑到桌子前拍响惊堂木，高声叫道："把李汉青押上台来。"逗得人们连忙拍手："真是眼睛都会笑瞎，尿都会笑出来。"大嫂后来说大哥不怕丑，大哥若无其事，呵呵地笑。

　　大哥和大嫂合祝 140 岁时，我特意带妻子去祝贺。吃过中饭，堂屋中的树蔸子迸出火花，在空中毕剥作响，如同璀璨的烟花，更像兄弟、叔嫂的亲情。

第二次和他见面时，是两三年前的春节，在沅江市区的大侄子李明科家里。大嫂给他装饭、夹菜，像照顾小孩一样。他的话不多，不主动找我们说话。问他才回复，有时候还错了。大嫂告诉我们，大哥有时候从床上爬起来，睡在地上，屎尿经常屙在裤子里，而且总是跑出去。他刚讲过的话、做过的事很快不记得了。我们只能劝慰大嫂："只怪这病得错了，没办法，你只能看在夫妻的分上耐烦照顾他。"

大哥的身体越来越差，大嫂照顾他力不从心，只得带他远赴大通湖区河坝镇二侄子家，要儿子、儿媳共同照顾。李明才比我小 10 岁多。不过，他是 1989 年夏天告诉我装鳝鱼的师傅。早几年，他学习两个姐姐，远离自己家乡，到这里承包稻田养龙虾。前年秋天，听说大哥的病越来越严重，有时候还骂人打人。我和三姐约好，再去看望大哥。大哥住在一间单独的小房子内，屋内弥漫着屎尿气息。他虾子一般蜷缩在床上，我问他认得我吗？他说认得，叫了我的小名，之后就不理睬我了。第二天上午告别时，他坐在门边，似乎能够"嗯嗯啊啊"地回应。未料到这一次，竟是和他的永诀。

去年 7 月中旬，我突然接到大哥去世的噩耗，眼泪顿时夺眶而出。想不到大哥这么快就走了。平心而论，他在世时饱受疾病的折磨，走了是一种解脱。我立即赶往沅江市殡仪馆，在大哥的棺材前磕了三个头。2017 年农历十一月初五，患脑血栓病多年的大姐也躺在这里，未能走到75 岁的门槛。当时，我和大哥、二哥、三姐等晚辈送她进入火化间。我觉得，大火焚烧的不是她，而是我们的心。想不到只过了几年，光阴就将大哥赶上死亡之车，驶向了沅江市赤山公墓地。我是最后一个离开的，我知道今后将难得到这里凭吊。他们近在咫尺，却远隔天涯。他们再不能回到光阴的原点，一起到芦苇山捡柴火、推石磨……他们不知道自己的同胞就在旁边。在光阴中跋涉了七八十年，最后兄妹又回到了一起。这是光阴的仁慈还是溺爱呢？

三

二姐夫是澧县人，比我大将近 20 岁。和大哥相比，他更显魁梧。20 世纪 50 年代，他从澧县来到国营茶盘洲农场开荒，驾驶东方红牌推土机，维修大堤，开渠道，让人非常羡慕。他和大姐夫是同事。经大姐夫做媒，他和二姐结婚，养育了三女一儿。分田到户以后，他将房屋建在自己的田旁边。他在田中挖出泥巴，堆成了宅基地，挖空了的深坑自然就成了鱼塘。

为了将田地中的水排到旁边的大渠道，他大胆地想到了建设涵洞，并且请我帮忙。这条砂石公路有七八米宽，时有拖拉机驶过。他把自己当成錾子，从两端向内推进。洞口狭小，挖土谈何容易。我一次次地把土往外运，一次次担心，要是垮塌了，我们会被压死，可他泰然处之。我不知二姐为什么叫他"犟老倌"的绰号，只知道他确实有犟劲，硬是挖通并安好了水泥管，在当地成为美谈。

二姐夫的外孙姜山结婚时，他二女儿赵国华邀请我这舅舅到了岳阳市。这次见到二姐夫，我大吃一惊，他和上次见到时相比简直判若两人。那年十一月初三，我给他祝 70 岁。鲜红的气球拱门镶嵌花朵，他喜笑颜开，貌似佩戴花环的新郎倌。那天，祝贺的宾客有十几桌。没想到只过了几年，光阴就将二姐夫的脊背拉成了弯弓，射向生命的尽头。

最近一次见到他，是在大哥的葬礼上。大哥走了以后，他一定要二女儿带他来，送大舅子最后一程。他挂着拐杖，在灵堂内老泪纵横。我这是第二次看到他哭。第一次是 2007 年十一月初二的夜晚，脑出血夺去了二姐 61 岁多的生命，他像公牛般嚎叫，我的泪水混合他的声音在天地间旋转。大哥出殡的那天中饭以后，我想和他长谈，可是找不到他了。当我赶到沅江市汽车站的时候，他们已经坐车回家了。

四

初十这天早晨，阳光明媚。我在镜子中自我欣赏，这特意理的平头犹如长满青草的平原，眼镜闪烁着太阳的光芒，花格保暖衬衣青春奔放，这是年轻的儒雅形象。不一会，大嫂的二女儿李月华打来电话："叔叔，我开车上路了，请你发个位置图给我。"时间不长，她就到了我家楼下。今天，她和外甥（大侄女的儿子聂海波）各开一辆车。去年大嫂生日时，大侄子李明科邀请了我和二哥、三姐等亲属聚餐，她还送了一只母鸡给我过生日。还记得她几岁时，有一次大嫂要外出，她痛哭流涕，非要一起去不可。大嫂多次让她不要跟自己，她还是不依不饶，气得大嫂把她扔进了水里，可她爬上来后继续哭，坚持要去。

我比大侄子大 4 岁多，他是从沅江市区开车来的。记得 10 多岁时，我们捡废品卖钱，有一次因为分钱不均，我们把钱丢在地下，都赌气离开了。这次他拿出大姐夫捎来的 500 元钱给我。大姐夫已满 84 岁，大姐走后便请了保姆照料。大嫂还算精神矍铄，耳聪目明，带着 4 个儿女、2 个女婿、1 个儿媳妇来了；大侄女带来了儿子、儿媳妇。10 多年前的秋天，大嫂在电话中问："娥伢几收媳妇接你，去吗？"我不假思索地回答："当然去啊。"他们簇拥在大嫂周围，好像众星捧月。大嫂是前一天生日。我曾经开玩笑说，她比我还小一天。实际上，她比我大 22 岁，比大哥大 1 个多月。

我到了米汤味道饭店二楼。早几天就订好了包厢、酒席。楼梯顶上，"热烈祝贺李君剑先生 60 岁生日"的红色标语在电子屏上移动。这是我要服务员营造的喜庆气氛。最先到的是侄子李光耀、外甥殷长春及其妻子彭小军。李光耀是二哥的儿子，今天代表父亲出席。在一楼见到我后，他马上塞给我两个大红包，横竖不要我回赠的礼品。他 1982 年二月初五出生，小时候经常在我家玩。有一次我不知从哪里搞回来一个注射器，在他面前炫耀。没有料到他的兴趣比几米高水柱的射程还要高，哭哭啼啼非要不可，可不久就损坏了。他长着一头稀疏的黄毛，我总是戏谑地叫他"耀猪"。应该是 2000 年左右的春节，我们到二哥家拜年。女儿看着大了 7 岁的堂哥，笑他身高和自己不相上下。未料到几年后再见时，他比我还要高，有一米七几。我知道，他不是俗话讲的泼了大粪，而是光阴给了他拔节生长的力量。

殷长春比表哥、表弟矮，和我差不多，他于 1978 年农历十月十九出生。1981 年冬天，三姐夫搬回临湘县沅潭镇鸡形村以后，继母牵挂外孙，外孙也舍不得外婆。那几年正月，我去了几次，把他接过来小住，直到他上学读书。1995 年上半年，利用给一医疗老板负责广告的机会，我寻到岳阳市技工学校，给了他 20 元钱；当年冬天，我在临湘县五里中心医院从事项目，他在这里吃住，我还给了他钱……后来，我在长沙市代理全省的报业广告致富以后，他还在人生十字路口徘徊。我告诉他，可以在岳阳市搞电视或者报纸广告，还要他去找《岳阳晚报》的广告部主任刘衍清。他的弟弟殷长林读初中时喜欢作文，他写信告诉我后，我便买了一套作文书给他。

不承想，他们进入了饮食界，光阴将他们变成了两匹黑马。仅殷长春就在岳阳市有 10 多个连锁店。他以前就买了两套房、两台轿车，去年又新购了别墅，耗资 700 多万元钱。殷长春发财以后，他的店成了黄埔军校，培训了大哥的两个儿子、大姐的三女婿、二哥的儿子、二姐夫的儿子、外孙等。他们几乎都在岳阳市开店，都是使用"猫仔"品牌，都是以烧烤为特色。三姐夫原来告诉过我，他姐姐的儿子在江西省鹰潭市开烧烤店，二儿子殷长林给老表打工。不料老表的生意垮了，他和哥哥来到岳阳市，夜晚摆了五六年地摊，积累了一定的资金后才开店。他们在岳阳市率先烤鱼，想到猫最喜欢吃鱼，想到自己是小青年，就创立了"猫仔"品牌。

外甥赵高峰夫妻及他二姐赵国华稍迟一些才到。有一年春节，我们在大堤旁边的茅屋中烤火。堂哥李复初来我家拜年。几岁的赵国华讲话还不利索，她对堂舅舅说："我倒（晓）得你从长塔（沙）来。"其实，堂哥是住在本县的共华区新华公社。

赵高峰是 1979 年夏天出生的。那时，正值洪水暴涨，继母照顾二姐"坐月子"，我在她家睡了一夜。我跟赵高峰说："早几天我和你大姐赵和平发了视频，她发来生日红包，我还看到了你父亲。她早 10 来年的正月初三收媳妇，接了我喝喜酒。"2020 年正月初六，赵高峰结婚时，我和妻子去了。当时他们姐弟商量每人照顾父亲一年。听说她出生时，正遇上我生母到益阳市治病。五十一二岁的她个子本来不高，现在竟然有些哈腰，显得更加矮小。我知道，这是二姐夫遗传的结果。三外甥女赵赛美叼根香烟，高挽衣袖，端起酒杯，用"激将法"催促姑父、姨父喝酒。她是磁铁，吸引了两个 10 多岁的双胞胎儿子等人。我没料到，光阴居然恣意妄为，让她如此任性。

大外甥女讲，她爸爸的身体越来越差了。特别是从去年开始，过去的事他还记得，现在的就记不起了，有时屎尿屙在裤子里。我在电话里大声叫他。不知是那边信号不好还是他听力不行，电话很快就被挂断了。以前我总是跟他打电话，每次都聊得酣畅淋漓。现在想，他罹患阿尔茨海默病明显表现在 2020 年清明节前夕。那天上午，给大舅、舅母、父亲、生母、继母挂山以后，我想去给二姐挂山，三姐要我联系二姐夫。他当时在幸福港镇打牌，不置可否。手机"砰"的一声，砸得我心中很痛。想不到他竟这样冷漠无情，我当时气愤地告诉了他的儿女。后来过了一长段时间仔细回忆，估计是他病了不正常，我不能计较，原来他可是非常热情好客的。

殷长林最后来。他身材不高，但非常壮实，比李光耀小 1 岁。他在临湘市区开店，请了一些员工，路程最远。早 10 来天，他就主动联系我。我非常感动，想不到他竟然记得我生日。去年，他一次性付了140万元钱买了三层楼房（仅院子就有100多平方米），送给了将要进临湘市一中读书的大儿子，作为考上初中的礼物。这些侄女、侄子、外甥，继母都带过，都是我看着长大的。

妻子拿出瓜子、水果招待。这些表兄妹、堂兄弟相逢，互相问候，彼此开玩笑。对于大嫂、三姐和我，这些晚辈有时同样幽默。大约11：30，按殷长春的吩咐，中餐开始了。这三桌都有两个火锅和鱼、肉、鸡等，非常丰盛，每一桌10来个菜。想起我29岁生日时，这些却只能是梦想。那天，因仅有的一点钱已投入到沅江市郊的栽培平菇中，我嗫嚅地向刚认识的刘建军借了50元钱，总算在中午吃到了包子和猪肠子。

刚吃完，服务员就送来了青麦客大蛋糕，这是女儿的心意。她在外企公司，从事服装设计。她原计划是要回家给我祝生日的，但打电话到社区询问后得知，从上海来益阳的人要隔离一个星期。无奈，她只好退了飞机票，给我发了2000元钱。女儿在农历三月十五日就开出了33朵生日花蕾。她出生的情景、叛逆的经历，我记忆犹新。她终于懂事了，我非常欣慰。每年的生日，我都要给她发红包。除了祝生日快乐、平安健康、早日成才以外，我还会重复一句话："你长大了，我变老了。"这时女儿总是讲："我晓得你会咯样说。"

大侄子李明科先将生日纸帽戴在我头上，我立刻觉得充满了加冕的浪漫。我是生日的君主，这是光阴的恩赐。他又切开蛋糕，插上蜡烛，然后要我吹熄。不知是谁先唱起《祝你生日快乐》的歌曲。一瞬间，大家拍响手掌，不约而同地唱了起来。昔日游戏、打闹的侄子、侄女、外甥，现在事业有成，儿女成绩优秀。看到他们在百忙中远道给我祝寿，我百感交集，几度哽咽，几乎落泪。这亲情凝成了幸福，我忘情地品著，隆重地奏响了60岁生日的乐章。

殷长春和李明科合资，正在筹划猫仔烧烤小海鲜沅江店的开业。他们要去看场地，计划装修、招人。大嫂和三姐一定要上儿子们的车，我殷勤地挽留："他们要回去，是因为下午和夜晚要营业。你们没什么事，在我家住几天吧。今晚我请你们在歌厅唱歌，明天还带你们去看益阳市的名胜古迹。到时，我再买好车票，把你们送上车。"可她们婉言谢绝了。其实，我也知道，现在回去更方便、快捷，在自己家中可以无拘无束。大嫂走之前，问妻子要不要鱼。听说大嫂只上过一两年学，所以说话不会拐弯抹角。我反问她："为么子问我要不要呢？你晓得我爱吃鱼，你那么远带过来，肯定是给我的，我当然要啊。"记得和大嫂住在一个队时，每逢我生日，她总是送几个鸭蛋。这鱼是大侄女和二侄儿送的嫩仔鱼，最多一寸长。后来我吃时，感觉不到骨头和刺，味道很鲜美。大嫂是看着我出生的，在她的心中，我当时也是一条嫩仔鱼。遗憾的是，在人生的池塘里长大，在人生的池塘里变老，我将被光阴捕获，被光阴吞噬。

五

他们如大海潮水般呼啸而来，一两个小时以后却轰隆远去，只丢下我独自在幸福中徜徉。真是美中不足，他们离开得太快了，大家相聚不容易，趁我生日时，照一张相，将光阴定格，该多好啊。

我再一次翻看壁柜中珍藏的一张相片。2001年我38岁生日那天，也是我乔迁新居办"贺屋"酒席的日子。在城市漂泊9年多的我，终于买了三室两厅的江景房。大嫂、大姐、大姐夫、二姐、三姐、花表姐都来了。在名流酒店吃过中饭后，一行11人来到家门前的江堤上，请梦之影照相馆的曾姓摄影师照相。商品房站在北方，俯瞰着我们笑逐颜开。我站在左边第三的位置，红色领带衬托着深蓝色西服，神采焕发；蹲在前排的女儿一头短发，顽皮地拿了一根塑料管，咬在口中；旁边是二姐的三女儿赵赛美，她至少比女儿大10岁，文静地看着前方，她和女儿一样，都是红色衣服，如两朵绽放的红花；代表二哥来的侄子李光耀蹲在前排的最右边，笑得非常甜蜜。拿相片时，我特意过了塑，让光阴永葆华年。

如果人的生命是一棵树苗，那么一年年的生日就是一个个年轮。从树苗到长成大树，每人每年感觉大同小异。只有到了中年，或者进入老年，对生日的醒悟才逐渐深刻。从光阴的收费站通过，这里早就以我们的青春充当了过路钱。几乎每人这时都有这样的感叹：太快了，又过了一年，又老了一岁。

真正感觉到光阴肆虐的是 2019 年生日。我在光阴中逡巡，意外地撞见了鬓角的白发。我大吃一惊，在网上查找，竟收获了"潘鬓成霜"的成语，才知道它的真正含义。不仅如此，光阴在额头胡乱挖出了多条壕沟，拼命向发际线冲锋，黑发节节败退，最后白发霸占了制高点。后脑袋下围的头发也惨遭同样厄运。

每到一个月，我就去理发店。1995 年夏天以前，我一直喜欢留长发，以飘逸为时尚美。每年正月初一给大舅拜年，我挨过当理发师的他许多谩骂。1995 年夏天，我就开始留平头。这时，我并没有感觉到光阴的流逝，只是认为平头不用梳理，剪平即可。有了白发以后，我才体会到平头能减少白发的长度。

邻居李庆怀曾告诉我，他染了多年头发，没有什么反应。去年下半年，我心血来潮，第一次在理发店染发，头发确实恢复了乌黑的颜色。可十天半月以后，新长出的头发仍是白色。这样不伦不类能让人年轻吗？这无异于掩耳盗铃。从此以后，我就不再染了。

按常规理解，年龄越大，胡须越少，可我的反而越来越茂盛。不知为什么，只要不用电动剃须刀，胡须就如野草一般在两腮、嘴巴、下巴周围蓬勃，密密麻麻，闪着银光，突出苍老的迹象。每隔两三天，我才迫不得已刮胡须。这时，我自然想起"野火烧不尽，春风吹又生"的诗句。尽管野火的威力巨大，但光阴有时和野火相比，有过之而无不及。圆圆的剃须刀头旋转，发出"嗡嗡"的声音，不亚于家门口资江风貌带园丁修剪树、草的声音。只是这东西白偷了飞碟的外形，没有学到它的本领。它能刮净胡须，却不能阻止它生长。刮完后，我总是有些舍不得。灰白色的粉末躺满了盖子。这时，我想起了泥水中融化的白雪，心情估计和诗人艾青在写作《雪落在中国的土地上》时相近。如果它们是除须剂，吃了不长胡须，我会毫不犹豫地吞下；如果它们是化肥，施进田土，可以壮硕庄稼，我会存下来，带回故乡。可惜它们都不是，只是垃圾，只能被我抛弃。其实，这抛弃的是我身体的一部分。我就这样周而复始，直到刮不出胡须，直到刮完生命。

2007 年春天，据说益阳市桥南的珺燕美容店可以根除胡须，可以让胡须以后再不会长出来，我差点就动心了。后来冷静思考后觉得这可能有点夸大其词。胡须每天都生长，就算当时不长，以后肯定会出来，只有人死了它才停止。

毋庸讳言，这些都很正常，都无所谓。我之所以对光阴颇有微词，是前年生日时，几根白色的长毛侵略了我的眉毛。它们为什么白了？为什么长这么快？是吃了光阴的豹子胆还是打了催长素？这是它们插下的标志，宣告这是它们的领地吗？它们真是得寸进尺。这不是明摆着出我的丑吗？哼，光阴，你太藐视我了，我难道还打不过你吗？我可以忍受你在我的白发中招摇过市，但是绝不允许你在这里横行霸道。我拿来向朋友彭丽要的铁夹子，要妻子连根拔除。可她每次都要拔出几根黑眉毛以后，才如愿以偿。白眉毛太顽固了，倘若请"力拔山兮气盖世"的项羽相助，他是否一挥而就呢？可能也不一定。望着妻子，真有些羡慕女人。至少女人不长胡须，不要耗费修理它的光阴，多好啊。

就这样，每隔一段时间，我都要妻子"围剿"白眉毛。最怒不可遏的是，一撮撮白毛居然在我的乳头等私密处生长，犹如一串串白色纸钱包围坟墓，我顿时想起了苏东坡的"千里孤坟，无处话凄凉"的情景。我难道到了这一天吗？我努力安慰着自己。幸好穿着衣服时无所谓，人家不会知道秘密。只是前年夏天，我赤裸上身散步时，想不到被一个卖打白糖和糖果的中年女子看到了，她大呼小叫，俨然哥伦布发现了新大陆，还怂恿别人来看。"你那里说不定也有。"我有些气恼地回击，回到家便拿了剪刀把白毛除得一干二净。哼，只要你敢长，我就敢剪，看哪个厉害些。后来，我请市政理发店戴眼镜的店主彭侃帮忙。只是他妈妈看到了，说这样会影响生意，从此他就拒绝了，我只得让妻子网购了理发器。

六

"逝者如斯夫，不舍昼夜"，这是孔子对光阴如水流逝的慨叹；"老去光阴速可惊"，这是欧阳修对光阴催人衰老的惊诧；"记得少年骑竹马，转眼已是白头翁"，这是《增广贤文》里描写的光阴流逝速度之快。少年时，我没有骑过竹马，倒是两三岁时骑过姓杨的黑鼻子老倌的肩膀。他隶属于莫愁湖大队五队，在我家大堤的南边守田土。那时，我虎头虎脑，黑宝石般的眼睛瞪得溜圆，衣服的左上方经常佩戴着毛主席像章，很是逗人喜欢。他经常抱着我问："你胯里咯只家伙是何垓来的？"我天真地回复："是一角钱买的，你也快去买。"他哈哈大笑后长叹一声："我也想买，可是用这一世的财产，走遍全世界都买不到，只能到阎王老子那里才有办法。"当时，我不懂这话的含义，如今才恍然大悟，这是一位垂暮的老人对光阴将尽的哀叹。是的，只有从新生开始，才能享受在光阴中生活的乐趣，这应该是光阴在我大脑的第一次镌刻。

在光阴中擘画10载蓝图，我将到古稀路段。"人生七十古来稀。"随着医疗技术的提高和饮食的改善，现在的古稀老人比比皆是，近80岁才算平均寿命。我没有大病，只是多年与治疗高血压的药丸为伴。再过10

年，我肯定还会祝生日。在光阴的风雨中摇曳，到那一天，大嫂、大姐夫、二姐夫还能来吗？这很难讲。三姐说，大嫂从益阳市回去以后，夜晚坐在大哥住过的房子里，想去睡觉时，不知怎么滚到了地上，还尿湿了裤子。和二哥同龄的花表姐，生母在世时本是打算将她许给二哥做妻子的，可二哥不同意，说花表姐敢和男青年打架。现在，她患了糖尿病等疾病，每天靠多种药维持生命。纵使他们的油灯再亮10年，也很难照亮我在益阳市的生日宴席。那一天，二哥应该会来、三姐肯定会来；那一天，侄子、外甥肯定会来。遗憾的是，光阴赠送给他们的是中年、老年神态。那一天，女儿、女婿肯定会来，外孙应该有八九岁了。这是我血脉的延续，是光阴的垂青。

记得吊唁大哥时，三姐仿佛是在问68岁的二哥，又似乎在问比她小4岁多的我，还好像自言自语："我们6兄弟姊妹只剩下3人了，以后不知谁先走。"当时，我没有吭声，不知怎样开口，这是一个沉重的问题。谁知道自己能活多少岁呢？谁知道是哪个先走呢？谁又愿意先走呢？谁不愿意活得久一些呢？这是光阴的老奸巨猾，只有它最清楚。1970年农历二月二十四日，光阴将不到50岁的生母强行绑上列车；1983年秋天（记不起具体日期），65岁的父亲又成了旅客；1994年农历十一月十四日，76岁多的继母也步了父亲的后尘。我只能说，除继母和大哥外，他们都没有走完人生的平均路程。光阴在颁发死亡证明时，并不会遵守年龄、辈分的顺序。如果大哥、大姐、二姐听到了，他们一定会责怪三姐："我亲爱的妹妹啊，请你不要这样乱说。你说得太早了，你们至少长命百岁。"

"生者为过客，死者为归人。天地一逆旅，同悲万古尘。"李白的诗写得好。人的一生，其实是一次旅行。每人都是光阴中的匆匆过客，每人都将归去。

在光阴中淬炼，我蓦地豁然开朗。自从有了人类，光阴就亲密相随。光阴是最魔幻的大师，能使人们生老病死，能使朝代更替；光阴是最神奇的大师，能把石头化为粉末，把沧海变成高山。光阴对每人都平等，不会垂青达官贵人，使其格外年轻或者寿比南山，也不会歧视贩夫走卒，让他们未老先衰或者英年早逝；光阴爱憎分明，让珍惜它的奋斗者满载而归，对游戏它的懒惰人却是一毛不拔。光阴把一切都写在日记本上，交给一代代人诵读。即使天崩地裂，光阴永远存在。人虽能创造世界，但若想和光阴较量，那只能是蚍蜉撼树。人们仰视光阴，最终只能心悦诚服。

59 年的跋山涉水，光阴搅浑了我的玻璃体，拉近了我看书、创作的距离，拖累了我的左脚。只是它始料未及的是，50 多年前翻阅连环画时，那盏烧烂帽檐的煤油灯点燃了我的文学理想。从 59 岁生日回溯，我有时依然是那个"一角钱买家伙"的顽童。

（写于 2023 年）

今生有福

作为隆回县第一届油菜花节的特邀作家，我邀她随同旅游。见面后我简直不敢相信自己的眼睛。春阳温暖，她竟穿着绿色旧皮衣，而且没有化妆，一副朴素的形象。这就是每天和我谈得非常投机的她吗？

认识她纯属偶然。2017 年正月初四下午，我去沅江市看望暌违了三十七年多的黄紫云老师。那时，黄老师在沅江县华田公社五七中学教我们中四班的语文。应该是 2004 年左右，我费尽周折终于找到了黄老师的电话，聊起她骂我的细节。2008 年 9 月 10 日，我在《三湘都市报》上发表了一篇散文《老师，请不要说"对不起"》。只是没料到后来她电话停机了，从此中断了联系。

在沅江市一中教书的同学余腊梅得知我的愿望后，就把黄老师女儿的电话号码给了我。我跟她在沅江市凌云塔小学外见面了，她带着我去看她妈妈。黄老师因患脑梗塞多年，已经不能说话，更不能行走，全由丈夫照顾。她丈夫原是我们华田公社的干部，那时我们都叫他"钟部长"。他已近耄耋之年，幸好耳聪目明、思维敏捷。我们回忆往事，询问近况。黄老师有三个女儿，她排行第二。她当时坐在我旁边，殷勤地劝我吃酥糖，回家时又送我去坐公共汽车。当时我只是觉得她善解人意，可没有和她深入发展的想法，尽管我们都已离异。

这次旅游后，我对她的了解又进了一步。说实话，除了她不喜欢文学，其他的爱好都和我不谋而合，这让我感觉似乎在茫茫人海中遇到了知音。那时洞庭湖区的藜蒿正蓬勃生长。她知道我喜欢吃藜蒿粑粑，总说要和妹妹做好后送到益阳市来，我谢绝了。和女性交往，我非常谨慎，担心稍有不慎就重蹈覆辙。

　　虽然如此，每天的夜晚仍是我们在微信中说话的黄金时间。有一天，她突然告诉我："爸爸知道你不吸烟、不喝酒、不打牌、不嚼槟榔、勤俭节约，是个好伢几，要我嫁给你，要对你好。"我大吃一惊："感谢你爸爸的高度称赞，他只是听我说。我也有缺点，比如节俭，你没有顾虑吗？"她莞尔一笑："爸爸说你靠得住，教导我'勤俭节约是兴家的根本'，我乐意。"

　　面对她大胆抛过来的绣球，我征求了三姐的意见，和盘托出了对她的看法。三姐狠狠斥责我："你自己长得蛮好吗？你有资格挑剔别人吗？"是的，我不但高度近视，而且突然罹患脑梗塞后，左手和左脚留下了后遗症。三姐的话仿佛一记重锤，把我敲醒了。她其实长得并不丑，只是不爱化妆。我不能再吹毛求疵了，心灵美的伴侣才是幸福婚姻的关键。

　　她来过我家以后，很快就决定和我一起生活。我本是不打算给她买金手镯的，但觉得这毕竟是盛大喜事，而且结婚时没有操办酒席，更没有给她父母姐妹送礼，所以最后还是买了。从此，她开始每天照顾我的生活。

　　我迎来了新婚妻子，房屋当然要装修。它和我朝夕相处17年多了，许多地板都出现了裂缝并开翘，只是我一直舍不得更换。我们的想法不谋而合，最后决定只剔除异样的地板，至少可省几万元钱。粉刷后的墙壁犹如洁白的婚纱，异色地板构成新颖别致的花朵，好似婚礼图案，她带来的红色旧床铺在书房中相映生辉。为了搭配她带来的玻璃餐桌，我新购了6把白色大靠背椅。有时，妻子会说餐桌配不上椅子，我总是不忘幽默："你是餐桌，我是椅子，你配得上我吗？"她笑得眼睛眯成了一条缝："确实配不上。"椅子偎依在餐桌周围，聆听我们的打情骂俏，羞涩得默不作声。

　　家里有一台新飞冰箱，是前妻的弟弟赠送的，已经有20年了，出现过结霜现象。我请修理电器的朋友何亮华来看，他说换个温控器就可以了，妻子连忙下楼购买。后来又换过几次，现在冰箱还可以正常使用。

我一直反感女人爱买衣服和浓妆艳抹，一直认为只有不断学习才能提升自己，才是真正的美丽。她赞同我的观点，经常将旧衣服和女儿丢弃的衣服缝好，照样穿得落落大方。同时，她还买来《毛泽东诗词》。每次听她用带有浓重益阳口音的普通话朗诵时，我总是忍俊不禁。

每次启开衣柜门、穿上她为我折叠好的衣服时，我总是心潮澎湃；每次看到她移开沙发、站在凳子上擦家具时，我总是既心疼又欣喜；每次吃饭时，她总是把饭菜端上桌才叫我。家中所有的事情几乎都是她包干，除非必须要两个人干的才迫不得已叫我。

玩笑是我们的快乐剂。有时，妻子会戏谑自己是"免费高级保姆"。每当这时，我总是笑着问她："你为什么要这样呢？"是啊，有些再婚的妻子，每个月要男人多少钱，否则就要分道扬镳，而我只负责生活费、水电费等。当然，过年、过节和她生日等，我会发红包。从2016年起，岳父就请了保姆。有时，我有意将她的军："你去当'天价保姆'吧。"她凝视着我，含情脉脉："我不去，我就是心甘情愿给你当一世的'免费高级保姆'。"这时，我总是问她："你为什么愿意呢？"她不假思索："因为你酷爱文学，上进心强，是优秀的丈夫。"

俗话说"郎是半边崽"。"郎"是湖南的岳父、岳母对女婿的称呼，意思是女婿要起半个儿子的作用。但是我们相隔七八十里，有时想当儿子也鞭长莫及。经常有人夸我有福气，娶了一位好妻子。这时，我总是微笑：感谢岳父的家风教育，感谢妻子的传承，我才有特殊资格享受"免费高级保姆"的服务。

（写于2022年）

与死神擦肩而过

听到救护车"哇呜哇呜"地鸣叫时，我总觉得它是在为我哭泣。幸好它从远处赶到益阳火车站西边的维克建材市场只需几分钟。我如溺水者看到了救星，安全感从心中升起。两个医护人员跳下车，要我伸出舌头，然后不假思索地断定我是中风了，我这才知道病情。中风？我听说过，也见过一些中风残疾或者死亡的人，但他们都是老年人，我这么年轻，怎么会中风呢？

早几天，我电话联系了地板店的店主刘俊，她同意在《潇湘晨报》的益阳主页上刊登广告。今天上午，我是来签合同的。

突然，一种麻木的感觉从左脚蔓延到左手臂，而且左边脑袋有些昏沉，甚至手脚不能动、声音细小、全身乏力。这是怎么了？按常识理解，这是血脉不通的症状。为什么会这样呢？我从来没有过这样的经历。20岁左右痴迷文学时，为了躲避父亲和继母的打骂，我经常以上厕所为名躲起来看书，因为蹲久了脚总是麻木，可只要站起来，很快就好了。今天根本没有蹲，应该是得病了。我极力加大声音，请刘俊给妻子打电话，要她快点过来。早一段时间，我在益阳市秀峰路投资开了一家店，请了安化县的朋友邓雄辉销售旧房，妻子正在那里。这时麻木犹如戏弄我，听到妻子来不了，马上消失了。我又要刘俊告诉妻子，暂且不要来。可过了一两分钟，麻木再一次袭击了我，比第一次更猛烈。幸好我神志清醒，感觉这病非常严重。难道会死吗？恐惧的我再一次要刘俊通知妻子，并在本子上写下：我快不行了，请打120。刘俊花容失色，犹豫片刻后，拨通了电话。

在益阳市中心医院走廊的担架上，我听到有人在叫我，原来是张伟平。她的丈夫刘臻武和我大侄子李明科的妻子刘钦是姐弟，我早就知道她是益阳市中心医院的护士。她很快叫来了她婆婆，比我大 20 多岁的"亲家"郭满秀。医护人员要了妻子的手机号，不断催促妻子。大约半小时后，妻子才赶来。医护人员立即叫她到外面，我估计是商量事情。她进来后，神色严肃地告诉我："医生说要赶快抢救，过了黄金期就没什么效了。有一种效果好的药叫溶栓剂，注射到血管中就会畅通，但有可能出现智力障碍或死亡。如按常规治疗，时间长还难以治好。"听到这话，我呆若木鸡。我还只有 43 岁多，女儿还在读高中，我还要多赚钱供她读大学；我来《潇湘晨报》益阳办事处还只有几个月，我事业未竟。我不能痴呆，更不能死。

在询问张伟平以后，经过慎重考虑，我决定选择溶血栓，我要早日恢复。病已至此，不能再拖延了，但愿老天保佑平安无事。一针溶栓剂 2000 多元钱，幸好注射后我的身体没有不适。当天夜晚，我的左手指、左脚趾能够动了，可后来又僵硬了。

应该是"亲家"郭满秀的通知，远在故乡的大哥、大嫂、二哥都来了。大嫂做梦都没想到，当天上午，我还送她到汽车北站乘车，要沅江市的大侄女婿去接她，不久后我就如此惨状。远在茶盘洲农场的二姐夫来了，远在岳阳市的大外甥来了，远在临湘市的三姐三姐夫来了，《潇湘晨报》的同事们来了……他们围在我身边，泪眼婆娑，说话哽咽，仿佛是最后的诀别。

按照医生的吩咐，我必须躺一个星期（就是大小便也不能起床），过了危险期才能起来。躺在被子下，我异常痛苦，似羊羔被捆住了脚，推进了屠宰场，不知死神何时举起屠刀。

往事纷至沓来，最终都跌落在病床上。白天稍微好一些，我可以说话，夜晚则辗转反侧，难以入眠。每天早中晚，护士张伟平给我打三次吊针，后来看我的手肿成馒头，就让人用热毛巾敷。我一遍遍地尝试将左脚收拢、伸直。妻子喊来了她姐姐，给我端屎端尿、买饭买菜。只有到下午下班了，她才来医院，第二天上午再去上班。

刚进医院时，医生李军给我量了血压，说是血压高造成的脑梗塞，会瘫痪。我真的会这样吗？如果瘫痪了，我怎么办？高血压为什么从来没有症状呢？记得在长沙奋斗时，我曾到湘雅路老百姓大药房买药，营业员当时给我量了血压，说我高血压。可我一不头痛、二不头晕、三不麻木，这算什么高血压呢？后来又检查了一次，结果显示血压正常。我没有料到如此后果。早知道会有这一天，我会吃药治疗，可惜悔之晚矣。

后来，医生将管子插进我的鼻孔，说是增加氧气，还给我装了监测仪，监测我每天的血压、心跳、脉搏等。我的思绪随花花绿绿的线条起伏，我觉得自己从人生的巅峰瞬间跌入了低谷。

虽说是危险期，但我觉得应该不会死，因为我一直神志清醒。旁边床上的一位老年女人是蛛网膜下腔出血，前一夜大喊大叫，吵得人们无法入睡，第二天早晨出去后就再也没进来了。我问了护士，才知道她死了。

望眼欲穿地等待，我终于熬完了第7天，迫不及待地起床了，可竟然走不稳，差点摔倒。我坐在凳子上，但是左脚不能动，左手指既伸不直也弯不拢，犹如鸡爪，左嘴角、左大拇指的外面有些麻木，眼睛有些模糊不清。眼泪瞬间喷涌而出，我被病魔摧成了这样，以后怎么生活？我用右手抓住左手指，总是向后扳直，不管手指是否会断，我觉得病魔就躲藏在这里，只有这样才解恨；我要妻子用绳子捆住大脚趾，往上提后又砸下来。大地啊，请问病魔为什么要这样摧残我？与其这样受折磨，我还不如自杀了更痛快。

刚开始走路时，我的脚像灌了铅一样沉重，仿佛是拼接成的机械零部件，要用力拖才能挪动，几分钟以后总算勉强轻便。医生推荐了高压氧治疗，但说高度近视患者慎用。我做梦都想尽快恢复，可害怕厄运再次袭击。我宁可蹒跚，也不愿意在黑暗中摸索。

病房的东北方向是康复室。进入靠北的一间，护士要我拿小东西，如纽扣之类，可我使出浑身解数，就是拿不起。我用左手颤颤巍巍地抓住转盘，可很难转动。想踩动转盘也绝非易事，经常踩不中，经常是气喘吁吁。我干脆脱了衣服，不在乎是否感冒。训练走路时，我从南边房子的台阶上去，又从台阶上下来。这是最简单、最轻松的方法。想到自己人到中年，却像婴儿一样学习拿东西、走路，真是欲哭无泪。

最享受的是按摩。我已记不起那位女护士的姓名了。她悄悄地说，丈夫姓戴，有一家汽车公司，在原来的益阳大道和金山路交叉口的东北边。她要我俯身、侧卧，她的手指在肌肉上移动，像犁铧耕耘水田时掀起舒畅的浪花。我们谈家庭、谈追求、谈爱好。她有时莞尔一笑："你不要焦躁，这病只能慢慢好。"她的安慰是春风，盘踞在心中的痛苦顿时烟消云散。做完按摩以后，我在走廊上和房间里走动，有时还到花园里，可惜不小心在那里摔倒过两次。欢快的人们在眼前漫步，我无比羡慕，哪一天才能正常呢？

有时，我甚至还走到三楼，探望一位江西病人，我和他是在康复室认识的。他比我小几岁，有几个孩子。在益阳市南县搞装修时，他从楼上摔下来，摔坏了脊椎骨，在床上躺了几个月，后来长了褥疮，靠妻子搬动。他以中国女子体操队员桑兰为例，相信自己会恢复。他的乐观在我心中播种。和他相比，我病情轻。我也应该长出自信的秧苗。病魔可以摧残我的身体，但是摧不垮我的意志，只要心态不残疾，我照样可以在理想的天空中翱翔。

病房到厕所有几十米，要拐几个弯。第一次蹲下时，我莫名其妙地摔倒了，第二次也是如此。白天上厕所无所谓，夜晚隔间里会传出声音，不知是什么发出的。后来，我要求住到了东边的单间小病房。没有了其他人的打扰，我生活很自由。我到附近的步步高超市买了一台收音机。

夜晚和旁边房间的病人谈笑以后，我就陶醉在收音机的节目中。

为了尽快好起来，我采纳了医生的建议，每天接一桶热水，将手和脚浸泡在其中。夏天温度高，在房内也出汗。汗水似淙淙流淌的小溪，冲出衣服，在地上凋谢成片片花瓣的形状。我还将左手伸平贴在墙上，每次都是 20 分钟，每次都酸痛无比。虽然如此，左手还是抬不起来，洗澡只能依靠妻子。

春天早就结束了，孟夏的高温迟迟催不出恢复的花蕾，我不想再遥遥无期地等待了。5 月 19 日 11 点多钟，我办理了出院手续，出租车载着我回到了久违的家。真的始料未及，这一次出门竟然住了 40 天医院（耗费了 1 万多元钱，医保报销了 8000 多元），以至于日记破天荒地中断了 30 多天，只得把补写的几天当作桥墩，让记忆在那些空缺的日子里跨过。其实内容都是大同小异，都是以中风为中轴，转动痛楚和锻炼的磨盘。

我与死神擦肩而过。当时医生李军断言我会瘫痪，至今我都认为他太武断。我不但没有瘫痪，而且能够走路。回家后，益阳市中医医院的陈姓女护士每天来给我按摩。每天，我左手抓住装满沙子的矿泉水瓶，不停地前后甩动。每隔一段时间，我就到益阳市中心医院复查。我最害怕的是做血常规，护士刺破手指头的时候我感觉非常疼痛，只几次就放弃了。当年夏天的夜晚洗澡时，我的左手还是不能伸到右腋下，更不能伸过头顶摸到右耳朵，还是不能握住毛巾搓洗后背，我瘫坐在地上嚎啕大哭，任凭泪水混合自来水冲刷身体。我是希腊神话中的西西弗斯，每天推着巨石上山，每次临近山顶时就滚下来了。哪一天，我才能登上山顶呢？

除每天起床和睡觉时服用治疗高血压的药丸、阿司匹林外，我没有用其他药。其实，我也停了几个月的治疗高血压的药丸，因为有时检查正常。益阳市人民医院的医生检查以后惊呼："不能停药，小心又中风。"

我吓得汗毛倒竖，从此以后坚持每天服药。

按照潇湘晨报社的规定，我最多只能休息三个月，否则就要除名。我不由得想起前一年9月1日进入《潇湘晨报》益阳办事处的情景。当时经过30天的摸爬滚打，我终于通过了业务考核，转为了正式员工。现在，我的命都差点丧失了，还要编制和钱干什么？让它们见鬼去吧，我要尽快锻炼好身体。我羡慕自由的鸟，就算是一只麻雀，也不想在这里受束缚。每天早晨和黄昏，我都在资江风貌带散步，每次至少一个小时。当年夏天的一个夜晚，瓢泼大雨笼罩天地。我举着伞，总感觉到后面有人，可一回头却没有，我有些恐惧，只得半路返回。

尽管我淡泊了金钱，但是只要有主动找我的业务，我还是照样承接。当年夏天，长沙市星河医院的姜院长拨通了我的手机，说是要在《湘潭日报》《常德日报》《益阳日报》上各做1/3版的广告，问我是否可以。我满口答应，这肯定是坛子里抓乌龟——稳到擒来。他没想到我的价格居然比报社还低，而且不要先付款；他更没想到这是我的强项。在长沙七八年，我专业代理湖南省各地、市、州的报纸广告，和每家报社的负责人结下了深厚的友情。他们对我非常信任，都是做完广告以后再给钱。我赶到长沙市，和他签订了合同。收到样报，我又赶到他那里结账。记得那个月，我赚了1万多元钱。那院长年龄和我差不多，比我稍微高大，不过眼睛比我还近视，看东西时就把眼镜取下来，眼睛恨不能贴在纸上，好像要吃了它。但是未想到他砍价非常厉害，最后还欠了我1000多元钱，我找他要了多次，他也不愿意给。不给就不给吧，以后他再找我做广告时，我又可以赚回来。他应该懂得同病相怜，可惜不怜悯我中风了。真想问他为什么这样狠。

出院以后，我利用找长沙政治军官学院解放军医院肾病科杨贤德收广告费的机会，去定王台购买了十来本医药保健的书籍来学习。半年过去了，我还是没有彻底康复。我知道，从此以后，后遗症可能将伴随我终生了。我这才开始紧张，赶紧去了湖南湘雅医院，心想这湖南省著名的医院应该有办法，可是医生检查后说治不好了。我后来还去了湖南马王堆医院，这是专业治疗心脑血管病的医院。我向医生表态，只要能够治好，花钱无所谓。她要我用力捏她的右手，连连说有力量。她这里有个我这样的病人，就是这样出院的。一个月丢掉1万多元钱还是不能治好，我放弃了。

不知是听谁说针灸有效果，我满怀希望，找到益阳市中医院院长贺新天。我每天上午坐公共汽车去益阳市空压机厂旁边的诊所，每次被扎几十根银针。医生是原湖南中医学院毕业的，手法很娴熟，只是每次我都心惊胆战。最终，2007年冬天百年罕见的冰雪才将我的计划画上了句号。

其实脑细胞坏死了，针灸怎么可以再生呢？这纯粹是屁眼里插当归——后补。如履薄冰地度过了5年复发期，我毅然采用了书上介绍的方法——停用阿司匹林（据说它有副作用，可我没感觉到）。这不能不说是冒险，而我觉得不会复发，正如当初坚信自己不会死一样，果然不出所料。

2008年正月初八，我果断地到益阳日报社，正式开始了新的搏击。从这天起，我才改为黄昏散步。只要不下雨、只要在益阳市，我都至少快走一小时，有时还和同伴比赛走到三桥，来回90分钟。不料当年冬天一个夜晚，气温非常低，我戴了耳套出门，几个青年坐在资江风貌带。走了约500米，后面传来跑步声。我刚回头，背上就被踹了一脚："把钱拿出来！"我倒在地上，大声呼喊："我没有钱，救命啊！"那些人才作鸟兽散。

中风是中医传统术语，其实在西医中，它是脑梗塞、脑血栓、脑出血。它非常残暴，首当其冲的是脑细胞；它特别"慷慨"，只要过了半年没有痊愈，就强行给人在语言或智力或手脚等留下"纪念"。假若把脑细胞正常理解为"接天莲叶无穷碧",我的则是"浅草才能没马蹄"。16 年多征途迢迢,脚知道我走烂了多少双鞋子;16 年多日升月落,肠胃明白我怎样改变了饮食;16 年多人海沉浮,世事昭示我许多无常。思索突然中风死亡或者复发比第一次严重的人,我是万幸的,毕竟智力没有受到任何影响。

2007 年 4 月 9 日,这本是一个可以被平安忽略的日子,现在却成了万劫不复的深渊,让我不得不刻骨铭心。那"9"字,是一把尖刀,将我完整的生活劈成了两半;那"9"字,是一只锤子,把我钉进了残疾人的行列。"亡羊补牢,犹未为晚。"痛定思痛,这过早敲响的丧钟是福音,让我真正意识到生命的宝贵,逼迫我筑牢了生命的大门。如果人生非选择不可,我愿做一棵伤痕累累的杨树,不愿当一朵朝开暮坠的槿花。

（写于 2023 年）

第三辑

沙海撷珠

妙手回春紫云英

那时父亲和继母还在世，那时我还很小。

那时，家里养的一头小猪突然得了病，趴在猪圈里起不来了，不吃也不喝。十四队的兽医王振富来看了，说是猪瘟病。他打了一次又一次针，强行灌进去好多药，猪仍然只是哼哼，仍然起不来，仍然不吃不喝，偶尔东偏西倒地站起来，又无力地躺下了。他治过多次后不愿来了，说只能让它死。

家里辛苦喂的猪，怎么能这样呢？这要损失多少钱啊？父亲不忍心，将它扔在家门前的紫云英田里。管它是死是活，看它的造化吧。

正是阳春三月，和煦的阳光无比温暖，红色的紫云英花点缀在翠绿的叶子中间，像一床硕大的毯子盖住了田野。

父亲和继母几乎把它遗忘了，只有我偶尔去看它。那猪钻进紫云英中，瘦骨嶙峋的，仿佛死了一样。有时哼一下，似乎在告诉我它还活着呢。

不知是第几天，那紫云英田中有了声音。我惊奇地跑过去，发现猪比以前更瘦弱了，两边的肚皮仿佛贴到了一起，白色的毛被泥巴染成了黑色，鬃毛斜刺着，像是野猪。它正在嚼食着紫云英，看着我到来，像是害羞的小姑娘，低下了眼。嘿，这家伙已经好起来了呢，我飞快地回家告诉了父亲和继母。几天后，那猪奇迹般地从田里回来了，虽然仍旧很瘦，但是精神抖擞，没有了病的迹象。

我知道，紫云英是能做菜吃的，它很脆嫩，有些甜味。至今我都迷惑不解，那濒临死亡的猪为何生活在没有风雨的猪圈中，用那么多药物都治不好，而将它丢在紫云英田中，没有人喂养它，让其日晒雨淋，它却能奇迹般地痊愈呢？是紫云英有治病的功效，还是神奇的大自然赋予了它抵御疾病的能力呢？

　　我突然想起了"置之死地而后生"这句话。多少年来，每次遇到逆境时，我总是想起那头猪。每次想起它，我总能迸发战胜困难的勇气。

　　　　　　　　　　　　　　　　　　　（写于 2006 年）

守护知识

益阳市资阳区步行街的东方，有两人摆了两个旧书摊。他们将两张床铺那么大的薄膜摆在地上，上面整整齐齐地放着各种类型的旧杂志和书籍。

这两个摊主都是五十岁左右。其中一个是胖胖的身材，高高的个子，黄中透黑的皮肤，留着一撮胡子。另一个是单薄的身材，矮矮的个子，也是黄中透黑的皮肤，不同的是他没有留一撮胡子。

这些旧杂志和书籍不贵，两元钱到十几元钱就能买到一本。说是旧的，有些却很新，价格比书店中的便宜了很多。因此，光顾的人不少。

单薄的摊主做生意很精明，他的书一律不讲价，而且很少让人看。他总是"明察秋毫"，只要发现有人是真正看书而不是买书，总是下逐客令。遇到无动于衷的，他便抢过对方手里的书，让其赶紧走开。他说："我的书是赚钱的，不是白看的。都白看书，我吃什么？"

而胖子却不同，他准备了一些凳子、椅子，无偿提供给看书的人。这些人坐在这里翻看着杂志和书籍，有看上了哪一本的便掏钱买一本；也有嫌杂志和书籍贵的，于是便和胖摊主讲价。不论多便宜，只要顾客讲价，胖摊主准会降价。有些人翻书过后并不买书，而是和摊主讨论。大家偶尔会为某件事争得面红耳赤，争得手舞足蹈。

这旧书摊离汽车路小学不远，因此吸引了很多小学生。这些小学生的父母们几乎都在外地打工，他们成了名副其实的留守儿童。有家境好的，看到喜欢的书籍便马上买了；家境差的学生饭都吃不饱，哪有钱买书哟。他们开始只是怯生生地挤在人群外，眼巴巴地看着。胆子小的，望久了，不甘情愿地走了；胆子大的，终于挤进人群，蹲在旁边贪婪地翻书，遇到摊主问"要书吗"，便马上不情愿地走了。

久而久之，这胖摊主看出了名堂。以后，只要看到这些小学生，他不会再问了，总是让他们先看书。有人曾好奇地问他："你家境不好，下岗了靠卖书为生，你这不是赚不到钱吗？"胖摊主微微一笑，不假思索地回答："当年我家穷，没读多少书，我知道知识的重要性。他们和我不同了，他们现在不饿肚子了，但心灵也不能饿。"

我每次从这里经过，都会看到这幅画面。阳光温暖地洒在他的身上，在他的面前，一个个小学生低头看着书。看着他们，摊主一脸幸福的笑。他不忍心打扰小学生，他也告诉前来看书的其他人，不要惊醒了他们。

我想：他这是在守护他们。不，他其实是在守护知识。

（写于 2012 年）

挥舞"裤旗"向"拦路神"宣战

　　洞庭湖平原的风俗是，只要不过完正月十五，就还是春节。当父亲和继母要我正月初二去砍芦苇时，才满 18 岁的我非常不愿意。春节期间在家里，既有好吃的又有好玩的，还可以看书创作，多好啊。父母亲真是太爱钱了，难道春节也不让我休息吗？但是在他们的谩骂声中，在憧憬买一台收音机自学文学的美梦中，我还是担着被子和茅镰刀等，同二哥和他的小舅子陈雪飞一起，来到茶盘洲农场新华分场一队，坐了 20 里的公共汽车，借宿在幸福港的大姐家。第二天上午，我们步行 10 里，抵达了鹅洲分场黑湖脑的芦苇站。这里的人们都回家过年了，只剩下空荡荡的房屋。

　　匆匆吃了中饭后，我们就进了芦苇山。阴沉的天空如同我的心情。风吹在身上，非常寒冷。砍芦苇，我还从未经历过。它高三四米，一望无际。长而宽大的苇叶齿像一把把小锯，稍不小心就会割得双手鲜血淋漓。饭藤子草横七竖八地将芦苇绞在一起，似乎编织成一道屏障，要阻挡我砍伐的道路。有时，鸟会突然从芦苇丛中飞出来，猛地叫一声，真的有些恐怖。经常是这里砍断了，那边又缠住了，必须要钻过去，抱住往后拖才能完成。砍倒芦苇后，还要捆成 0.8 米大。按这要求，我只完成了 7 捆，和二哥的小舅子相比，简直是天壤之别。他和我同龄，可我完成的还不到他的一半。我使出浑身解数，仍然落在后面。尽管他们不当面说我，但我看到那种眼神时还是很不自在。18 岁是成年人了，我不能比他们差。天将黑时，我们担着芦苇出来了。刚开始感觉不太重，不久后担子就像一把锥子扎在肩膀上，每一步都很疼痛，特别是上堤时疼痛越发加剧，仿佛呼吸都要停止了，两里路我休息了几次。夜晚，我直接瘫倒在芦苇搭的地铺上。

也许是老天读懂了我的心理。第二天上午进山不久，朔风怪叫，乌云翻滚，很快就下起了雨，我不想冒雨赚钱了。"好雨知时节，当春乃发生。"2月4日就将立春了。这真是天赐良机啊，我念起了杜甫的诗，暗自窃喜，和二哥说了回家的决定。我知道他不会阻拦我，他早几年就结婚了，和父亲及继母已分家。

我沿着昨天出入的那条烂泥小路往西走。每次不小心踩在锋利的芦苇兜上面，隔着鞋子也硌得痛。咦，不对啊，昨天只要十几分钟就能上大堤，今日怎么这样久了还没到呢？越往前面走，我越感觉走错了路。雨越下越大，旷野中只有一堆堆芦苇垛冷漠地看着我。我放开嗓子大喊，可二哥他们根本听不见，只有原野呼啸的风在回应我。我撒开腿乱跑，全然不顾寒冷。眼泪在眼眶里打转，我努力给自己壮胆，这是怎么一回事呢？是走错了路吗？好像没有啊。我越想越糊涂，难道是"拦路神"吗？听说在荒郊野地很容易遭遇到这样的事。想到这里，我不寒而栗。人们传说它是冤死的黄花闺女变的，专门缠住过路的男人，让他找不到正确的路。不过，这时不要怕，只要将裤子脱下来谩骂，她就怕丑，神法便马上没有了，路就很快出来了。

我毅然脱下外裤，如同挥舞一面冲锋的旗帜。尽管冷得牙齿不停打颤，可我觉得这是敲响战斗的鼓点。终于，在我声嘶力竭地叫骂以后，在我汗流浃背地跋涉了很远以后，我找到了一条野草覆盖的羊肠小道，蹒跚着爬上了大堤。哦，离我们住的那小屋已隔几里……我拿了行李，雨仍在下，风呼呼地刮在我单薄的身上，我又冷又饿，浑身乏力，就这样跌跌撞撞地赶到了幸福港，恍恍惚惚地坐到回新华一队的车上。

那天回家，父亲和继母很惊诧。听我说完原因，他们不但不表扬我摆脱了"拦路神"，反而臭骂了我许久。因为我不但丢了腊肉和米，还未赚到一分钱，真是无用，只有我当了逃兵。

现在回想起这件事，真是啼笑皆非。那次其实是我走错了路，但如果按迷信的人解释，那就是"拦路神"在作祟。在人生的路上也是如此，我们应当镇定，看准前进的道路。如果遭遇"拦路神"，应当不怕羞耻，甚至要大胆脱下裤子反击。只有这样，我们才能找到正确的道路。世界上本来就没有神，真正的神是我们自己。

（写于 2023 年）

得病有时也是福

1982 年冬天，三姐夫请我搬家。把家具从我队运到岳阳市后，他要回临湘县联系车来拖家具，将我丢在了夜晚的大街上。

当晚，我只得在船码头旁边找了一家旅社。躺在硬邦邦的木板床上，盖着单薄的脏被子，我翻来覆去地难以入睡。不知过了几个小时，我的下身突然痒了起来。刚开始我以为是被什么东西咬了一口，于是随便挠了挠，但过不了不久就又开始了，而且总是痒。怪呀，平时痒的时候挠几下就好了，今天怎么这么剧烈，时间还这么久呢？我干脆坐起来挠，好点后再躺下来。如此周而复始，一夜都未睡着。我这时才感觉可能是得病了。长这么大，我从未得过这痒病啊，这样的病太难熬了。

第二天上午，我寻到了当地的一家医院。当一位女医生要我脱下裤子检查时，我都吓呆了。从懂事起，这可是第一次在异性面前裸露下身啊。我用手紧紧抓住裤边，仅仅只露出那么一点。女医生来气了，我好像听到她骂了一句"乡巴佬"后，便狠狠扯下我的裤子，这里看看，那里捏捏，最后涂了一点什么药水在上面，顿时痛得我龇牙咧嘴。随后，她又在我屁股上捅了一针。整个过程，我的心跳一直特别快，脸也憋得通红。蜗居在旅社，我按女医生的交代吃药涂药，可无济于事。就这样在外折腾了几天，我沮丧地回到了家里。

这真是个怪病，白天几乎是"偃旗息鼓"，可只要到夜晚盖住被子便"大显神通"。痒时，越用力挠越舒服，破了皮也不觉得，过后，血痂子和内裤粘在一起，很疼痛。那时我和父亲睡在一起，父亲问我挠什么，我怎么好意思说呢？只能支支吾吾地搪塞。过了几天，我也听到了父亲抓痒的声音。我知道，父亲也得了这痒病，而且是我传染给他的。被子下面，父子抓痒声此起彼伏，我心里像被灌了铅一样的沉重。

我偷偷地问了周围一些人，他们都不知道这是什么病，更不知怎么样治疗。我又找到了祖上几代行医的刘桂云老医生。她退休了，可她的儿子小牛婆在公社卫生院上班。小牛婆和我是同伴，他在询问了病情后告诉我：这是疥疮，是一种传染性很强的皮肤病，通过热气很容易传播给他人，用艾叶煎水洗澡外加涂抹硫黄软膏是可以治好的。

冬天洗澡比较麻烦，每次都要脱去好几件衣服。三姐每次都主动烧好水，像监工一样地督促我，每次我都是被她催了几次后才很不情愿地钻进浴罩中。同时，我还要躲藏在没人的地方，将硫黄软膏涂在下体上。渐渐地，下体很少痒了，几天后便彻底痊愈了。

疥疮虽然是传染病，但和它"亲密接触"后也会终身受益呢，因为它使我产生了免疫力。医生说我永远不会再得这病了，此话应该是真的。至今，我仍安然无恙。

不过，让我很内疚的是我不小心将它传染给了父亲，让他在饱受肝腹水病折磨时还遭受巨痒之痛（父亲的疥疮后来怎样好的，我不得而知）。看来，得病也是一种好事呢。感谢疥疮曾经的"光临"，从此后我将再不会有疥疮之虞了。

（写于 2006 年）

同学要我当记者

准确地说，他和我不是同班同学，只是同届。我在华田公社五七中学中四班时，他是中五班或中六班。虽然认识他，知道他姓名，但没有交往。

1979 年 7 月，15 岁多的我初中毕业后，毫无选择地回到了莫愁湖大队十五队，开始了农民生涯。那时，我不顾父亲和继母的打骂，自学文学创作和新闻报道，连续三年参加了广西《柳絮》文学杂志社的函授学习。县广播电台等经常播诵我的作品。在当地，我小有名气。

1987 年 4 月 22 日上午，他突然来到我家。见到我后，他显得很兴奋："同学，我是特意来找你的。我现已到县广播电台当记者和编辑了。"早几年，他在我们大队当代课老师，后来去部队当兵，退伍后就分到我县最高级的新闻圣殿工作了，这让我非常吃惊！直到那天，我才第一次听说他会写文章。他的到来顿时让我觉得蓬荜生辉。"你是怎么分到电台的？""告诉你，省领导是我伯伯。"听到他眉飞色舞的介绍，我相信了，当时一位省领导的大名如雷贯耳，他们确实同姓。少顷，他又说："你的几篇新闻稿和诗稿都采用了，我给你带来了两篇小说稿。《中华花木报》在我省成立记者站，我朋友在那里负责，我可以帮你当记者。你想去吗？"霎时，我受宠若惊。我怎么不想呢？脱离农村，到城市当记者，我梦寐以求啊！

当时，我已 24 岁，属于"大龄青年"。因为父亲早逝，自己又痴迷文学，导致家徒四壁，我被一些人认为是"好吃懒做的无用书呆子"。给同龄伙伴做媒的多如过江之鲫，而我家却门可罗雀。不料就在这时，奇迹发生了，茶盘洲农场畜牧分场四队的孙桂元喜欢我。好不容易"赌婚"

成功后，她母亲还是不同意我们交往，每次去她家，她对我仍是冷若冰霜。她通过媒人"警告"我：尽快脱离农村，到工厂当工人。她不能让女儿跟着我吃苦，否则就只能分道扬镳。

"是真的吗？"我有些怀疑地问他。"是的，你是我同学，我还能骗你吗？你难道不相信吗？"他反问道。见他肯定地答复，我像鸡啄米一样连连点头："相信，相信。""那你和我到岳老屋里去吧，今天他生日。"他突然提出了这样的要求。"你岳老是何只个啊？他住在何垓？"听到张厚德这名字，我连忙回复："我认识，他住在旁边的鲜鱼塘大队二队。"当时我很纳闷：既然他自诩水平和地位如此高，怎么就娶了张厚德那读书不多的女儿呢？我随他到了那里，给了他岳父几十元钱。

那天，他的连襟也来了，对方是泗湖山区净下洲公社人，也当过兵。他们在一起喝酒，有说有笑的。突然不知为什么，他们就骂骂咧咧地推搡起来了，原来是他喝醉了。我连忙把他们劝开，但他还是气愤地把那人的凉鞋丢进了前面的鱼塘中。我守在床边，听到他喃喃自语："君剑是华田乡的真正才子，只是现在没有人提拔、培养。"是啊，酒后吐真言，他说得很对。

为了能尽快当上记者，我冥思苦想和他建立好关系的方法。当年夏天，我凌晨踩了十多里的自行车，来到护华洲大队二队，帮他母亲家打了几天苎麻，没要任何报酬。我使出了浑身解数，尽管在烈日下大汗淋漓，中午也没有休息，直到很晚了才摸黑回家。我想留下美好的印象，请他们为我多说好话，帮我早日梦想成真，保住姗姗来迟的爱情。

那一段时间，我都是度日如年。我渴望来信，可是没有，他好像人间蒸发了。我只得来到 10 里外的公社，请他们帮我先打电话到泗湖山区公所，再通过总机转到县广播电台。可他不是不在，就是支支吾吾地说没确定，搞好了通知我，我只得强迫自己耐心等待。记得当年秋天，得到他妻子生了女儿的消息后，继母给我挑选了一只大母鸡，又拿了一些鸡蛋和几百元钱，我和女朋友乘船100多里，到他家庆贺。我到电台办公楼参观，看着舒适气派的环境，无比羡慕。假如能在这地方工作，那我就是世界上最幸福的人。

回来之后不久，当我再打电话询问他时，他竟说不行了。当时，我心一沉，然后提出了最低请求："那就请你帮我在工厂找一份工作吧！"他稍微思考后，斩钉截铁地说："行，但只能烧锅炉，把你搞到沅江纸厂。""烧锅炉也行，只要能脱离农村。"我如溺水中抓住了希望的稻草。我幻想着一边在锅炉旁添加燃料一边写诗的浪漫，我期待着这一天早日来临。

就这样盼星星盼月亮，过了一天又一天，他仍是泥牛入海，杳无消息。走投无路的我只得再次买了礼物，找到他母亲家。他母亲这才告诉我："我崽说的，你烧锅炉的工作也搞不成了。"这消息不啻当头一棒，我无比悲痛，豆大的眼泪不争气地滚落下来。我怎么向女友和她母亲交代啊？

这事"夭折"后，女友的母亲武断地认为我欺骗了她，于是大发雷霆，既不同意女儿结婚，又不退还彩礼钱。女友被"逼上梁山"，只得和大嫂在第二年初夏"私奔"到我家。由于怕她母亲带人找麻烦，我们不敢举办婚礼。经三姐"指点迷津"，我们如惊弓之鸟，匆匆逃往岳阳市临湘县聂市镇，从临湘县五里牌农贸市场远赴黄盖湖渔场、江南公社等地，贩卖西瓜、鲜鱼、蔬菜等，饱尝了生活的艰苦。直到年底，妻子要分娩了，我们才不得不返回家乡。

记得最后和他见面，是在20世纪90年代初的赤山岛。当时，我已挈妇将雏，漂泊到了益阳市。在回故乡等候过轮渡的车旁，我们不期而遇了，诚实的我第一次撒谎。其实，我当时已从文学梦中幡然醒悟了，但是为了掩饰自己的穷困潦倒，我跟他说已在著名的文学杂志上发表了作品，来提升自己的档次，希望不被有优越地位的他歧视。

30多年往事沉浮，怨艾早就成了野马尘埃。当年，他应该不是骗我，应该是心有余而力不足。我听人说当时的省领导并不是他伯伯，他是求那人时才那样叫，不知是真是假；也有人说他早就不在县广播电台了，被"调"到了远离市区的小镇。我在网上查了，事实确实如此。这些年来，我从没在媒体上看见过他的作品。

我和他已暌违20多年了。当我在自己三室两厅的江景房中回忆这段经历时，真是感慨万千：他为什么销声匿迹了呢？是不愿意写作还是江郎才尽，抑或是其他原因？而我当年的违心话竟"一语中的"：我在许多报刊上发表了作品，荣获了许多全国大奖，作品被收入了多本书籍。我不但加入了湖南省作家协会，而且是中国散文学会会员。

听说24岁是本命年，民间传言，这一年只有穿红内衣等才能趋吉避凶，消灾免祸。"月有阴晴圆缺，人有旦夕祸福。"无数的事实证明，并非只有本命年才有凶祸，化解它的灵丹妙药就是不盲从。我坚信：吉祥靠自己掌握，幸福只会垂青奋斗者。如果迷信本命年，就不能摆脱它的魔影。

（写于2023年）

感谢骗我的杨大姐

　　杨大姐四十多岁，中等身材，偏胖，黑黑的皮肤，扎着两根辫子，穿着一件花布衬衣，无论怎样看都是典型的农民模样，给人一种淳朴、可信的感觉。

　　1993年5月，我在沅江市郊杨泗桥村群兴组皮冬超家栽培平菇已近尾声。从泗湖山镇莫愁湖村出来一年了，我们还是未有新的积蓄。栽培平菇不但辛苦还赚不到钱，我便想学一种投资少、见效快的技术。

　　那天，我在街上茫然地走着。突然，前边围着一群人，我好奇地挤了进去。只见一名中年男人将一根粗长的钢针扎进自行车内胎，然后把一瓶东西灌进气门芯里，充满气，稍微转动，那胎竟不漏气了。当时许多人都不相信，他又这样演示了一遍。他拿出工作证，向想学技术的人介绍道：这是轮胎自补剂，是他们工厂最新的专利产品，原则上不对外公开，但为帮农民兄弟致富，每县可教一人。

　　我当时就心动了，回家和妻子商量，她很赞成。我按那人留下的住址，找到了旅社。他说："这事要找厂长才能定。"我这才知道厂长是女的，名叫杨翠枝，年龄比我大。我向她说了许多好话，甚至还买了鳝鱼等好菜，请她到家里吃饭。她说："行，小弟弟，你父母亲死得早，白手起家不容易，我很同情你。学费也给你优惠，人家1000元钱，你500元钱吧。"她附在我耳边一再叮咛："要保密，不能告诉人家啊。这东西很好卖，当了大老板别忘记我哟。""好的。"我那时好高兴啊，心中默念道：杨大姐，你真比我的亲姐姐还好。

　　草尾区的张元喜在石矶湖栽培平菇，每当我的平菇采完后，我就会去他家进货销售。他也想学这技术，杨大姐担心他要赖，要我当见证人。

她要他把 1000 元钱先给我，再写给他配方。

5 月 8 日早晨，我送舅子到沅江市汽车站乘坐 6：50 的汽车，然后按杨大姐的嘱咐，到她家乡——湖北省天门县蒋场镇西湖村，购回了许多近一拃长的酱色塑料瓶；又按照她教的方法，将锯木屑、硫酸铜、聚乙烯醇等放进开水里熬煮，再灌进瓶子里，然后将钳子烧红，将瓶口夹紧。嘿，一瓶轮胎自补剂就这样出来了。只用几天的时间我们就生产了几千瓶。

我兴致勃勃到街上销售，结果几条主干道上，都有人卖轮胎自补剂，这无疑给了我当头一棒。我去找杨大姐，但他们早已逃之夭夭，我这才知道中了计。那时，家中仅有的一点钱都投进去了。沅江市有人卖，家乡应该没有吧？总之，不能丢掉，要变成钱才好。这时，张元喜要我们帮他设点销售轮胎自补剂。他称赞我们卖平菇时销售能力强。我只能推托，怎么能告诉他我也学了，要卖自己的产品呢？ 5 月 23 日中饭后，我用自行车载了 4 箱轮胎自补剂赶到沅江市船码头，乘坐下午 1 点的船，4 点多就到达五七干校，夜晚睡在大哥家里。

第二天早晨，我将自行车钢丝磨成大针。上午，我将打气筒压在轮胎自补剂箱内，把自行车内胎挂在车把上，就这样在华田乡政府、华田中学及护华洲村售卖。接下来的几天，我到了鲜红村、华田村、茶盘洲农场新华分场、幸福镇的纺纱厂、新华机务队、泗湖山镇等。只要看到有人，我就不停地叫卖。遇到有人询问，我就像杨大姐他们一样演示，每瓶 1 元钱。尽管这样，我也只收了 21 元多钱。

我销售了一个星期，最后以批发价卖给了我村的龚仲秋、陈本良、贺正明、谢清明、黄荣辉等人，还卖给了国营茶盘洲镇在幸福港开店的曾韵妻子，总收入将近 250 元钱。虽然销售了一些，但家里还有很多。下一步怎么办？蓦地，我想到了益阳市。它是地级市，应该没有人销售。

6 月 2 日上午，我带着 130 瓶自补剂，乘车到了益阳市舅子租的房里。下午，我像杨大姐他们一样，请人做了"不试不知道，一试真奇妙"的横幅，又买了红纸，写了说明书。

第二天下午，在菜市场门口，我挂出了横幅，然后忐忑不安地坐在那里。舅子竟躲得很远，笑话我像江湖骗子卖狗皮膏药，可我这时已顾不得那么多了。那一次，我卖了10多元钱。

随后，我们又到了益阳市的朝阳路、康复路、益阳大厦前坪。后来的几个月，我就固定在益阳市五一东路供销社外。有一天，我看到附近有两人在卖自补剂。我连忙过去询问，原来杨大姐他们早在几个月之前就来"扫荡"了。有个姓徐的老头花了几千元钱学习，至今还未卖出一瓶。

那时，草帽遮住了我的羞赧，短裤下的皮肤被太阳烤得黝黑，高温和汗水将眼镜弄得模糊不清。我每天早出晚归，10多个小时坐在街沿上。妻子从不和我"营业"，偶尔匆匆送点饭来又马上走了。有时，一只蛋筒、几个包子就是中餐。生意好时，一天能卖出十几瓶，差时就只几瓶了。销售了一段时间后，我才知道轮胎自补剂的缺点：它只适宜看不见的小孔、漏气很慢的轮胎，而且不能受压。有一次，几位搬运工的板车轮胎漏气，我灌进几瓶，但它怎么能承受那几千斤呢？胎自然又漏气了。谁知那手工补胎店的汤立强眼红我抢了他的生意，贬低轮胎自补剂不但补不好，而且会腐蚀轮胎。他们信以为真，将我狠狠地凶了一顿，还逼着我退钱。

狂风吹落树枝砸在身上，痛彻我麻木的心灵。我每天打气、补胎，但我人生的胎烂了，谁来为我修补呢？养家糊口固然重要，但不能只想到脚尖的钱，应该眺望远方。我突然想起了英国小说家毛姆在《月亮和六便士》中的名言："满地都是六便士，他却抬头看见了月亮。"是的，为了理想，我不能再这样苟且了。恰逢一家媒体正在招聘广告人员，我毅然丢下轮胎自补剂，懵懂地闯了进去。

至今，我经常想起杨大姐。如果没有遇到她，我或许还沉浸在繁重而易失败的食用菌梦中；如果没有遇到她，我应当不会来益阳市，更不会从事媒体经营。

杨大姐虽然欺骗了我，但那是逼迫我走出困境的动力，她是我的"赶山鞭"。杨大姐，你还好吗？你是什么模样了呢？杨大姐，你还记得我吗？真想寻到你家当面感谢，"一壶浊酒喜相逢，古今多少事，都付笑谈中"。

（写于 2004 年）

当年无奈收废品

"收废品啰！收废品啰！"在城市生活 25 年多了，这样高亢的声音经常传入耳际。每一次我都认为，这是自己穿透 25 载岁月的声音在益阳市回荡。只要家中有废品，我总是喊这些人上楼，将废品卖给他们，还和他们津津乐道我过去收废品的生活，他们大都露出不信的神色。我苦笑着，将那在岁月中尘封的画卷徐徐展开。

1990 年秋天，因我拆毁了父母亲留给我的茅草房，便租了莫愁湖村村委闲置的一间瓦房栽培平菇。第二年春天，在沅江市百货公司的同学丁志钦找到我，说他弟弟丁和钦在沅江市农机局的一栋房子内养鸡，有房子可以栽培平菇。当时，他很想学习这技术。我正踌躇满志，也想离开农村，到城郊扩大规模，两人一拍即合。我事先运了从茶盘洲镇棉花仓库买的 2000 斤棉壳到这里。收完平菇以后，又挈妇将雏，带着新做的接种箱和床铺桌椅等，租住在他弟弟闲置的一间房里，只等立秋后再大面积栽培。

正是夏天高温，离立秋还差两三个月。在这漫长的时间里，我们靠什么生存呢？每天的房租、水电费、伙食费等，至少要耗费几十元钱。一切都要买，一切都要钱，压力巨大！望着妻子整天阴云密布的脸色，望着女儿紧盯着同龄人上幼儿园的羡慕神态，眼看着微乎其微的几百元"食用菌专用资金"一天天被"蚕食鲸吞"，我的心一天天发紧。绝不能这样坐吃山空，我必须想办法维持一家人的生活开支。可是，经商做生意吧，我既没本钱又没经验；打工赚钱吧，矮小瘦弱的我又怎能胜任呢？到单位从事文字工作吧，在沅江市举目无亲，谁会要我呢？想来想去，我突然想到了一条捷径——收废品。

我在家乡时就听说收废品不要什么本钱,定赚不亏,当时就"蠢蠢欲动"了。而现在真正要收废品,却很为难。但转念一想:在陌生的沅江市收废品,人家都不认识我,管他呢!就这样,我下定了决心。

那天下午,我先在院子内开始了"实习"。墙角边、阴沟里,只要有废旧的塑料薄膜、破烂纸盒之类的,我都悄悄捡起来。3岁多的小女也乐滋滋地跑过来,嘀呵喧天地举起双手大叫:"爸爸收废品啰!爸爸收废品啰!"吓得我一把扣住女儿的嘴巴,要妻子赶紧把她关进屋里,然后我将废品提到附近的废品店,卖了7元多钱。拿到钱的时候,我还以为店老板多给了我呢。

第二天,我就正式"上班"了。为了"万无一失",不让有可能遇到的熟人认出我,我把草帽压在眉檐,挑着一担箩筐,拿了一杆秤,正式开始了收废品"生涯"。

初出茅庐,在高楼林立的沅江市区中穿行,我还是怕丑,毕竟我还只有30来岁,正是风华正茂的青春年华。我在心中将在废品店了解的价格默念,口中学着平时那些收废品的人喊道:"收废品啰!收废品啰!"

我的声音开始是小而细弱的,小得只能自己听见。后来喊的次数多了,才渐渐抑扬顿挫,具有韵律感。一路上,我走巷串户,专门寻找那些丢垃圾的地方,渴望发现财富"新大陆",捡到值钱的废品。我用火钳在垃圾桶里翻找时,苍蝇"嗡嗡"叫着飞起来停在我的身上,但并不影响我聚精会神地"工作"。许多人都用疑惑的眼光盯着我,可能他们看我戴着眼镜误认为是大学毕业生吧?或者是分配到办公室工作但因犯了错误而被开除的?我先是忐忑不安,继而又给自己壮胆:怕什么?我一不偷,二不抢,收废品利国利民,很光彩呢!

第一天就开张大吉,收入17元多钱。傍晚回到家,当我将钱给妻子时,她吃惊地睁大了眼睛。

首战告捷。尝到成功的甜头后,我干劲倍增。我甚至还大胆地找到沅江县乡镇企业局办公室主任刘梦蛟，希望他看在同乡和都爱好文学的份上，将报纸、杂志卖给我。从此以后，我每天早出晚归，运气好时一天能收几担。

收废品的时间长了，我也逐渐学得精明了。我分辨清楚了不同的金属制品和塑胶制品，知晓了几家废品店同类废品不同的价格，我的收入自然又上了新的台阶。我还改了原来收一担卖一担的习惯，变为十天、半月卖一次。我们将收购回来的废品分门别类，堆在逼仄的房间里。这样一来，居然聚起了不少的报纸、书籍等。只要有空，我和妻子及女儿就在"图书馆"中席地而坐，度过了许多津津有味的时光。

俗话说"穷人的孩子早当家"。3岁多的女儿很小就懂事了。有一次，她和我们路过丁雪梅家时，见到旁边有只硕大的纸箱子，于是蹑手蹑脚地拖起来就跑。丁雪梅看到后，忍俊不禁地故意在后面追："抓住，抓住！"吓得她忙大喊："爸爸，妈妈，快来救命啊！"丁雪梅逗她："你这小鬼也收废品吗？"女儿奶声奶气地回复："是的咯，我妈妈也收废品，我们一屋人都收废品。"我们禁不住捧腹大笑。

可惜好景不长。在这里只住了27天，丁和钦就要收回我租的房子养鸡，我只得去石矶湖的加禾村四组刘世才家租了一间小房子，仍然继续我的"事业"。

一天，我到沅江市体委宿舍区收废品时，喊声刚落，顷刻间"嗖"地围拢来几条狼狗，张牙舞爪地边吠边扑向我，吓得我魂飞魄散，慌忙蹲下来。那些狗可能以为遇到了强大的厉害武器吧，看我抡起扁担横扫，只得夹着尾巴逃走了。我乘胜追赶，在一处墙角边意外地看到地上有几本破旧的书籍。嘿，里面还有一本《普希金诗选》呢。我一连问了几遍，都无人应答，于是我将这些"战利品"捡了起来。没想到在出门时，被那个黑瘦的门卫"挡驾"了。他一边将我拖住，一边骂骂咧咧地把箩筐掀倒在地。我哀求他把那本《普希金诗选》留下来，不料那本书被他一脚踢进了污水坑里。他气势汹汹地吼道："看你人还比较老实，要不然通知公安局的人把你抓去打死你！"最后，见我的箩筐中实在搜不出能说得上"偷"的东西，他才允许我动身。

一担担沉重的废品压弯了我的脊梁，但压不弯我的希望；一滴滴汗水打湿了我的衣服，却不能冲垮我的诗和远方。时间的脚步终于挨到了立秋，我理所当然地结束了这段受歧视和屈辱的岁月，开始了在团山乡杨泗桥村皮冬超家的奋斗。

而今，我暌违沅江市已有25年多了。在人生的长河中泅渡，我早已终止了当食用菌专业户的梦想，在城市的媒体中用文字垒砌着理想的城墙。

当我反思过去的这段往事时，心中总会涌起一阵特别的波浪。我总是想：当时为何有那么大的勇气，从事许多人嗤之以鼻的职业呢？

仔细想来，应当要感谢当时的逆境。是逆境给了我压力，是逆境给了我动力，是逆境让我摆脱了困境，是逆境逼迫我为了理想而勇敢地奋斗。

（写于2017年）

不当假冒伪劣的"知识分子"

　　知识分子是什么模样？相信很多人都知道。见过我的人，没有哪个认为我不像的。确实，我很像知识分子，而且是很典型的"高级知识分子"，因为我戴着一副高度近视眼镜。

　　追根溯源，我这"高级知识分子"的来历，几岁就开始了，那时我就喜欢看书。有一次，我在煤油灯下看连环画，结果直到火苗烧了鸭舌帽我才感到痛。小学时我在灶下边看书边烧火，结果借人家的一本《西游记》被二哥扔进了熊熊燃烧的灶膛。因为偏科，初中毕业后我毅然回到农村种田，做起了作家梦。我不分白天黑夜，哪怕是上厕所，只要有空闲时间，也如饥似渴地看书、写作，为此没少挨父亲、继母的打骂。记得有一次，大哥要我做事，但我没有去。当我正写得入神时，猛然听到外面"嗵嗵"的响声，原来是大哥跑来了，没等我反应过来，他就把我辛苦写好的作品撕得粉碎。就这样，我偷偷摸摸地自学了多年，渐渐地打下了"知识分子"的"坚实基础"，就这样和"知识分子"结下了不解之缘。

　　那时，农村里种田的没人戴眼镜，戴眼镜是知识分子的象征，哪个知识分子会种田呢？所以我是不敢冒这"天下之大不韪"的。我害怕乡亲们看怪物一样的眼光，我怕乡亲们的冷嘲热讽，我只知道乡亲们说戴眼镜种田好像是牛蒙着眼睛犁田一样，很丑，很滑稽可笑，直到视力很差了才想到要戴眼镜。

　　我家远离城镇，那时不知道要先验视力后才配眼镜。因为家穷，买不起眼镜，叔叔便把他不能戴了的给我，结果我戴上后什么都看不清。这眼镜自然是没戴了，但我的自学生涯仍然在继续。

20世纪80年代初，我才第一次随邻居到远离家乡几百里的益阳市人民医院配了眼镜。当时戴了好像没问题，可回家后感觉头昏眼花，于是又寄给了医院。不久后虽然有了眼镜，但我还是不敢在外面戴，只有看书时才用。

真正每天戴眼镜是在我25岁时。那时，我的视力每况愈下，医生说眼镜要经常戴，不能时戴时取，经常戴才能保证视力不下降。我这时才恍然大悟，可大势已去，我只能用"亡羊补牢，为时未晚"来安慰自己。

1995年到1996年，益阳市中医学校有人请我为他负责广告策划。我那时提着一袋汉语言文学教材，横跨广西、江西，辗转于各大城市，从外面回到招待所后也会看书、查字典。多年来，我仍坚持每天看报、写日记。随着时间的流逝，我又转向了纪实创作，还发表了许多作品。

社会快速发展，电脑也"飞入寻常百姓家"了。早几年我就买了电脑，想到自己是"高级知识分子"眼睛不好，便送妻子去培训。可每次要她打字或发稿子，她总是挨挨擦擦不愿意。终于，在踌躇许久后，我下定决心学习使用电脑。在挨过多次骂后，我终于学出了师。现在，我的写作、发稿等都是用电脑。

其实，我当时也打过退堂鼓，年龄不小了，为何还要学习呢？可后来想，谁叫我是"高级知识分子"呢？我可不能当"假洋鬼子"啊。如不学习，不仅会被时代淘汰，更对不起我的眼镜啊！我是"高级知识分子"，我不能徒有虚名，我要努力学习，我不能"金玉其外，败絮其中"。只有这样，才能对得起"高级知识分子"的光荣称号。

"路漫漫其修远兮，吾将上下而求索。"谁叫我有"高级知识分子"的形象呢？

（写于2006年）

勇于推介能成功

　　我到益阳市的第一份工作，是在西流湾的益阳三星建材化工市场招商部。

　　那时，市场租赁了贮木场的场地，正筹备召开中南地区化工建材交易会，需要招聘大批员工，急于找工作的我毫不犹豫地报了名。

　　那天，参加考试的有十来个人。除我是从农村出来、年龄偏大的男性外，其他的都是时髦的漂亮少女。那次的考题是写一篇报告。

　　报告，我并不陌生。平常在农村自学时，我就经常写作。这次考试，我应该是稳操胜券。

　　可事实却让我大吃一惊。聘用名单宣布时，里面竟然没有我。也许是"初生牛犊不怕虎"，也许是对自己的考试充满信心，我找到了主考官。主考官熊文新讲着半生不熟的益阳话，居然支支吾吾了一阵，未答出个子丑寅卯。突然，一个大胆的主意在我脑海里形成：我应当找总经理，看到底是什么原因。

　　第二天，在街上的公用电话亭，我好不容易问到了总经理黄文超的手机号码。于是，我将自己的有关情况向他作了汇报。他沉吟了一会，最后这样说："明天，你来上班吧！"

　　这件事过去十几年了，我却记忆犹新。我总觉得：一个人在艰难困境中要具备自信，要勇于推介自己，只有这样，才能成功。

（写于 2012 年）

自己才是抠除鱼刺的"法师"

1993 年秋天，在西流湾开完中南地区化工建材交易会后，益阳三星建材化工市场总经理黄文超在益阳桃花宾馆举办了答谢酒会。作为招商部的员工，我自然在被邀请之列。

不知是第一次看到这样的山珍海味还是确实饿了，我大口吃了起来。从记事起，我就喜欢吃鱼。正当我吃得津津有味时，突然，我的咽喉疼痛起来，原来是被鱼刺卡住了，我吃饭顿时慢了。我连忙按照过去的经验，扒了一口饭吞下去。可是，鱼刺却是岿然不动，连试了几次都是这样。我赶紧丢下碗筷，难堪地回到了益阳三星建材化工市场。

听说我被鱼刺卡住了，居住在附近的一些人好奇地围过来。一位好心的老妇连忙安慰我："不要急，我来为你划卡水，马上就好了。"划卡水？这真是求之不得啊！平时就听说过这是一种神奇法术。任何被刺卡住了的人，只要喝了这水，那刺就吞下去了。我像在落水中看到了希望的稻草一样感激涕零，连声说："谢谢您，老人家。"只见她从厨房中拿出一只碗，又在缸中舀了一碗清水，口中念念有词，一手在水上画着圈圈。末了，她把水递给我："你喝吧，喝了无事了。"我仰起头，"咕咚咕咚"喝完了。可是，鱼刺还是纹丝不动，我仍然感到痛苦。那老妇也喃喃自语："这是为什么？这是为什么？"这时，旁边一位中年男人忽然站出来，指责那老妇的卡水划错了，言下之意是他的卡水比她的要好。老妇看到他这样没礼貌，于是和他争吵起来。我只好对那中年男人说道："不要吵了，请你给我划卡水吧，我实在痛得不行了。"中年男人也像老妇人一样拿碗、舀水、划水，然后递给我。只可惜我喝后，咽喉中的鱼刺依然没下去。旁边的人哄笑着，他涨红着脸，不好意思地走了。

　　这时离鱼刺卡住我有一两个小时了，我越来越难受，眼泪都流出来了。我想到医院去，但那时真的囊中羞涩，去医院至少也要几百元钱。举目无亲的我找谁去借钱呢？再说，人家知道了会笑我这是出丑呢。到底怎么办好啊？我这时才真正体会到"如鲠在喉"的痛苦。突然，一个大胆的主意冒了出来：我要自己想办法。我用中指伸进咽喉，努力往里面抠。每抠一次，都反呃得要呕一次，很难受。但我顾不得那么多了，一下一下地抠着。我知道手指摸不到鱼刺，也不知道呕吐是否对消除鱼刺有用。最后，可能是手指伸进去太长的原因吧，我猛地一呕，感觉好像有东西出来了。难道是鱼刺吗？我半信半疑地再次吞咽。果然，咽喉不痛了，鱼刺没有了，它被我的"土蛮办法"消除了。我欢呼雀跃，感到从未有过的高兴。从那以后，我再不相信卡水了。后来，我吃鱼时也被卡过几次，只要遇到吞不下的刺，我都是这样做，屡试不爽。

　　现在想来，我认为世界上根本没有"卡水"，它只是神乎其神的传说。我只知道，在人生的道路上，我们经常会遇到卡住自己的"鱼刺"。这时，我们不要盲目等待所谓的"法师"，更不要依赖那所谓的"卡水"。有时，貌似强大的障碍也是不堪一击，只有自己才是最好的"法师"。

（写于 2012 年）

汇报会奠定人生路

　　那年 6 月，我挈妇将雏，漂泊到了益阳市长春乡马良村三组，租住在李建平家的一间小房内，不知何去何从。回想起自己抛弃田土，远赴100 多里外的沅江市郊栽培平菇，可是辛苦一年还是没有积蓄；回想起向湖北天门人杨翠枝学习自动补胎新技术，被逼到举目无亲的益阳市销售，我不禁黯然神伤。

　　那天，我在资江一桥下徘徊，看到了一张四川成都新华实用信息网络公司的招聘启事。信息是什么？我似懂非懂。我原来自学文学、新闻时，只知道"消息"，心想应当与它相近吧，于是寻到了利晶宾馆。可是当招聘人员知道我不是益阳市内户口时，便断然拒绝了。进入城市的第一次求职经历不到一分钟就"夭折"了，我愤愤不平。

　　不久后，在同样的位置，我又看到了长沙市计委主办的招商信息网络招聘启事。这次，我吸取了前车之鉴，打电话咨询那位负责人。他说："你过来吧，我们欢迎你。"可能是知道我来自农村，已无家可归，只能在城市扎根了吧，抑或是该单位急需人员，在初试、复试中，我都未被淘汰。在这些应聘者中，有的父母亲在政府部门工作，有的亲戚是企业领导。而我唯一的优势就是自己的沅江话与益阳话相同，益阳人不知道我是外地人。

　　经过简短的培训后，我就开始工作了。其实这工作没有基本工资，企业订了报刊我们才有提成。刚开始就出师不利，我被分到企业稀少、地势坎坷的会龙山至工具厂那段路。那里有的地方踩自行车上不去，下坡时刹车不好会摔伤。由于我从来没有做过，四个月时间，只有五家单位加入了信息网络，生活捉襟见肘。

　　这年冬天，是我人生的最低谷时期。雪粒从瓦缝中钻进来，非常寒冷。信息工作太辛苦了，我彻底丧失了信心。我到了几个商贸公司应聘，可交不出押金，最后，只得到大桥批发市场贩荸荠，但因为质量差卖不出去。妻子大发雷霆，将我的书刊倒在烂泥地上，还踩了几脚。

　　就这样没头苍蝇似的瞎撞了一段时间，新的工作仍然没有踪迹，而招商信息网络偶尔也寄信来安慰鼓励我。农历十二月，我忽然想起也应当给对方回信了。我指出了他们管理中的不足，直言如果像这样，年年招聘将年年没成果，最终是劳民伤财。不知是因为觉得我讲得中肯还是益阳其他被聘用人员怕苦都走了，不久，我接到了他们要我到长沙市开会的通知，竟然是吃、住、车费全部报销。

　　第一次遇上这样的特大好事，我欣喜若狂。在这次会上，我受到了震撼，一些年过花甲的女同志纷纷上台讲述辉煌业绩。轮到我最后发言了，我能汇报什么呢？我只得耷拉着头下定了决心，嗫嚅着说了一句话："请看明年的行动吧。"

　　第二年正月初八，我骑着一辆破自行车，开始"拜访"企业了，当天一家公司就成为网络成员。因为穷困，我装不起电话，更买不起BP机，联系企业都只能深入企业，有时要几次才能找到负责人。有的接受免费服务后能成为网络成员，有的还是不愿意出钱。只要到桥南，我中午就不回家，吃一份一元钱左右的快餐后，躲在银行、邮局的空调房里休息，机遇好时一天能签几个单。有一次，我去了一家轻纺公司，但是他们比较冷漠。直到看到我拿出厚厚的一沓企业入网名单后，老总才动心，可另一位女同志仍然不愿意。这时老总生气了，把手一拍，高声质问她："到底是你当家还是我当家？我就要参加！"随后，他马上办理了付款手续。

　　那一年，我在益阳市发展了一百多家单位，招商信息网络领导很是惊奇。在年底的颁奖会上，计委主任吴小平对我进行了奖励，还授予我

"明星"证书。有趣的是，当年拒绝我的那家公司知道后，要我加盟他们，还许诺我可以出国旅游等，我才不动心呢。

那一年的奋斗是熔炉，炼出了我的才能，为我进入媒体业奠定了基础。我经常想起这次会议，它改变了我的人生。假如没有参加，我不知会从事什么行业。

（写于 2013 年）

学生是老师

在长沙市奋斗时，我成立了一家广告公司，计划招聘一批广告业务员。

在员工招聘方面，我和其他公司截然不同。他们要求有高学历，从事过媒体、保险或营销等经验的人员，我却不以为然。我是这样想的：我的公司是一家年轻的公司，我愿意耗费时间、精力、财力培养他们。所以，我毅然选择了面向学校的星沙之声广播电台发布广告，只几天就招聘了几名中专、大专学生。

在给他们培训几天后，我便要他们联系业务了。在他们自荐将要去的单位时，我逐一解说了哪些单位可联系、哪些单位可放弃。我结合自己的经验，分析了原因，当时还特意强调了"世界之窗不要联系，他们没意向"。

至今我还记得一位学生叫吴平佳，他毕业于湖南益阳电脑美术学校，来自湘西凤凰县的大山中。他很勤劳，从韭菜园到星沙来回有几十里，他都是步行，舍不得坐车。只几天时间，他就做成了长沙星沙手外科医院在地、市、州报纸的广告。有一天，没吃中午饭的他气喘吁吁地赶回来了。当他汇报已谈好了世界之窗的广告时，我有些吃惊了。得到他再次肯定的答复时，我这才相信。

第二天，我到世界之窗和负责人谈好了在湖南省五个地、市、州的电视广告。让我始料不及的是，他们和我签订了几万元的广告合同，利润巨大。

一位自诩为经验丰富的广告老将，和世界之窗联系过多次都没有成功，一位才出校门的学生却轻而易举地做成了，这让我思索良久。为什

261

么他能成功呢？

当时，我和世界之窗联系时，他们确实没有意向，于是我就认为他们再不会投入广告了，甚至告诫他人。其实，人的思想总是在变化的。我每一次和他们联系，就是在给他们做思想工作。正当世界之窗为之动心时，我却终止了。学生对他们并不了解，对他们没有成见，他具备"初生牛犊不怕虎"的精神，也不轻易相信我的提醒。他此时和世界之窗联系，自然水到渠成了。

自以为是的我，实际上是武断的，是用老眼光看待新事物。学生给我上了一课，我应该向他学习。

（写于 2012 年）

透过分类广告的迷雾

　　在长沙市奋斗了七年多，广告业务越来越难做了，我心里时时想着回家乡发展。看到长沙市一家日报每天都有一个整版的分类广告，我总觉得家乡的《益阳日报》分类广告没有人去开拓，是一块尚未开垦的处女地，是一座正待开发的宝藏。于是，我和报社社长陈正清通了电话，他也很有意向。未费多大周折，双方很快签好了合同。我将办公桌椅卖了，将房子也退了，在当年5月下旬雄心勃勃地回到了益阳市。

　　报社首先免费送了我三次五分之一版的广告，我刊登了招聘启事。我计划招一批业务员，在全市各县设代办点，只要将业务做起来，到时就可以坐数钞票了。然而，现实却给我泼了一瓢冷水。广告连续登了三次，总共只接到两个咨询电话。虽然我当时想过效果不会太好，但没料到这么差。

　　6月的银城仿佛装在烤箱中，在外面行走，酷热难当，汗流如注。每天，我和妻子还有从安化县招来的邓雄辉不停地寻找客户，星期六、星期天也没有休息。只要看到电杆、墙壁上有小广告，我们都会迅速抄下来，联系客户。甚至，我还到处搜集当地的信息报纸和商务指南、名录等。开始的两天时间里，我至少给广告客户发了两百多条信息，但回过来的微乎其微。每周一期的广告内容凑不拢，我就采用赠送的方法给广告客户，可一些人连免费的也不愿意登。当我自作主张地送了几次，满怀信心地询问他们的广告投入意向时，得到的回答是没有效果。

　　最使人难以接受的是，有时好不容易遇到客户有点兴趣，等我们兴冲冲地赶过去了，几乎所有的客户都是一句"好吧，下次找你联系"便将我们打发走了；有时客户好不容易有意向，但总是为几十元的广告费讨价还价，我们需要不厌其烦地讲解。我想：就这几十元，我全部赚也很少啊！何况我还要上交报社，至于自己是盈是亏，现在还是未知数。我在长沙市的广告业务，最少一次是几百元钱，一般都是几千元钱。

就这样，报纸出了三期，我的思想斗争也经历了三期。一方面，是我不愿意放弃。我知道：只要自己努力，应该是能成功的。另一方面，是客户投入广告要注重效果，而这与报纸的发行、订阅对象及本市的信息刊物的低价竞争有很大的关系。若再这样做下去，不但自己异常劳累，而且没有效益。我放弃了长沙市的西瓜来捡益阳市的芝麻，真是得不偿失，我必须醒悟。

梦想了许久的分类广告，不到一个月就画上了句号。现在想来，只能怪自己忽视了市场调查，毕竟报社做了许久也未做好。其实，我做事比较稳妥。只是想不到自诩对广告业务比较内行的我，却在分类广告的天空中当了一颗瞬间即逝的流星。

有些事情只看到表面现象、凭主观臆断是不行的，不知道其中甘苦，有些事情不亲身经历永远感受不到。从事分类广告，虽然我失败了，但我在广告的前进道路上又迈进了一步。

（写于 2006 年）

病魔赐我"梅花掌"

听说梅花掌是武术中一种很厉害的功夫，它可以劈开铁、石，一掌就能使人丧命。至于它为何叫"梅花掌"，我不得而知。我想：可能练好这掌法需要像梅花那样在寒冬中吃很多苦吧？我是一个文弱书生，平时只喜欢舞文弄墨。未料想对武术从不沾边的我，突然也拥有了"梅花掌"。

那是 2007 年 4 月 9 日上午，一直身体很健康的我，突然得了一场大病。从未进过医院的我在益阳市中心医院住了四十天。住院的那段时间内，我还做了康复训练。除护士每天给我打针外，我还要每天服药，可效果仍不理想。医生总是推荐一种治疗方法——针灸。他们说针灸治疗这病有效果，但我一直不敢答应。

出院后，我请了一位医生到家中为我做按摩。虽然很舒服，可惜收效甚微。我于是想尝试用针灸，我问她是否会痛，她回答说"不"。但看到她拿着银光闪闪的细长尖针头靠近我时，故作镇静的我最终还是推开了，我真的很害怕。就这样，我一直拖了半年，身体恢复仍然很慢。该用的方法都尝试过了，看来我只能被"逼上梁山"，尝试针灸了。我辗转打听到了桥南空压机厂旁边的一家门诊部，这次为我治疗的是一位李姓青年医生，毕业于原湖南中医学院，湘阴人，据说很会实施针灸。虽然我作好了充分的思想准备，但还是心有余悸。

其实，扎银针只是看着恐怖，当针真正进去的时候并不是很痛，只有一点轻微的感觉，与平时打针差不多，不同的是针灸一次要扎多根。看到我脚上、手背上扎满了银针，很像刑场上刽子手握着屠刀，我神经高度紧张，吓得不敢动弹。幸好这位李医生很风趣，每次和我边开玩笑边扎，我的紧张感自然少了，最舒畅的是扎完银针后自然的昏昏欲睡。不过有两次经历使我至今都毛骨悚然。当他将银针扎进我脚上时，不知为什么，我全身像触电一样，双脚不由自主地猛地一蹬，我"哇"地一声大叫，把他也吓住了。至今我都不明白，这是扎的"电穴"吧？是没扎对还是扎得太深了？

2007年冬季，益阳市遭遇了罕见的冰冻期。每天朔风呼啸，雨夹雪不停地下，大地上到处都被冰雪包裹，像涂了一层油似的非常滑溜，许多房子被压垮了，公共汽车也停开了，感觉刺骨的冷。我不能去扎银针了，每天只能憋在家中烤火。这时，扎针的左手掌起了小小的红肿，我估计是天气寒冷和扎针的正常反应，还特意戴了手套，每天洗碗时就把手套脱下来。可是红肿不但没消失，反而越来越大。闲坐时，我就不停地揉搓，甚至放到火上烤，但仍旧没效果。我想到了一个自认为可以消肿的好方法，就是把手放入滚烫的水中，没想到这次适得其反了，红肿不但没消失，反而溃烂了。直到这时，我才如梦初醒：这是冻疮，必须用冻疮药啊！可为时已晚，一天涂几次都不起作用。后来我看到一本书上提到，用热水烫烂了的冻处不利于恢复。我于是坚决不洗碗了，任凭妻子怎样谩骂也不动。幸好每晚睡在被子中，手氤氲在热气中便消肿了，但只要白天起床，手又肿得像馒头。特别是溃烂处的血肉粘在手套和被子上，需要小心翼翼地分开，每次分开都钻心地疼。

百年不遇的大冰雪终于在春节前停止了肆虐，久违的太阳终于出来了。那一段时间，每天都是风和日丽，冰雪在阳光照射下一点点地融化，我阴霾的心情也在一点点地变好。我几乎每天都在家门口的沿江风貌带上蹒跚，一天要走10里左右。

好像是立春之后不久，我被冻烂的手先是消肿了，接着是皮肤渐渐向溃烂处的中间延伸生长。尽管很慢，但明显感到一天天在变好。毕竟是春天到了，我在心中感叹道。又过了几天，溃烂处的皮肤结痂了，我按捺不住好奇心，一次次地撕下它，虽然有些痛。

一场突如其来的病魔打击，把 2007 年的我摧残得痛不欲生。现在，我的冻疮早已好了，只是有多处深紫色的疤痕。它们像梅花一样，一瓣瓣地几乎开满了我的手掌。在花瓣样的紫色中，有一处处深色的圆点。我知道：这是银针扎过的痕迹。我觉得，银针就像梅花树的根一样，从这里扎进我手掌的血肉中吸收营养，所以才如此茂盛。现在已是盛夏了，它们仍然顽强地生长。

这一场大病，使我意外地拥有了"梅花掌"。我深知，梅花生长在寒冬腊月，不惧风霜冰雪，欢乐地开放，它的芳香是苦寒给予的。我在问自己，这是病魔对我的"恩赐"吧？这是大自然对我的昭示吧？既然病魔让我从美丽的春天跌入肃杀的冬天，既然病魔让我拥有了"梅花掌"，我就要让它真正地名副其实，用它扼住病魔的咽喉，获得新的胜利。

（写于 2008 年）

折叠报纸提升了发行量

我订阅《三湘都市报》已有多年了。这些年里，送报的人不停地换。

前年，送报的人要我订一份来年的报纸。当我给他钱后，他承诺第二天送的发票却迟迟没有送来，我要的次数多了，他还大发雷霆。最后，我实在忍无可忍了，投诉电话打到了报社。当去年他再找我订时，我一定要他先开了发票才给他钱，可他却不愿意。

我喜欢创作，有时在某份报上发表了作品，想要他给我多送一份样报。可无论我怎么样求他，他总说没有报纸了。说实在的，和他交往，我总要小心翼翼，根本没有"上帝"的感觉。

每天，他都要到中午左右才送来当天的报纸，有时还要等到下午。其实，迟一点没什么关系，最主要的是他经常少送报纸，他总说是可能被别人拿走了，而答应的"第二天补"也是一句空话。为此，我将信将疑，为何人家总会拿我的报纸呢？

前一段时间，我到报箱取报时，发现看不到露出的报纸了。咦，是没送来还是被人家拿走了？这时应该送来了啊！我从报箱口伸手进去摸索，还是没有。我只得拿出钥匙打开了报箱，只见当天的报纸正躲藏在报箱的底部呢。

我立刻恍然大悟，原来这报纸是被折叠后放进报箱的。我为何早没想到要他们这样送呢？原来送报员图方便把报纸放进去就走了，原来我为了省事，不想启开报箱，就直接从报箱口拿出报纸了。虽然折叠报纸对他们来说，是要多一道工序，延长了送报的时间，但这样可以确保报纸不会丢失啊。这送报员想得真细致周到啊！我想：或许是那送报的方法改进了，或许是换了新的人吧？

不久后，在益阳市资江风貌带散步时，有人告诉我他也订了这份报纸，比我订的还要便宜，订报的人还承诺高价回收报纸。我当时表示了怀疑："不会有这样的事吧？是不是骗子啊？这价要比本地的收购价高出几角钱一斤啊！"他连说是真的。

一个阳光明媚的早晨，当我去取报纸时，意外地邂逅了一位戴眼镜的小伙子，他正拿着折叠好的报纸放进我的报箱。我连忙接过了报纸："果真换人了，你送报不仅早，更重要的是你的折叠法保证了客户的报纸不会丢失。你是怎样'发明'的呢？"他微微一笑："这其实很简单，办法总会有的。至于订报高价回收报纸，确有此事，我是和物资回收公司合作呢。""你这样不会亏本吗？""不会的，我这样订报比原来多了。"小区里有几人好奇地围了过来，当他们得知他的折叠送报法不仅不丢失报纸，而且交了一年的订报费以后报纸还能多卖不少钱时，当场就有人订了几份报纸。

从此以后，在益阳市的大街小巷，我经常看到这小伙子骑着自行车载着报纸飞翔。从此以后，在益阳市的大街小巷，装着这份报纸的红色报箱，像鲜花一样到处开放。

（写于 2012 年）

当一片两面相同的钥匙

我居住的华中小区 A 单元在一楼新装了一扇不锈钢的大门。不锈钢门框和墙壁焊接得非常严密。这门本是没有的，只因小区最近总是发生盗窃案，于是这单元的 12 户每家出了 100 元钱，做了这一扇防盗门。门安装好后，每家领了一片钥匙。

我每晚都有散步的习惯，每次回家都是 10 点左右了，这时已是夜色深沉、大门紧锁了。我每次都将那串钥匙取下来，摸索着拿出那片稍大而粗糙不平的钥匙，又摸索着将它插进锁孔。说来也巧，每次只轻轻一扭，锁就开了，从没有打不开门的时候。

每晚回来开门的次数多了，每晚都能轻而易举地进来，这让我有了一丝欣喜：我每次都没有拿错过钥匙的正面反面，我每次都没耗费时间开锁，自己的运气真好。

不久，在和邻居偶然说起这事时，他告诉我，这钥匙的两面都能打开这锁。我问他为什么，他也说不出原因。于是我好奇地来到给我配钥匙的店里，店老板说："这钥匙的两面相同，它能很快打开锁，主要是方便人多的公共场所开门。"我这才端详着钥匙。确实，它和别的钥匙根本不同，它的两面是一模一样的，分不出正面和反面。

店老板的一番话让我茅塞顿开。我蓦地想到人生路上也会经常遇到一扇扇锁住自己的门。如果把顺境比喻为白天，则能看清钥匙的正面反面，开锁是很容易的。而如果是在逆境时的黑夜呢？是否能很快就能打开呢？

很多人总期望自己像万能钥匙，能随意开启人生中的每一扇门，这其实是不可能的，世界上没有真正的万能钥匙。我想：还不如要求自己当一片两面相同的钥匙，不管是在人生的白天还是黑夜，只要掏出钥匙就能随时打开。要知道，不管在何种情况下，能轻易开锁的人实际上就拥有了高超的本领。要想成为万能钥匙这样的人才，必须要认真学习，掌握过硬的技能，才能如愿以偿地开启人生的每一扇门。

（写于 2012 年）

恰当掌握诚实的分寸

这是一个沉痛的教训。当我在《益阳日报》上看到时，简直不敢相信自己的眼睛。

2011 年下半年，一个客户打通了我的电话，原来他是益阳市某房地产有限公司的董事长，他开发了一个小区，要在《益阳日报》投入几十万元钱的广告，还要捐款助学。放下电话，我很高兴，我联系他很久了，每次他都回答："没到时候。"现在他终于主动约我了。看来，我是稳操胜券了。

第二天，我特意带了最近在《知音》杂志上发表的作品，兴高采烈地来到了这里。这位董事长正和房地产策划公司的人商谈合作方案，他要另一位经理陪我，这位经理从益阳军分区退休后就给他打工。他和我谈了好久。他说："董事长名字好听，其实性格和名字截然不同。多年前他在益阳市当过领导，后来坐牢后到外地赚了大钱，回家乡投资房地产。"一两个小时后，董事长终于过来了。他口若悬河地说他盖的房子是益阳唯一的高品质小区，其材料都是很好的，还带我实地参观。

中午，他热情地留我在华信大酒店用餐。桌上，他夸夸其谈他的过去、现在、将来后，又眉飞色舞地说起了益阳另一位著名的房地产商："我很清楚他的底细。他年龄比我大很多，竟还说比我小。他每天晚上轮流住在几个小情人那里。他欠银行六七个亿，真不知怎么收场。我不欠人家的钱，我的钱都是自己的。"

说实在的，虽然我对那位房地产商早有耳闻，但还是第一次听到别人这样议论他。有人看着他，表示不相信。"没错，这绝对是真的。"他拍着胸脯，涨红着脸，高声大嗓，信誓旦旦。

突然，他看着我："你叫什么名字？在哪个部门工作？"我于是又重复了一次。"你们报社有人和我联系多次了，我一直没答应呢。"我连忙说："就是我，就是我。"这时，他话锋一转："你们的副总是谁啊？听说是我过去的下属蒋学毛呢。好久没联系了，挺想他呢，你把他的号码给我吧。"听到他说得重情有义，稍微犹豫后，我还是告诉了他。饭后，在他的办公室，我将《知音》杂志馈赠给他。他翻看着，露出了微笑："好吧，你把方案做好，几天后我们再签合同，一言为定。"他主动和我握了手。

一连几天，我都在撰写方案。我查阅了一些资料，力求翔实、周密、严谨，以达到最佳效果。几天后，当我如约打他电话时，他的态度竟完全变了，冷漠地说："那事我不做了，我已有了新的计划。"凭经验，我知道他肯定会做的，只不过是不找我。果然，在《益阳日报》上，我几次看到了对他变相的报道。看到"本报记者×××"的字样，我五味杂陈，如鲠在喉。他出尔反尔，我只能怪自己嘴巴不稳，把唾手可得的业务送给了别人。

我在媒体工作多年，曾和各式各样的人交往，具有丰富的经验，从未出过差错。在他问他人的联系方式时，我是有过顾虑的，后来想我应当诚实，不料他却背信弃义，利用了我。其实，遇到此事时，我应守口如瓶，完全可虚与委蛇，这样就不会被别有用心的他利用。这并非虚伪，而是保护自己。有时，在面对利益的时刻，人会禁不住诱惑。就是别人的一句无足轻重的评头论足，也会让自己功败垂成。有时最熟悉的朋友是最危险的敌人。

人在成长时难免会遇到这样的挫折。虽然诚实是每个人都要讲究的基本美德，但有时不能一味奉行，一定要把握分寸。

（写于 2012 年）

退后一步再推门

我的商品房伫立在美丽的益阳市资阳区资江风貌带旁。南面是两间卧室，外面是宽敞的阳台。一年四季，江风在东面和南面的窗户外面徘徊，总是想进来。到了炎热的夏天，风就会特别大。这时，我总迫不及待地敞开窗户，让凉风在房内吹拂，根本不用开启电风扇或者空调。

去年6月的一天，我正在客厅的电脑上创作。突然，"嘭"的一声，我的卧室响起震耳欲聋的声音。我慌忙跑过去，只见房门紧闭，无论我怎么样拧和推都打不开。原来，今天的风特别大，我忘记了用凳子抵门，风便乘虚而入了，不仅把门关了，而且锁上了。

我只得从另一间房中爬进我卧室的窗口，从里面打开。我仔细地检查，心痛地发现：门框的一边被碰得变了形，另一边被撞开几十厘米。

我扶住突出来的门框用力往里面按，可它仿佛和我作对，总是纹丝不动，尝试了几次也是如此。我只好给当时来家装修的木工师傅打了电话，要他来维修。他支支吾吾，我只得还喊了另一人，可他们迟迟没有出现。

不久，岳父来了。见到他，妻子连忙问有什么办法。岳父不假思索地扶住门框，然后退了一步，再用力往前一推。说也奇怪，那裂开的门框瞬间就恢复原状了。我不相信地两边端详，啧啧称赞，没想到他有如此好方法。

岳父比我大20岁，从力量和经验相比，我应是不会逊色。可事实上，他却瞬间就轻而易举地解决了我的难题。是他的手掌力大吗？不是，是他的方法和我截然不同。当时我按过门框后，为何没想到先退一步再往前推呢？如果我也像岳父这样讲究方法，这门框早就完好如初了。

　　思索着岳父推门的过程，我茅塞顿开：在前进的征途上，有时后退其实是睿智的选择。后退固然是远离目标，但这其实是在蓄积前进的爆发力。要知道，不切实际地前行不但不能到达目的地，反而要消耗很多的时间、精力和心血。

（写于 2013 年）

读书宛如节能灯

我是 2000 年购买的商品房，至今已有十多年了。

装修时，妻子在大小六间房子中都请人安装了形态各异的灯：大客厅中是两组梅花状的顶灯，三间大房间中各安装了一盏圆形的顶灯和墙灯，厨房、卫生间安装的也是顶灯。夜晚或天暗时，只要把灯启开，房中就灯光通明，如同白昼。

这些灯开启后确实让房内银光辉煌，但灯坏了后修它就很麻烦了。记得有一次，我把卧室的开关打开，结果灯没亮，我想肯定是灯坏了。作为电盲的我只得麻着胆子架好凳子，站在凳子上面，又仰起头，伸长手臂，把灯管小心翼翼地取下来，然后送到了附近的阿波罗灯具销售店检查。女店主是一位五十多岁的罗姓女士。她熟练地接了灯管，灯管顿时亮起了白光。她说："这是好灯，没坏呢。""没坏它怎么没光亮啊？"我不解地问道。"肯定是镇流器出了问题。"罗女士胸有成竹地回答。"还有镇流器吗？""是的，就是电线连着的这一团。"她拿出一个东西告诉我。"过去的电灯没有镇流器呢。"我埋怨道，"那时只要灯泡没光亮了，买回灯泡换上就可以了。为何科学技术在发展，而电灯却越来越复杂呢？""这个你就不懂了。"罗女士对我笑道，"这是节能灯，它可省电80%。1 瓦的灯泡能达到以前 8 瓦的亮度呢。过去的灯泡耗电，国家早就不准生产了。这节能灯虽然多了一个镇流器，但就像人们参加工作前一定要读书一样。"罗女士原来是大学毕业生，还教过书。她形象生动的比喻使我恍然大悟，难怪市场上很少有灯泡卖了。

我似懂非懂地赶回家，关了灯的开关，胆颤心惊地取下了镇流器，生怕被电触到。我再次来到店里，店主给我换了一个新的镇流器，然后又把灯管和镇流器连在了一起。果然，灯管又能亮了。

　　从此以后，只要节能灯没光亮了，我就先取下它到灯具店检测。如是它坏了，我就买节能灯。如是节能灯没坏，我就取下镇流器。我经常凝视着节能灯，看着启动它后光线从昏暗逐渐到明亮的蜕变过程。我经常回想罗女士的话，觉得很有道理。人的读书过程其实也像节能灯在蓄积能量。虽然读书需要付出大量的时间、精力、金钱等，但只要掌握了真正的知识，就可以像节能灯一样达到事半功倍的效果，迸发出以一当十的光芒。

（写于 2015 年）

有阻力才能走得平稳

正是春插时节，乡村的小路上泥泞不堪。父亲穿着草鞋在前面走，我赤着双脚亦步亦趋地跟在后面，去田里插秧。

这双草鞋是父亲用稻草掺着布条编织的。我曾经好奇地穿过，可是它很粗糙，走不多远就会将皮肤勒得通红，有时还会磨出鲜血，因此我不愿穿。我曾经不解地问过父亲："这也能穿吗？穿这草鞋有什么用啊？"父亲只是笑笑："它可有大用处呢。"

连绵的春雨下了好几天，农人和牲畜在这条小路上出入，将路踩得更加泥泞。父亲在前面健步如飞。我知道家里困难，无钱买雨靴，只能无奈地脱了布鞋，小心翼翼地行走，十个脚趾深深扣进烂泥，像探雷一样。

突然，我脚下一滑，仰面摔倒在烂泥中。父亲连忙把我扶起来。我重新走了几步，结果又摔倒了。为了不让我再摔倒，这次父亲用手紧紧牵着我。尽管如此，有几次我还是溜出去很远，差点"重蹈覆辙"。见到我的窘态，父亲干脆脱下草鞋，穿在我的脚上。真巧，平时将我的脚勒得生疼的草鞋，此刻在烂泥中好像温驯的小船，紧紧地载住我的脚掌，非常平稳地行进。

"为何穿草鞋走得稳而不摔倒呢？"我迷惑地问父亲。父亲指着陷在烂泥深处的草鞋："它虽然勒人，但其实是在保护你呢。它粗糙的稻草扎进了烂泥，路面对它的阻力就大了，你自然就走得稳了。你脚掌底光溜溜的，和地面的阻力很小，肯定要摔倒。"

父亲去世多年后，我在人生的道路上经历了多次跌宕，最后才领悟真谛：人生的道路上处处充满泥泞，只有经受住阻力才能走得平稳，否则就免不了跌倒的厄运。

（写于 2015 年）

冰箱装上温控器

这台冰箱，是 2001 年冬天我们搬进新房时舅子馈赠的，至今已有十八年了。2006 年秋天前，我们一直在长沙奋斗，偶尔回益阳市住几天，所以冰箱都没有用过。回到益阳市后，这冰箱就没有停过了。

早几年，冰箱突然不制冷了，冷藏箱中积满了雪花状的东西，食物上的冰也融化了。妻子马上催促我："食品会坏，快喊人来修。"我于是打电话，叫来了一位搞电器修理的朋友。他叫何亮华，听我讲述后，说："是小问题，我给你买个温控器就行了。"不一会，他就来了，手里拿着巴掌大的东西，上面有两个凸出的圆柱体，周围是数字。他告诉我："这一个是关机时间，这一个是开机时间。只要设置好，冰箱就正常了。"他移开冰霜，将电源插头插在温控器上，指示灯很快就亮了。果然，冰箱很快就正常了。不但那雪花状的东西荡然无存了，而且冷冻箱中也结了冰。

当天深夜，万籁俱寂，我躺在床上。不知是因为工作压力太大还是其他原因，我辗转反侧，难以入睡。突然，一种轻微的"嗡嗡"声传来，大约几分钟后又停了，如此周而复始。这是什么声音啊？我蹑手蹑脚起床，找到那发出声音的地方。哦，原来是冰箱，它怎么会有声音呢？以前我没听到过啊？第二天，我问了那朋友。他告诉我："这是电子温控器，它有自动开关。达到设定的温度，压缩机就停止了。""它原来没装温控器也是这样的吗？""是啊，难道有区别吗？""那我原来为什么没听见呢？""应是你没注意罢了。"他笑着对我说。我这才恍然大悟：应当是白天我远离了冰箱，不像夜晚床铺离冰箱这样近。

有一次，一位邻居大姐和我说起了冰箱的事。她告诉我："家中冰箱坏了，里面出现了雪花一样的东西。修理人员说要几百元钱才能修好，我便干脆把它卖了，只卖了几十元钱，然后加了 3000 元钱，买了个新的。""真的吗？不会吧？"我连忙把自己的经历告诉了她。

装了温控器的冰箱就这样又工作了几年。有一天，冰箱又出现了同样的问题，我再次打了这位朋友的电话。"没事，你再买个温控器就行了。"听到他胸有成竹的话，我半信半疑，但还是来到交警队边上的电器店，花 12 元钱买了一个温控器。按他指导的方法设置好开机和关机时间，插好电源。嘿，冰箱又完好如初了。

有人说一台冰箱的正常使用寿命是 7 年，我这台可用了 18 年了。是冰箱的质量好吗？可能是，也可能不是，归根到底是温控器的作用吧。如果没有它，我估计早就像邻居一样处理了。现在，随便买一台冰箱也要几千元钱，这两个温控器至少给我节省了几千元。这台冰箱，我会用到它不能工作为止。

每一台冰箱是自动启动后再自动停止的，它循环往复地工作。为什么冰箱出问题前我听不到它的声音呢？为什么安装了温控器后，我才像发现新大陆一样呢？在昨晚的梦中，我梦到自己变成了冰箱，我的身上也装了一个温控器。醒来后我认为这是一个好梦，这是让我汲取力量的梦，这是催我不断奋发的梦。

从此以后，我的睡眠好了，睡得像婴儿一样香甜。

（写于 2019 年）

没想到十七年后还能享受免费服务

2000 年，我在益阳市资阳区华中小区购买了一套三室两厅的商品房。当时，妻子买的是一套两扇的绿色防盗门。它的外门中间镶嵌着六十个小方格，上面装着一层铁丝纱窗。

十七个寒来暑往，这防盗门不知开启和关闭过多少次，从没出过质量问题。前一段时间，我突然发现外门的拉手有些松动。十七年了，这完全正常。这次我突发奇想，有些开玩笑似的想找生产厂家。但十七年的时光易逝，我已记不起品牌了，只记得是在秀峰湖北门长益路的一家店买的，只记得它是外省生产的。幸好，外面的防盗门最左上角还贴着一张标签。历经十七年的时光侵蚀，它竟还未掉落，上面写着"富新门业有限公司"。我于是拨打了上面的手机号码，遗憾的是这号码成了空号。也难怪，十七年了，物是人非，十七年中能发生翻天覆地的变化，何况一个手机号码？我安慰着自己，这厂家可能还在，也可能早就倒闭了。我有些好奇地在网上输入这公司的名称，让人高兴的是，我看到了介绍。

这是那家公司吗？我半信半疑地打通了服务电话，立即得到了湖南总代理的手机号码，他很快告诉了我益阳代理商的电话。我故意问益阳代理商："听说你们是免费服务？"没想到他脱口而出："是的，我明天来，给你搞好。"我当时还以为自己听错了，因为当初买这门时，从没听说过他们有这服务。当我重复一遍、再次得到他肯定的回复时，我才确信是真的。

第二天上午，一个壮实的汉子背着工具包，风尘仆仆地来了。他卸下拉手，很快就更换了螺丝。拧紧拉手后，还不忘给两个门锁孔都注了油。

十七年时间，这家公司早就不生产这种防盗门了，而是更加豪华和功能齐全的防盗门。在这十七年中，他们以"至诚至信"为目标，以产品优质为创业之本，视服务高效为生命。创业至今，他们已组建了集团公司，拥有多家子公司，产品由原来单一的防盗安全门扩展到门业、木业、车业、物流等，他们的商标已被认定为"省著名商标""中国驰名商标"，其安全门已获得"省级名牌产品""国家产品质量免检"等称号。

十七年时间，六千多个日夜，这家门业公司真正把顾客视为上帝。比起那些售前说得天花乱坠、售后服务不到位的公司，这确实让我感动。这家门业有限公司的名称变了，益阳代理商也搬到了资阳区五一路人民医院斜对面，但他们的初心没有变。

一扇防盗门的寿命有多久？估计至少有数十年。也许这一生，我不会再买门了。但这家门业公司的服务，我会铭记在心。只要有机会，我会对周围的人讲述这个温馨的故事，会讲述这从没想到的十七年后还能享受的免费服务。

（写于 2018 年）

三个锁匠开一扇门

自从突然得病以后，我就开始在资江风貌带散步了。每天夜晚，只要不下雨，只要在益阳市，我都要快走一个小时，大概有八里路。

今天回家开门时，我发现身上空空如也，原来出门忘记带钥匙了，于是想拨打开锁公司的电话。墙壁上密密麻麻的号码，打哪一个好呢？最终，我选择了那个出现次数比较多而且字体比较大的电话。讲明了地址、说好了价格后，一个五十多岁的中年人很快就气喘吁吁地来了，他说是骑摩托车过来的。他拿出一个包，先从里面掏出一个瓶子，对准锁孔，喷了润滑油，然后再掏出一个筷子一样长、上面有凸起物的工具插进锁孔。

早几年，我也忘记了带钥匙，我也找了开锁匠，门很快就打开了。我想这是轻而易举的事情，完全能够"手到擒来"。可是开锁匠的工具在里面左转右转，伸进去退出来，门就是打不开。我有些奇怪了。从年龄看，他应该是经验丰富的老师傅了，可为什么打不开呢？是技术不行还是工具不对，或者是我家的门锁太好？可我这锁已使用 20 年了。时间一分一秒地流逝，我明显感觉到冷了，给他举电筒的手都有些酸了。汗水从他的额头上面沁出来，他仍是不停地转动着工具，用力推拉着门把手，可是防盗门就像和他作对一样纹丝不动。

忽然，他拍了一下脑门，好像恍然大悟的样子："哦，有办法了。"他比划着手势，指着外面带纱窗小方格的防盗门："我在这里割一个口子，铁丝从这里串进去，就可以从背面钩开门。"我当然不同意，一扇好好的防盗门，谁愿意搞烂呢？"对不起，你开不了，我只能找其他的开锁电话了。"他见我这样说，知道今天晚上的劳动是白费了："不要打，都是我们的电话。"听他这样说，我有些半信半疑，现在的人有几个电话也正常。"你既然不要我找别人，那你就赶紧把门打开吧。"他于是又弯下腰，嘴里叽叽咕咕，一遍遍地重复着刚才的动作。那门在夜色中一言不发，冷静地看着他。

过了几分钟，他眉头一皱，计上心来。他掏出手机，说："我要师兄来开锁。""好吧，不管你们来多少人，反正我只能按两扇门算钱。"不一会，一个年龄和他差不多的男人赶过来了。他也掏出个公文包，从里面拿出和他相仿的工具，插进锁孔，在里面左转右转。可是他使尽浑身解数，这防盗门依然是打不开。"真是怪事，这是为什么呢?"这人也自言自语。他蹲下又站起来，看看锁孔，看看防盗门，又看看我们，一副茫然无助的模样。我怎么知道呢? 我在心里说，这只能说明你们的手艺不行。在外面站了一个多小时，我也感到很疲惫了。

长这么大，我还是第一次遇到这样奇怪的事情。开锁匠打不开锁，真是莫名其妙。如果是道听途说，我绝不会相信。"那这样吧，你们打不开，我就找别人了。"第一个来的人听说我要找别人，知道煮熟的鸭子要飞走了，又连忙阻止："不要打电话，都是我们的。"这句话这次引起了我的怀疑。防盗门上有多家不同的电话，难道都是他们的吗? 凭我的经验，这绝对不可能。"我不打电话可以，那你们马上给我把锁打开吧。"他们听我这么说，支支吾吾地说不出话来。眼看已是午夜了，他们知道今天晚上赚不到钱了，只得收拾好了工具，悻悻地下了楼梯间。

这时，我打开了手机灯，在墙壁上的电话号码中逡巡。蓦地，我看到了门顶上的一张小纸，上面写着"公安局备案"。现在几乎都这么写，也许是真的呢。我拿起手机，拨通了电话: 2222110。这么晚了，想不到还有人很快接了，而且价格比第一个开锁的还便宜。"我在黄泥湖，要10多分钟才能过来。""好，我等着你，快来吧。"其实不到10分钟，那个人就风尘仆仆地来了。这是一个年轻的瘦高个子，比前面两位至少小了20岁。这么年轻，有经验吗? 能开锁吗? 这句话我当然没说出口。他掏出个小包，拉出来的工具也和他们的相近，操作方法也一样。第一次，没有打开。第二次，还是没有打开。这人可能也打不开，我想。他仍是不慌不忙，气定神闲。只几分钟，第一扇门就打开了。随即，第二扇门也打开了。

"师傅，想不到你这么年轻，手艺还蛮精湛。"我由衷地称赞。"哪里哪里，这是起码的。"他腼腆地笑道，脸上浮起了一层红光，"我是长春镇的，姓郭，已开了 10 多年锁。"为什么两个 50 多岁的中年人打不开门锁? 为什么一个年轻人易如反掌地打开了? 是年轻人的工具比他们好吗? 绝对不是，应该是年轻人掌握了开锁的娴熟技术。看着他远去的背影，我思索了很久很久。我只觉得在这寒冷的冬夜，一股暖流在心中荡漾。

（写于 2021 年）

抠出石珠打出火

家里的燃气热水器春天时就出了问题：拧开水龙头，热水器能发出"轰轰"的声音，可到最后就是打不出火。不过，不知为什么，它偶尔也能打出火。幸好夏天连续几个月高温，自来水的温度很高，不用热水器可以。

进入秋天以后，水温慢慢变凉了，不用热水器洗澡肯定不行。我原来以为它可能会好，结果使用时依然如此。这肯定不是天然气的问题，我去年冬天还续了1000元钱的燃气费呢。我拨打了维修师傅莫亚雄的手机号，我们认识很多年了，他的价格和服务都还可以。所以只要家里电器出了问题，我第一个就想到他。可是现在他在宁乡市，要一个星期后才能回来，我只好打了另一位郭姓师傅的电话。他大约50多岁，上班之余还承接水电安装业务，也给我修过几次电器。他说下午就来，但是到6点了还杳无音讯。我再问他时，他说要到明天。

第二天下午，我和妻子催了多次以后，他终于来了。放下包，他启开了热水器的外壳，打开水龙头，热水器仍然不见好转。他出去了，临走的时候说热水器坏了零件，他要去买一个。我估计他很快就会来，店铺离我家最多一里。可是过了个把小时，他竟然没有出现。我迷惑地问他，原来他去别人家修电器了，只能明天来。热水器修好要200元钱。一个小零件要这么多钱，我总觉得贵："郭师傅，请你优惠一些吧。""不行呢，没少的。"听到他斩钉截铁的回答，我便打了万家乐热水器的售后服务电话。早就知道他们的上门费贵，所以迟迟没找他们。接电话的是个女同志。她告诉我，上门费60元钱，零配件另外计费。60元钱？这样高啊？比郭师傅贵了一倍。不过事已至此，只好让她安排维修人员明天上午来，看到底是什么问题。我有意不说有其他人来过了，更没有商定收费价格。

我和妻子已经有两三天没有洗澡了，真是不能再等待了。第二天上午，我还是不放心，担心对方下午来，万一还是修不好，又不能洗澡。我又拨通了这个电话，这女同志劝我不要急，维修人员很快会来的。

果然一会儿后，我的手机就响了，我告诉了对方详细地址。很快，一位刘姓青年到了，穿了一件印有"万家乐售后服务"的衣服，进门就换了鞋，原来是从附近过来的。他走到热水器旁边，开了两次水龙头，热水器犹如看到自家人，仍然得意地"轰轰"。他取下喷头端详着。他告诉我，这主要是喷头中的石珠在起作用。这喷头是我早几年在资江风貌带散步时买的。当初推销人员在那里演示，喷出的水非常多、非常宽。我想起家里的喷头，水流确实比它小多了。回家后，我就拆下来热水器自带的喷头，可惜后来当废品卖了。

小刘师傅要我拿来一只碗，然后取下喷头，拧开盖子，倒出里面的石珠，居然有大半碗，圆圆的橙色石珠竟有几分可爱。他又取下来两个螺丝，一起放在碗里，说这些不要了。当他再次打开水龙头时，伴随着清脆的"砰"声，火苗竟然打燃了，热水流了出来。我真是不解，为什么把石珠取出来就可以了？这不是拆毁吗？他呵呵笑道："因为石珠太多了，挡住了水的流速。压力小了，火苗自然不燃。"原来是这个道理，我恍然大悟。到底是专业维修人员，真是手到病除。

我突然想到前年国庆节期间，家里的电灯突然熄了。电业局的维修人员看过以后，说是要买个小机器装在开关上。正当我准备耗费几十元钱时，正好碰到邻居的女儿张倩。她说她家情况和我一样，是她爸爸修好的。她爸爸又不是电工，怎么懂电呢？我半信半疑地喊来了邻居。他取下两块瓷板后，电灯果然亮了，开关至今没出过问题，真是咄咄怪事。

坦率地说，我不懂水电维修。这一次，维修人员拆除了石珠，我节省了140元钱；上一次张姓邻居取下了瓷板，我没有出一分钱。遇到两次类似问题后，我醍醐灌顶：有时，人生中的某些东西貌似非常正确，可出了问题后，我们却不知症结在哪里。其实，正是这些东西阻滞了思维。如果毅然将之丢弃，前进的道路将会畅通无阻。

（写于2022年）

后　记

我的故乡是莫愁湖，在美丽的湖南省沅江市洞庭湖平原，和江苏省南京市的莫愁湖同名。

我在故乡生活了近29年，虽然踏进城市30多载了，但无数次在梦中，我还是不由自主地回到了故乡，回到了凄风苦雨的岁月，总是"梦里不知身是客"。醒来后，我总是问自己：为什么总是梦到在故乡的生活？为什么很少有我城市的梦？

"安得如鸟有羽翅，托身白云还故乡。"莫愁湖是我魂牵梦萦的故乡，是我"丢胞衣罐子"的地方。这些散文中的人和事，经常在我心里的荧屏上回放。我用这些零散的珍珠，串成了一条项链。未曾想到，当初我在2004年5月的《长沙晚报》上栽下了第一棵小树，到2023年7月，它竟然慢慢长成了森林。19年的春暖花开，它们冲破杂事的桎梏；19年的冰雪肆虐，它们挣脱死亡的囚禁，终于结出了67只果实，18万多粒籽。

我的散文集之所以这样命名，其一是故乡给了我灵感；其二，我是从莫愁湖出来的，是莫愁湖流到城市的水。水是生命的源泉。"天下莫柔弱于水，而攻坚强者莫之能胜，以其无以易之。弱之胜强，柔之胜刚，天下莫不知，莫能行。"

"莫愁前路无知己，天下谁人不识君。"我生命的莫愁湖水，已汇入资江，必将通达海洋。

李君剑

2023 年 12 月 25 日